POR DENTRO DE MIM

DIÁRIO DO PRIMEIRO ANO DO RESTO DA MINHA VIDA

PATRÍCIA FERNANDES

© 2018. Editora Inverso

R. Clóvis Bevilaqua, 352 – Cabral – Curitiba-PR
80035-080 – Tel.: (55 41) 3254-1616 – 3538-8001
editorainverso@editorainverso.com.br
www.facebook.com/editorainversoo
www.editorainverso.com.br

Coordenação Editorial
Cristina Jones
Editora InVerso

Ilustrações de capa
Alexandre Cesar Bonatto

Capa
Adriane Baldini

Revisão e projeto gráfico
Carlos L. W. Jorge

Dados internacionais de catalogação na publicação
Mona Youssef Hammoud – CRB/ 9ª -1393

F363p FERNANDES, Patrícia. **Por dentro de mim: diário do primeiro ano do resto da minha vida.** Curitiba: InVerso, 2018.
328p. 15x21cm

ISBN: 978-85-5540-137-4

1. Literatura brasileira. 2. Diário. 3. Crônicas.
I. Título

CDD. B890

Ao adquirir um livro, você está remunerando o trabalho de escritores, diagramadores, ilustradores, revisores, livreiros e mais uma série de profissionais responsáveis por transformar ideias em realidade e trazê-las até você.

Todos os direitos reservados. É proibida a reprodução total ou parcial, de qualquer forma ou por qualquer meio. A violação de direitos do autor (Lei 9.610/98) é crime estabelecido pelo Art. 184 do Código Penal.

Agradecimentos

Este é um livro sobre uma jornada de um ano na minha vida, ano no qual resolvi apostar a própria vida. Tive êxitos e fracassos. Comecei e recomecei muitas vezes. Mas as pessoas que estiveram ao meu lado, me amando, me instruindo, me ensinando, me confortando, me cuidando, me medicando física e espiritualmente foram constantes e insistentes. Dedico a elas este diário. Primeiro ao meu marido, companheiro absoluto de toda a viagem e mais todas as que virão pela frente, amor da minha vida, ar que eu respiro. Depois para a minha família, meus médicos: neurologista, psiquiatra, psicóloga, fisioterapeutas, ginecologista, acupunturista e técnico em assuntos não físicos, nutricionista, faxineira, além de todos os meus queridos amigos que alegraram e alegram os meus passos. Obrigada por dividirem comigo seus conhecimentos, suas esperanças e até mesmo um pouco de suas vidas. Espero que gostem, ou pelo menos que se divirtam ao longo destes registros. Para os meus médicos, espero que este diário sirva como prova de que o que vocês falam pode ter alguma razão e convença mais facilmente seus futuros pacientes, pois eu sei o trabalho que eu dei para acreditar...

Apresentação

Sou uma mulher na faixa dos quarenta anos que deseja desesperadamente encontrar o seu lugar e a sua importância no Universo.

Acho que este é o verdadeiro anseio de todo este diário, de toda esta jornada. Encontrar respostas, mas antes disso encontrar as perguntas...

Apesar de saber exatamente o que eu procuro, resolvi começar devagar, concentrando toda a minha energia em arrumar as malas, comprar produtos essenciais, cortar o cabelo, fazer depilação, ir à manicure, arrumar a casa e deixar as contas pagas. Como se uma grande viagem estivesse para acontecer.

No começo, achei que este diário seria a viagem, e vocês verão que sempre me referi a ele como sendo a jornada, mas depois de chegar ao final eu descobri que não passou da preparação para ela, eu não reparei que ainda nem havia embarcado...

No decorrer do diário entrarei em maiores detalhes, mas decidi começar por mim, ou seja, começar pelo grande motivo de eu me preocupar, de eu me importar: estar viva. Depois das inúmeras aventuras que a vida me impôs, eu fiquei mortalmente ferida e mentalmente apática. O problema é que eu sobrevivi? Infelizmente sim. Felizmente esse problema eu solucionei.

Quando vamos viajar, escolhemos colocar na mala as nossas melhores roupas — o pijama confortável e furado nem sai da gaveta. Hoje eu vejo que foi mais ou menos isso que eu fiz neste ano. Olhei no meu armário e escolhi carinhosamente e cuidadosamente cada item que eu colocaria na mala. Roupas e sapatos "mais ou menos" não seriam admitidos. Assim como comidas, gostos, desejos e fé "tanto faz", "mornos", não seriam carregados comigo. Outro fator determinante para as escolhas dos quatro grandes objetivos deste diário foi a minha necessidade de controle, apesar de a vida continuar tentando me ensinar que eu não tenho controle sobre nada. A única coisa sobre a qual eu poderia ter algum controle seria sobre mim. Só em cima do que eu como, do que eu penso ou do quanto eu me esforço que eu tenho controle; tirando isso, mais nada. Então decidi começar com a minha alimentação, o meu corpo e o meu dinheiro. Assim tentar colocar a casa em ordem. Assim tentar achar as perguntas. Assim tentar achar Deus.

POR DENTRO DE MIM
Diário do primeiro ano do resto da minha vida

ESTRUTURAÇÃO DO DIÁRIO

INÍCIO: 3 de outubro de 2016.

TÉRMINO: 3 de outubro de 2017.

OBJETIVOS PRINCIPAIS

Ao final do período estipulado:

- Emagrecer pelo menos 12 kg;
- Fazer fisioterapia, alongamento, RPG, tudo o que for necessário para fortalecer o meu corpo;
- Encontrar e desenvolver o meu relacionamento com a vida;
- Guardar dinheiro.

METODOLOGIA

Todo dia, ou no máximo a cada três dias, escrever um pequeno relato contendo alguma curiosidade ou peculiaridade do dia, além de um desafio e uma conquista. Como regra, devo escrever o que estiver sentindo no dia e registrar todos os pensamentos que surgirem, praticamente sem filtros, mesmo que eu saiba que vou mudar de ideia logo ou que estou sendo dramática demais. Outra regra será transcrever na íntegra textos antigos que eu queira acrescentar ao diário, mesmo que já não condigam com a realidade atual. Assim estarei sendo o mais fiel possível comigo mesma e poderei confiar nos resultados obtidos.

MOTIVO

Estou escrevendo para me sacanear. Sacanear no bom sentido, é claro. Quero ter o compromisso comigo mesma de não procrastinar mais a minha saúde e a minha evolução espiritual. Para isso, terei que fazer relatórios quase diários. Além disso, como já contei para algumas pessoas que estou fazendo isso, ficarei com vergonha de falhar.

BREVE RELATO HISTÓRICO

Nasci em 1978.
Sou formada em arquitetura e matemática.
Tenho 1,74 m e peso 91,7 kg.
Em outubro de 2002 encontrei o homem da minha vida.

Em fevereiro de 2005 fui diagnosticada com esclerose múltipla.

Em 2014 me despedi do mar. Na cadeira de rodas, completamente dependente, sem nenhuma perspectiva de melhora, pelo contrário, com um futuro de perdas e definhamento. Na volta para casa, na estrada, eu e meu marido sofremos um acidente com seis carros e cinco caminhões na estrada. Rodamos. Chegamos a ficar na contramão. Estava garoando. Enquanto o carro girava, eu me entregava aos braços da morte. Tinha acabado o meu sofrimento. Ouvi uma voz grave, desesperada e amorosa pedindo para eu ficar. Meu marido. Eu voltei. Abri os olhos e sorri. Neste mesmo ano de 2014 cheguei ao meu limite físico e emocional. Estava praticamente indo para a cama, começando a usar fraldas e com diagnóstico de síndrome de Burnout. Fui afastada do trabalho.

No dia 6 de janeiro de 2015, o meu neurologista me candidatou ao transplante de medula óssea autólogo. Eu iria passar pelo mais avançado tratamento para a esclerose múltipla que a medicina pode oferecer, com apenas uma esperança, paralisar o avanço da doença, com apenas um risco real, a morte. Era tudo ou nada. Matar ou morrer. Meus planos para o ano novo tiveram que ser reescritos em menos de seis dias. Em menos de um mês, eu estava sendo internada no Hospital Nossa Senhora das Graças, em Curitiba, para a retirada das minhas células-tronco. Depois disso começaram as intermináveis sessões de quimioterapia. Em fevereiro eu já estava careca e com seis leucócitos, o normal é ter mais de duzentos mil.

No dia 3 de março de 2015 eu reimplantei as minhas células-tronco e recomecei a minha vida. Em dez dias estava em casa. Viva. Meus planos para o ano tiveram que ser reescritos novamente em menos de 72 dias.

Em um intervalo de três anos passei da bengala para o andador, para a cadeira de rodas, para desenganada, para "curada". Tinha duas opções, morrer ou viver. Tudo podia acontecer. Uma grande aposta deveria ser feita, sendo que apostei nas duas opções. Estava tão exausta, tão triste, tão desgastada, tão entregue, que qualquer uma das duas seria igualmente bem-vinda. Não estava disposta a lutar por nenhuma das duas, morrer ou viver. A vida ganhou.

Meu marido, meus familiares, meus padrinhos, meus médicos, meus amigos: essas pessoas, sim, foram responsáveis pela vitória da vida. Meus avós rezavam diariamente. Eu tinha um verdadeiro time lutando por minha vida e rezando.

O transplante foi um sucesso, a esclerose parou de progredir, algumas sequelas retrocederam, voltei a tomar banho sozinha, mesmo que sentada, e voltei a realizar pequenas tarefas. Ainda não consigo ser independente funcional.

Estou agora em fase de recuperação do transplante e resgate da vida. Estou fazendo fisioterapia, reeducação alimentar, terapia, meditação, e reescrevendo os meus planos. Hoje continuo com todas as sequelas que a esclerose múltipla havia deixado e com mais algumas que o transplante me trouxe. Ainda sou cadeirante na maior parte do tempo, ainda tenho dificuldades motoras, fadiga, espasticidade e sinto todos os sintomas flutuantes da E.M. Além disso, entrei na menopausa precocemente por causa do transplante, e sinto seus sintomas. Osteopenia, infertilidade e aumento de peso também fazem parte do pacote.

OBJETO DO ESTUDO

A minha saúde física e mental. O meu físico pede socorro. Talvez tenha desenvolvido muito o meu lado racional e confiado a minha existência a ele, somente a ele. Esperando que sozinho resolvesse a equação complexa do meu ser. Depois de quase perder a vida. De ter encarado a dura lição de impotência frente ao definhamento do corpo físico, só me restava atender aos seus chamados. Tenho que comer melhor, fazer exercícios, descobrir o meu lugar dentro deste planeta, desta cidade, desta família. Buscando sempre respostas do lado de dentro. E para mostrar que desta vez será pra valer, terei que todo dia, ou no máximo a cada três dias escrever sobre este ano de reencontro. O meu cérebro ficará ocupado com os formatos, padrões, símbolos e em confeccionar os relatórios e textos. Ao meu corpo caberá a verdadeira guerra. Guerra composta por várias frentes de batalhas simultâneas. Batalha por alimentação mais saudável. Batalha por fortalecimento. Batalha por condicionamento. Batalha para reencontrar minha essência. Batalha para aceitar a minha fragilidade, entre outras tantas...

Uma prova de que estou começando a entender e mudar é a data de início deste diário. Normalmente os diários começam no primeiro dia do ano no calendário oficial. O meu começará no dia 3. Dia 3 foi o dia zero do meu transplante de medula óssea autólogo, portanto, nova data do meu aniversário. Outra mudança é o mês de início, outubro. Estou começando este projeto na primavera. Na primavera tudo floresce. O inverno acabou. É hora de sair para caçar. Alimentar o corpo e se preparar para um novo ciclo que começa. Momento de colocar em prática todos os ensinamentos e conhecimentos adquiridos no ciclo anterior. Comprovar se todas as teorias sobre morrer, viver, sofrer, querer, depender, prometer realmente foram compreendidas em sua essência.

Desejo-me sorte!

Curitiba, 3 de outubro de 2016.

001 / 364 dias

    Outro primeiro dia do resto da minha vida. Recomeço a fazer fisioterapia e a reeducação alimentar. A grande diferença: agora é pra valer. Quer dizer, estou fazendo de tudo para que agora seja pra valer. Nunca estive tão obstinada. Na verdade estou mais para apavorada e histérica..., mas com um toque de obstinação, com certeza... Reeducação alimentar com direito a aplicativo de contagem de calorias!

    A contagem regressiva começou. Desta vez tenho metas muito específicas. Comemorar quinze anos de casamento na praia e de pé, com ou sem apoio, em outubro de 2017. Para que isso ocorra como eu desejo, tenho que:

- Emagrecer pelo menos 12 quilos;
- Fazer fisioterapia, alongamento, RPG, tudo o que for necessário para fortalecer o meu corpo;
- Encontrar e desenvolver o meu relacionamento com a vida;
- Guardar dinheiro.

Pode parecer pouco ambicioso o meu desejo, mas quem me conhece sabe que são quatro metas desafiadoras para mim.

Estou começando regimes, dietas, reeducação alimentar desde que me conheço por gente. Emagreço fazendo tudo errado, depois de um tempo engordo tudo de novo... Sempre insatisfeita e começando de novo. Comemorava os meus resultados na balança com chocolate, milk-shake, hambúrguer... Agora é questão de saúde.

Um pouco do meu histórico físico, só para constar no relatório...

Na juventude fui sempre muito ativa fisicamente e mentalmente. Conseguia ser *nerd* e popular na mesma medida. Estava sempre entre os primeiros alunos da sala, minha média geral, resultado da soma de todas as notas dividido pelo número de matérias, era 9,5. Digna de estar no seleto número de *nerds* por sala. Ao mesmo tempo, fora da sala de aula eu praticava todos os esportes que o colégio oferecia. Até futebol americano eu joguei. Tinha muitos amigos e era reconhecidamente uma menina bem legal.

O clube perto da minha casa fazia gincana nas férias escolares e eu sempre estava envolvida. Cada equipe tinha mais de 50 adultos e umas 50 crianças. As atividades eram diversas: pebolim, basquete, vôlei, tênis, xadrez, corrida, maratona, corridas de 100, 200, 800 metros, natação, e muitas outras. Envolvia todo o condomínio e durava todo o verão. Sempre fui muito competitiva. Não deixo qualquer pessoa ganhar fácil de mim em nada. A minha irmã foi a que mais sofreu comigo por causa deste meu jeito, eu era má... Não facilitava nada por ela ser menor e mais nova... Desculpa, minha irmã, nunca é tarde para se arrepender... Sinto muito mesmo. Como eu estava sempre metida na organização da equipe, e perderíamos pontos se não tivéssemos algum participante da nossa equipe na modalidade oferecida, eu mesma tampava todos os buracos. Fui campeã de pebolim, vôlei, e fui a goleira menos vazada no handebol.

(Observação: acabei de notar que o corretor de texto do meu computador é machista, ele não aceita a palavra goleira como correto, só a palavra goleiro... Coisas deste mundo "levemente" machista... Voltando ao assunto...).

Ganhei muitas medalhas. De plástico, mas medalhas... Cheguei em último lugar em todas as corridas e nas demais provas de atletismo, como salto em distância. Era eliminada na primeira tentativa. Mas nunca perdemos pontos por WO (Walkover — vitória fácil, geralmente pela ausência do competidor no horário estipulado para a partida). Eu era quase atleta... Esforçada, pelo menos... Que saudade... Hoje eu simplesmente odeio qualquer atividade que necessite mexer mais do que os músculos da face e os dedos da mão. No máximo um levantamento de copo ou de garfo, ou um jogo de videogame. Fisioterapia, esforço e dor estão no mesmo pacote, significando quase a mesma coisa, e eu também odeio todos eles. A esclerose múltipla deixou tudo muito mais difícil. Dizem que o meu esforço para fazer qualquer atividade é 10 vezes maior do que o de uma pessoa comum. Acho que os médicos foram muito econômicos neste número. Talvez 100 fosse um número mais razoável, ou talvez 1000... Se vou ao banheiro, volto cansada... Se tomo um banho, saio bem cansada... Se tomo um banho e lavo o cabelo, saio extenuada... Se tenho que me maquiar e me arrumar para sair em seguida, saio só o pó... Imagina fazendo exercício físico... Fisioterapia engloba uma hora antes, descansando, 45 minutos de fisioterapia propriamente dita, e mais 3 ou 4 horas de completa exaustão... Mas chega de desculpa. Neste ano nada disso será empecilho para encontrar uma atividade física regular e intensa. Quem sabe o corpo se lembra da minha época de atleta e se recupera mais rápido?!

Um pouco do meu histórico com a vida. Depois de doze anos com esclerose múltipla, indo da bengala para a cadeira de rodas dentro de meses, submeter-me a um transplante de medula óssea autólogo para tentar sair da cama, tendo como consequência ficar careca, estéril e "curada" (a doença parou de evoluir, na verdade), posso dizer que a minha relação com a vida ficou bem estremecida. Ela sempre acha que eu sou mais forte do que realmente sou. Vive me confundindo com o Mike Tyson ou com o Anderson Silva. Quero conhecê-la melhor antes de falar se é namoro ou amizade... Mas estou sinceramente engajada em meditar e me reconectar com ela.

Guardar dinheiro em época de crise e de consumismo desenfreado é um desafio. Muitas vontades e desejos satisfeitos com a digitação de quatro ou seis números, a senha do cartão. Recompensa imediata. Afinal, posso morrer amanhã... Não seria um desperdício deixar este dinheiro no banco? Mas... Eu não morri estando bem pior que hoje. Isso me fez acreditar que existe uma grande chance de eu estar viva dentro do próximo ano, e provavelmente também no dia 3 de outubro de 2017, e se tudo der certo quero ter o prazer de fechar o meu primeiro ciclo de um ano no meu calendário particular com uma grande comemoração. Para isso precisarei de dinheiro. E numa quantidade que eu possa viajar sem preocupação. Podendo comer e ir onde quiser. Afinal, não será só o fim de um ciclo — também completarei 15 anos de casamento...

Espero do fundo do meu coração que dentro de um ano eu possa estar orgulhosa de mim e dizer: Sim, eu posso! Não desisti...

Balanço do dia:

• **Desafio fácil:** saber que grãos e frutos serão a base da minha alimentação pelos próximos 365 dias.

• **Desafio médio:** pesar-me e saber que devo uma para a balança por ela ter mostrado um número um pouco menor do que poderia e ter certeza de que ela cobrará o favor na próxima pesagem...

• **Desafio difícil:** chegar da nutricionista e saber que a guerra começou...

• **Primeira conquista:** o meu prato do almoço estava digno de qualquer prato de nutricionista, salada, um pouquinho de arroz e carne branca. Ok. Vai dar pra encarar tranquilo.

• **Primeiro tombo:** fui ser honesta com o aplicativo de contagem diário de calorias e contei sobre os dois bombons que eu comi. Levei bronca!!! Quase caí para trás. Apareceu uma mensagem dizendo que era muita gordura e que eu deveria evitar aquele alimento... Levei bronca do meu celular!

Pior: não pude argumentar nada! Só quem passou pela época da mensagem de "erro fatal" no computador sabe do que eu estou falando... Você pode apertar "Ctrl-Alt-Del" pode apertar o "Power", pode gritar, bater, quebrar, que nada vai fazer com que ele volte a funcionar, e o pior, nada poderá salvar o trabalho que você não "salvou" nas últimas dez páginas... O nosso relacionamento, o meu com o aplicativo, começou mal. Espero que melhore!

002 / 363 dias

Hoje não tenho muitas novidades. Ainda estou empolgada com o início desta jornada, mas ela já está dando sinais de que não será fácil.

Balanço do dia:

• **Desafio fácil:** comprar grãos, sementes, farinhas, iogurte, tudo o que a nutricionista mandou.

• **Desafio médio:** sair do supermercado sem comprar nenhuma besteirinha, nem um bombom para comer no carro... O que sempre funcionou como uma ótima gratificação para o casal. Depois de fazer compras, sempre comprávamos uma besteirinha para comer no carro — o que, com dinheiro contado, não nos centavos, mas definitivamente limitado pelo bom senso, não é muito convidativo. Quase que uma tradição familiar... Talvez tenhamos que tomar iogurte ou comer uma barrinha de cereal na saída, fazer o quê?...

• **Desafio difícil:** não estou passando fome, mas estou sentindo muita vontade de comer...

- **Conquista:** acertar os muffins de atum e achá-los gostosos...

003 / 362 dias

O aplicativo continua me provocando. Ele acaba com todas as calorias que eu posso comer no dia todo antes mesmo do lanche da tarde! Mandei mensagem desesperada e cheia de esperança para a minha nutricionista. Tinha certeza de que ela falaria que um dia ou outro podia passar um pouco do limite, que não tinha problema. Para a minha surpresa, ela disse: então, a partir de agora, chá e água! Como?! Nunca passei fome, aquela de doer o estômago, será agora?! Das 2 da tarde até as 8 da noite sem comer nada?! Uma vez ou outra vai, mas o aplicativo me odeia, vai fazer com que isso sempre aconteça! Tenho certeza de que ele vai fazer de propósito! Só porque é comigo! Minha mãe e minha avó sempre disseram que não pode ficar sem comer! Faz mal! Li em algum lugar sobre isso. Ou será que era água que não podia ficar sem?... Não interessa. Vou morrer... Ficar doente... Enlouquecer... Pior que tudo isso junto: ficar com fome!

Balanço do dia:

- **Desafio fácil:** acordar com fome, mas acho que foi psicológico...
- **Desafio médio:** comer banana amassada com farelo de aveia... sem comentários...

• **Desafio difícil:** acho que estou começando a ficar irritada... Talvez a falta de açúcar...

• **Conquista:** comer no almoço um prato com legumes cozidos, purê de batata-doce e carne assada, cobertos com gergelins (no plural mesmo, porque tinham milhares de gergelins...) e chia.

004 / 361 dias

Desculpem-me por ontem...

Nada mais a declarar...

Estou começando a ficar bem brava por ter que comer coisas tão saudáveis... Um mau humor insuportável.

Hoje é só o que tenho a falar.

Balanço do dia:

• **Desafio fácil:** acordar com muita fome! Só ficou no desafio fácil porque meu maridinho me acordou com café da manhã na cama, como faz todos os dias desde que descobriu que eu acordo com extremo mau humor, que só melhora quando eu como. Verdade, não falha nunca, nem quando está bravo comigo... Às vezes acho que não mereço tanto, mas daí eu volto a ter certeza de que mereço... kkkk...

• **Desafio médio:** almoçar salada enquanto gostaria de comer churrasco.

• **Desafio difícil:** estou começando a sentir abstinência de açúcar e besteirinhas...

- **Conquista:** não briguei com ninguém, apesar da minha fome por comidas gordas e nem um pouco saudáveis.

005 / 360 dias

Como é difícil comer saudavelmente em um mundo com tanta propaganda de comida. Em todos os lugares. Pareço viciada, não posso ver propaganda de lanches, bolos, chocolates, pavês... Começo a salivar e à noite sonho com comidas gostosas... Quanto tempo será que leva para o organismo esquecer o que é sorvete com calda de chocolate?

Balanço do dia:

- **Desafio fácil:** acordar com banana amassada e aveia.
- **Desafio médio:** preciso muito de um Burger King...
- **Desafio difícil:** vou enlouquecer de tanta lombriga.
- **Conquista:** acho que estou começando a desinchar. Muito sutilmente...
- **Tombo:** não foi bem um tombo, foi mais um tropeço: comi uma paçoquinha e uma mordidinha de um chocolate...
- **Comentário:** sempre gostei de comer, mas não sabia que o vício era tão poderoso. Já pensei até em burlar o aplicativo, comer escondido e colocar tudo a perder... Acho que estou no pior momento da reeducação, apesar de saber que de agora em diante só tende a piorar...

Pela primeira vez estou levando realmente a sério, e isso é muito mais difícil do que eu esperava. Estou começando a não achar tão interessantes os horários do almoço e do café da manhã. Isso para alguém que acordava pensando em comer...

006 / 359 dias

Balanço do dia:

• **Conquista:** ter terminado o dia sem nenhum tombo, apesar do mau humor.

• **Comentário:** nada a declarar.

007 / 358 dias

Balanço do dia:

• **Desafio fácil:** comer está ficando mais prazeroso, mas só às vezes...

• **Desafio difícil:** receber o salário e não poder comemorar com pizza.

• **Conquista:** ir ao shopping e não comer besteira...

• **Tombo:** não teve, apesar das tentações...

• **Comentário:** o mau humor está de matar.

008 / 357 dias

Estou me sentindo muito bem com a nova alimentação. Tudo parece que funciona com mais tranquilidade no organismo. Sem azia, sem peso, sem indigestão. É uma sensação muito esquisita. Parece que a barriga está vazia e que eu deveria estar faminta, mas não estou. O cérebro grita por comida, mas o organismo está satisfeito. Antes a saciedade só existia quando a barriga estava cheia. Estranho, será que gente magra sente este vazio e se acostuma? Como é difícil ensinar à cabeça que não preciso de tanta comida para viver!

Balanço do dia:
- **Desafios:** dia sem desafios.
- **Conquista:** sensação de bem-estar.

009 / 356 dias

Acordei muito feliz. Uma felicidade branda, quase uma brisa. Uma sensação de estar fazendo a minha parte com competência e seriedade. Desde que comecei este projeto pessoal de reestruturação, tomei a decisão de buscar dentro de mim as respostas para as minhas angústias. No dia 3 de outubro, além de começar a reeducação alimentar, comecei a meditar todos os dias. Nove dias seguidos meditando por no mínimo 20 minutos. Hoje o meu corpo sente se atraso muito. Virou um momento de relaxamento, concentração, limpeza e, principalmente, de obter respostas. Podem ser mais diretas, na forma de intuições, ou mais discretas, como apenas o alívio da dor no ombro. É como se fosse a hora do organismo "ressetar" todo o seu sistema.

Meditando, sinto que estou desenvolvendo o meu relacionamento com a vida, e até, quem sabe, com Deus, apesar de este último ainda ser um completo estranho.

Balanço do dia:

• **Desafios:** o maior desafio tem sido a constante sensação de fome. Eu sei que não estou realmente com fome, mas o vazio e o tamanho das porções ainda estão me deixando aflita. Comendo pouco e fracionado, parece que estou vivendo muito no presente, e isso assusta! E se eu não puder comer mais tarde? E se estourar uma guerra no mundo e não der para comer? Eu nunca passei fome! Vou morrer! Então nada acontece e eu como a próxima refeição e me sinto bem. Viver o presente, sem ter reservas para o futuro, no plano alimentar, claro, ainda é muito novo. Tenho certeza de que irei me acostumar, mas como é difícil!

• **Conquistas:** começo a encontrar o meu jeitinho para escrever este diário. Menos organizado e compartimentado. Com linguagem mais solta, menos formal. Acho que aos poucos estou gostando desta nova etapa da minha vida.

010 / 355 dias

Hoje foi dia de avaliação da fisioterapeuta. Muito trabalho pela frente. Acho que este foi o resumo de tudo. Articulações rígidas. Pés arqueados. Espasticidade generalizada. Força muscular mínima. Bom, agora é começar a trabalhar. Fisioterapia duas vezes por semana, e nos dias de intervalo vários deveres de casa. Sabia que a situação era crítica. Agora é suar a camisa, camisa GG, por enquanto... kkk

Balanço do dia:

• **Desafios:** escutar como o meu corpo está comprometido foi difícil...

• **Conquistas:** sobraram calorias para uma manga e três quadradinhos de chocolate meio amargo para a noite! Realmente um avanço significativo no meu relacionamento com o aplicativo.

011 / 354 dias

Hoje é nosso aniversário de 14 anos de casamento. Desde o início foi um casamento. Durante o nosso primeiro beijo, enquanto o corpo estava ocupado demais com as químicas, suores e sensações, as nossas almas trocavam secretamente os votos de uma vida. Ele esteve em todos os momentos da minha vida nos últimos 5.110 dias, mais os dias dos anos bissextos. Momentos de intensa alegria e momentos de dilacerante tristeza. Surpresas não faltaram. Todo mês aparecia uma. Meu marido ficou ao meu lado sempre. Eu o amo mais do que é possível imaginar.

Comemorar em um restaurante? Comemorar no cinema com pipoca? Por que comemorar sempre está relacionado à comida? Que droga, não dá para passar uma data dessas comendo uma salada com sardinha... Desculpa...

Balanço do dia:

• **Desafios:** passei o dia todo culpada. Comemorar ou não fora de casa? No shopping ou restaurante? Chutar o balde ou manter a reeducação? Já se passaram muitos dias, não quero estragar tudo. O que fazer então? Será que a data não vale a exceção? Quantas dúvidas...

• **Conquistas:** descobri o verdadeiro significado de comprometimento. Eu estou tão comprometida com a reeducação, com o desafio dos 365 dias, que nada me tirará do caminho. Sei que seria só uma noite. Sei que no dia seguinte tudo voltaria ao normal. O problema é que sou viciada em comida, e chegar tão perto da minha droga, provar e novamente me despedir com certeza abalaria a minha confiança. Seria o mesmo que brincar com fogo. Afinal, não consigo sair por aí queimando caloria fácil. Acabamos comemorando em casa, com pizza balanceada, uma taça de espumante e sem sobremesa. Sem culpa e sem levar bronca do aplicativo. Noite muito boa. Conquista fabulosa.

012 / 353 dias

Tomei o meu café da manhã muito feliz com a decisão que tomamos ontem. Acho que foi maravilhoso ter mantido a linha. A recompensa será muito boa.

Balanço do dia:

• **Desafios:** reduzir um pouquinho mais as calorias do dia, só para garantir. Pizza é pizza... Que saudade... Agora lembrei o que estou perdendo. Amo pizza...

- **Conquistas:** ainda muito orgulhosa de mim. Maravilhoso meu marido ter entendido o tamanho do meu esforço e o tamanho da dúvida e ter-me dado um abraço, um beijo e parabéns.

013 / 352 dias

Os dias parecem estar se arrastando... Quando estamos apenas levando a vida, o ano passa voando. Só porque este é um ano especial, vai demorar o dobro... Parece que faz uma vida que estou sem comer besteira, mas só se passaram 13 dias... e pizza dois dias... Hoje é domingo, dia de sobremesa. Pelo menos era assim... O que eu fui inventar? Que desespero!

Balanço do dia:

- **Desafios:** todos...
- **Conquistas:** não comer uma panela de brigadeiro...

016 / 349 dias

Hoje foi um dia muito difícil. Estou sentindo muita dificuldade com a limitação de calorias. Caramba, qualquer coisa que eu como tem um monte de calorias! E eu só como grãos, frutas, legumes, ovo... Que droga... Estou há quinze dias só pensando no que eu vou comer. Sofro com o que comi, com o que estou comendo e com o que vou comer. Sinto que tenho que fazer um esforço absurdo para continuar comendo direito. Que drama! Quantas pessoas no mundo fazem dieta, e ao mesmo tempo penso, mas está tão difícil...

Balanço do dia:
- **Desafios:** só penso no que vou comer...
- **Conquistas:** penso no que vou comer...

017 / 348 dias

Fui à consulta semanal com a minha psicóloga. Desesperada. Sentindo um peso nas costas, tantas culpas, tantas dúvidas. E ela, com a destreza de uma alfaiate, foi desatando cada nó, alinhavando cada rasgo... Fazendo-me enxergar todas as minhas vitórias e como eu estou errada sobre mim mesma. Mudar a alimentação é uma coisa difícil para qualquer um. A fome é um instinto animal. Como mudar um instinto tão primitivo em quinze dias? Tenho cabeça de gordo. Penso que se não comer agora, o mundo pode acabar e eu vou passar fome; penso que pode não dar tempo de comer e eu vou passar fome; penso que a vida é agora e não quero passar fome; penso que passar vontade faz mal para o corpo; penso que posso morrer daqui a um minuto, e se do outro lado não tiver comida eu vou passar fome. E tudo isso só aumentou nestes últimos 38 anos. Sempre me achei gorda, sempre. Piscina com a turma, nem pensar, e isso desde muito nova, 12, 13 anos. Bulimia na juventude. Crises homéricas antes de qualquer festa com vestido longo, possibilidade de praia ou aumento da temperatura do planeta Terra, pois colocaria à mostra toda a minha imperfeição. Roupas leves, curtas e esvoaçantes não fizeram parte do meu armário, e se fizeram, de lá nunca saíram... Sempre preferi morrer a comprar uma nova calça jeans, mesmo que a minha já estivesse completamente rasgada no meio das pernas: qual número será que vai servir? Sabendo que você está no maldito número de calça que te tira do céu (loja de departamentos até o número 46, equivalente ao 42, e se der sorte 48, equivalente ao 44) e te joga diretamente no inferno (lojas com modelagem "plus size", com numeração acima do 46, equivalente ao 48). Desculpa, mas eu não fico nem um pouco feliz de ter que comprar calça jeans em lojas para gordos. Sem preconceito. Recomendou-me um livro, *Pense Magro*. Vou ler. Tomara que fique mais fácil.

Balanço do dia:

- **Desafios:** todos...
- **Conquistas:** aprender mais e mais...

018 / 347 dias

Ainda olho para baixo e só vejo a minha barriga enorme. Pareço grávida de uns 4 ou 5 meses. Parece que nunca estou satisfeita. Parece, não... Nunca estou satisfeita! Já estou emagrecendo, mas num dia estou me sentindo magra e no outro mais gorda do que antes. Essa variação de acuidade visual está me deixando louca...

Balanço do dia:

- **Desafios:** minha cabeça...
- **Conquistas:** hoje preferi comer fruta no jantar para dar uma turbinada na perda de peso, e não fiquei com fome.

019 / 346 dias

Estou tentando me manter otimista quanto à perda de peso, apesar de todos dizerem que isso será consequência do meu esforço. Às vezes é tão difícil... Penso no que vou comer o tempo todo, não consigo desligar. Ainda parece que estou comendo ração. Eu tento sentir prazer em comer banana com aveia, mas o gosto não ajuda. Purê de batata-salsa com gergelim não é gostoso. Preciso mudar todo o meu paladar se quiser realmente que tudo dê certo. Ainda sinto muita vontade de comer "gordices", e não venha me dizer que barra de cereal de chocolate mata a lombriga. Ainda penso como gorda, ainda quero chutar o balde e voltar a ficar feliz com um sanduíche ou batata frita. Preciso arranjar logo alguma coisa que substitua a comida. Nada ainda me faz tão feliz quanto uma caixa de bombons...

Balanço do dia:

- **Desafios:** ficar feliz almoçando purê de batata-salsa, legumes cozidos e carne moída, sem sobremesa...
- **Conquistas:** mais um dia...

020 / 345 dias

Quanto ao livro *Pense Magro*. Ainda não li inteiro, mas por instinto já estava seguindo algumas das orientações. Ele recomenda anotar tudo o que come, e o aplicativo está cumprindo bem esse papel. Ao colocar tudo o que como, com todas as calorias, tenho a certeza matemática de que estou dentro das 1.200 calorias diárias permitidas, o que é bem tranquilizador. Também diz para fazer um diário contando as dificuldades e as conquistas diárias, como forma de se manter otimista. Também diz para ser carinhosa e comemorar as próprias vitórias, mesmo que pequenas. Nisso eu preciso melhorar...

Balanço do dia:

- **Desafios:** subi na balança pela primeira vez desde que comecei. Primeiro fiquei bem decepcionada, perdi 1,5 quilo, mais ou menos. Só???! Pelo esforço, deveria ter perdido uns cinco quilos. Mas depois fiquei feliz, já baixei dos 90 quilos. Alcancei um objetivo.
- **Conquistas:** não comemorei a perda de peso comendo!

021 / 344 dias

Domingo, dia extremamente preguiçoso.

Balanço do dia:

- **Desafios:** sair da cama...
- **Conquistas:** jantar frutas e ficar satisfeita...

022 / 343 dias

Balanço do dia:

- **Desafios:** manter a minha ansiedade controlada...
- **Conquistas:** não descontá-la na comida...

024 / 341 dias

Estou bem deprimida. Os dias não passam. Penso no que vou comer o dia todo. Sinto que as roupas estão um pouquinho mais folgadas, mas tão pouquinho com tanto esforço... Ontem quase tive uma recaída. Fui com o meu marido ao médico, para uma consulta dele. Isso é tão raro que me deixou ansiosa. Ele também estava bem nervoso. Exame de sangue, raio-x e um desconforto na alma. Pela primeira vez eu me coloquei no lugar dele. Lembrar do seu histórico, vê-lo sendo examinado, sendo questionado. Foi muito desconfortável para os dois, com certeza. Senti o quanto é angustiante não poder fazer nada. Com a vida na mão daquele médico, que é o único que tem o poder de dizer se o amor da sua vida está bem. Esperar que ele diga que a saúde do nosso companheiro de vida está ótima e que ele continua saudável como um touro. Tanta coisa passa pela cabeça...

Nos últimos 12 anos foi ele que passou por toda essa agonia. Desde o meu diagnóstico de esclerose múltipla, todas as visitas ao médico, todos os surtos, todas as melhoras e pioras foram divididas por dois. Ele sempre estava ao meu lado. Foram dias muito difíceis. No dia em que recebi o resultado da ressonância magnética com a conclusão de "desmielinização compatível com esclerose múltipla", nada mais foi como antes. Passamos a noite pesquisando no Google o que seria essa doença e choramos como nunca. É uma doença crônica, autoimune, degenerativa, inflamatória que afeta o sistema nervoso central, cérebro e medula, caracterizada por uma falha no sistema imunológico que ataca a bainha de mielina, causando uma deficiência ou a perda de comunicação entre o estímulo nervoso e o corpo, podendo promover dificuldades cerebelares, motoras, sensitivas e/ou cognitivas, ainda sem cura. Todas as previsões eram terríveis e sempre terminavam em cadeira de rodas, invalidez e muito sofrimento. Eu tinha só 26 anos, uma vida linda pela frente. O nosso mundo caiu naquele momento. No dia seguinte eu e meus pais fomos ao neurologista. Meu marido ficou de fora porque éramos apenas namorados na época e o assunto era grave demais. Nem consigo imaginar o tamanho do sofrimento dele. O diagnóstico estava praticamente confirmado. Faltavam apenas alguns exames... A nossa vida mudou para sempre.

Voltando à consulta do meu marido. Queria sair de lá e comer uma "gordice" maravilhosa, recheada de gorduras e calorias. Precisava afogar o desconforto. Meu marido foi extremamente assertivo e carinhoso, me convencendo a manter a reeducação. No final do dia senti que havia disputado uma batalha, mas que havia vencido.

Só que teve um problema. Onde descontar o medo, a frustração, a impotência frente à vida sem comida? Acabamos brigando o dia todo...

Balanço do dia:

• **Desafios:** onde descontar os sentimentos ruins sem implodir ou explodir?

• **Conquistas:** hoje não descontei na comida...

027 / 338 dias

Demorei a voltar a escrever porque estava sem novidades. Dias de exames de sangue, médicos, etc...

Balanço do dia:

• **Desafios:** hoje a nossa faxineira trouxe bombons que ela faz para vender. Vários bombons deliciosos... Estou falando deles agora e minha boca está salivando. O pior de tudo é que estão na geladeira neste momento... Prova de fogo...

• **Conquistas:** comer um bombom e ainda ficar dentro das 1200 calorias, e o melhor de tudo, sem levar nenhuma advertência do aplicativo.

028 / 337 dias

Algumas coisas começaram a mudar na minha cabeça. Várias certezas caíram por terra. Várias dúvidas foram sanadas, enquanto outras surgiram em bandos. Depois que comecei a meditar a ansiedade diminuiu. Depois que comecei a comer melhor o meu organismo melhorou. Depois que passei a me respeitar em opiniões e ações a minha vida ganhou certo sentido. Sei que estou muito no início desta jornada, mas de alguma maneira foram 28 dias muito diferentes de tudo o que eu já tinha me proposto a fazer. Não desisti. Não esmoreci. Apesar de todas as tentações e de todos os pensamentos derrotistas que persistem. Todos os dias. Uns dias mais, outros menos, mas todos os dias. Sei que estou fazendo tudo certo. Sei que estou emagrecendo. Estou muito otimista e extremamente focada.

Hoje fui a uma consulta com a minha ginecologista. Consulto-me com ela desde os meus 15 anos. Vinte e três anos depois eu me sentei na cadeira de seu consultório como uma menina de 15 anos de novo. Com todas as dúvidas e anseios de uma garota. Depois de muito tempo de convivência ela me conhece pelo olhar. Sabia exatamente o que fazer, como sempre. Levei bronca por ter demorado tanto a começar a emagrecer, mas palavras de carinho pela iniciativa. Ela bem que tentou esconder, mas eu vi suas asas escondidas atrás do jaleco. Meu anjo da guarda. Ela acompanhou toda a nossa saga, nos conhece desde o início do nosso relacionamento e sabe da nossa vontade de ter filhos. Acompanhou também a nossa saga anos atrás quando decidimos engravidar. A esclerose estava controlada. Eu estava tomando injeções em dias alternados por mais de 10 anos e o número de surtos era pequeno. Eu estava em uma ótima fase, magra, sem sequelas visíveis, empregada e muito feliz. Para dar uma ideia de como eu estava e de como este sonho era importante para nós dois, vou transcrever um pedaço do meu diário do ano de 2013.

21 de março: Saí de férias, minhas primeiras férias como funcionária pública. 30 dias de sossego e com dinheiro no bolso. Ficamos 10 dias na casa da minha avó e depois fomos passar alguns dias com a minha mãe na praia. A viagem foi maravilhosa. Resgatei a minha mãe, aquela que é divertida, boba, sorridente. Só os três, eu, meu marido e minha mãe. As conversas foram leves, as refeições maravilhosas, o mar estava exuberante. Finalmente, depois de anos visitei o mar. Estou energizada e pronta para começar a nova etapa. O mar é extremamente importante para mim, ele me zera, tira tudo de ruim e só deixa as coisas boas. Limpa o HD e recarrega as baterias. Nas fotos estou radiante, feliz e em paz, mesmo um pouco acima do peso (claro que tive uma crise de choro e loucura no primeiro dia quando me vi no biquíni que havia levado e constatei os quilinhos extras, mas fui salva pela minha mãe, que havia levado outro biquíni maior e mais comportado, que disfarçou um pouco). Ali, à beira do mar, ao lado do amor da minha vida e da minha mãe, eu fiz a passagem. Agradeci à minha mãe, reconheci o seu valor, suas qualidades e me despedi. Serei mãe agora. Segurei a mão do meu marido e foi ali que começou a minha gravidez. Filho(a), pode se preparar. Estou arrumando tudo para a sua chegada. Comecei a minha mudança alimentar e estou levando mais a sério do que qualquer outra coisa na minha vida, estou sentindo uma força interna enorme. Serei mãe, sou mãe, estou pronta. Filho(a), queremos você aqui com a gente, no lar que eu e o seu pai construímos para você. Farei massagens com óleos antes de você dormir ao som de músicas clássicas ou trilhas sonoras de filmes orquestradas, músicas preferidas da sua mãe. Isso se o ciumento do seu pai deixar. Às vezes fico tentando imaginar o

seu rostinho. Caramba, filho, que saudade de você. Saudade de tudo o que ainda vamos viver. Estou tão feliz, quando acho que não dá para ser mais feliz o seu pai me surpreende e consegue me fazer ainda mais feliz. Não vejo a hora de vocês se conhecerem. Como tenho orgulho de vê-lo estudando, ele se forma neste ano. Estará formado e será pai. Quem sabe ele muda de trabalho e poderá dormir todas as noites ao nosso lado, né filho? Mimando-nos, nos amando e nos protegendo. Contagem regressiva.

14 de agosto: Hoje foi um dia importante. 10 anos e 10 meses de um lindo relacionamento. Muito amor, muita cumplicidade e muito carinho. Amanhã paro completamente de fumar. Já estou tomando ácido fólico há algum tempo. Parei com todos os remédios controlados que tomava, para fazer uma verdadeira limpeza no organismo. Antidepressivos e ansiolíticos que tanto me ajudaram durante todos esses anos. Mas com certeza meu filho é mais importante. A má notícia é que vou ter que manter um deles em dose mínima. O meu organismo começou a sofrer muito e não quero ter recaídas. Claro que fiquei muito triste e me senti muito culpada, mas estava ficando muito deprimida e tive que engolir o meu orgulho e voltar a tomar o remédio. Não vou suportar se ele fizer mal para o meu neném, mas segundo o médico é um risco controlado. Fiz todos os exames de sangue possíveis e está tudo bem. Até seu pai fez uma batelada de exames. Estamos saudáveis. Estamos quase prontos. Amanhã dou mais um passo em direção a você, meu filho: Pedro Henrique ou Marina Gabiana. Estou preparando seu ninho, meu filho, limpando, arrumando e perfumando. Estamos aguardando a sua chegada ansiosamente. Teremos o nosso filho, nosso

amor gerará frutos. Fruto de um amor intenso, iluminado e eterno. OBS 1: Meu sangue é A positivo e não O positivo, como imaginei a vida toda. OBS 2: Já eliminei 7,3 kg, exigência de 8 kg da ginecologista para engravidar. OBS 3: dia 9 de setembro retiro o último anel anticoncepcional.

14 de setembro: Realmente não tenho muito a falar. Ainda estou tentando absorver todas as novidades. Na última quarta-feira levei ao neurologista a ressonância da cervical que fiz após três dias de uma pulsoterapia. É, tive um surto, tive que fazer pulsoterapia. No dia de retirada do anticoncepcional, ao acordar havia perdido a força do lado esquerdo do corpo, a visão e o equilíbrio. Quando cheguei ao hospital o meu neurologista ficou visivelmente assustado. A ressonância feita de emergência mostrou 10 cicatrizes de surtos antigos. Descobri que mesmo sem surtos a doença continuou ativa e deixando cicatrizas na medula. O meu mundo caiu de novo. Senti que estava novamente recebendo o diagnóstico de esclerose. Ao invés de gastar com roupinhas e berço, comprei a minha primeira cadeira de rodas e estou procurando um carro com um porta-malas maior em que caiba a cadeira. Ano que vem completo 9 anos de esclerose, a partir de agora as lesões dificilmente saram e as sequelas só irão se acumular até a invalidez total, isso segundo as minhas pesquisas, é claro. Estou muito triste. Subestimei a doença. Quarta-feira que vem faço ressonância do crânio e da coluna torácica para tentar achar onde foi o último surto. Caso mostre mais lesões, vai confirmar que a doença mudou de fase, evoluiu silenciosamente, ou seja, agora não há recuperação das lesões. Estou tentando ser otimista pelo meu marido, mas está muito difícil. Hoje desmontamos o quarto do nosso filho. Guardamos todos os bichos de pelúcia

que já decoravam as prateleiras, e transformamos a cômoda que foi da minha sobrinha e que já estava aguardando o enxoval em uma sapateira. Transformamos o quarto em um quarto de hóspedes, afinal, estou cada vez mais dependente e talvez precise de ajuda. Filho, me desculpa, é a única coisa que consigo te dizer neste momento. Agora, possibilidade de engravidar só no ano que vem. Estou destruída. Estou com medo, ansiosa, triste, desapontada. A esclerose agiu em silêncio. Agora não consigo mais trabalhar de andador, só com cadeira de rodas e nada no prédio é acessível. Até ao banheiro preciso ir acompanhada. Todo dia é uma nova batalha. Batalha para acordar, para me trocar, para ir trabalhar, para respirar.

27 de setembro: mais 15 lesões na minha medula. Troca de medicação, injeções diárias. Adiamos a gravidez por tempo indeterminado.

Depois de algum tempo eu melhorei e retomei os planos de engravidar, mas depois de uma consulta difícil fui aconselhada a não tentar. Muitas outras coisas aconteceram dentro deste tema, gravidez, mas é um assunto para outro dia.

Balanço do dia:

- **Desafios:** lembrar de tudo isso e não me deprimir.
- **Conquistas:** hoje eu me pesei. Não é a balança da nutricionista. Pode ter alguma variação... mas eliminei 3 quilos!!! Sim, inacreditável! Três quilos em 28 dias. Sem fazer exercício. Só controlando a alimentação. Muito bom! Agora sim estou otimista...

029 / 336 dias (01/11/2016)

Fiz uma descoberta maravilhosa hoje. É possível comemorar a vida sem comer nem beber demais. É maravilhoso comemorar sem beber nem comer demais. Sabe quando isso é possível? Quando as pessoas que estão em volta te embriagam com as suas singularidades, suas vivências, suas escolhas, suas batalhas, suas vitórias, suas derrotas, suas deficiências, seus sonhos... Hoje eu passei horas do meu dia rodeada de amigos. Como no poema de Cris Pizzimenti, "Sou feita de retalhos", eu encontrei mais alguns retalhos. Completei mais um pedaço da colcha da minha vida com retalhos especiais, cedidos por pessoas igualmente especiais. Foram horas de conversas, de historias, de opiniões. Mesmo tão diferentes, igualmente engajados na manutenção da completa ausência de julgamento e PREconceito um com o outro. Uma empatia generalizada uniu seis adultos e duas crianças ao redor de uma mesa para trocar experiências e opiniões. Despidos dos pudores da sociedade. Prontos para reconhecer fraquezas, prontos para rir até as bochechas doerem. Obrigada. Só tenho que os agradecer. Cresci como pessoa. Reciclei as minhas esperanças. Agora entendo o Mario Sergio Cortella ao dizer que a vida é compartilhar. Conversamos por oito horas maravilhosas. Que darão origem a milhares de horas de recordações...

Cheguei em casa e ao preencher o aplicativo percebi que ainda me restavam 200 calorias. Um milagre, multiplicação das calorias. Ainda pude comer um dos maravilhosos bombons que estavam na geladeira sem estourar a quantidade de calorias por dia...

Balanço do dia:

• **Desafios:** subir um lance de escada para chegar ao encontro...

• **Conquistas:** sair com amigos, me divertir, ficar feliz, sem álcool e nem comida em excesso, um verdadeiro milagre...

030 / 335 dias

Feriado. Muita cama e muita fruta.

Balanço do dia:

• **Desafios:** nenhum.

• **Conquistas:** não sentir culpa em passar o dia dormindo. Quer dizer, não muita culpa...

033 / 332 dias

Balanço do dia:

• **Desafios:** dia de inúmeras tentações. Fomos ao shopping almoçar! Que coisa horrível, fast food, pizza, massas, carnes, pastel, sorvete...

• **Conquistas:** comer uma comidinha dita "caseira", sem sobremesa!

034 / 331 dias

O dia da primeira pesagem oficial está chegando... Daqui a dois dias irei descobrir o quanto eu eliminei em 36 dias de reeducação alimentar... Dando um desconto que estou sem fazer atividade física aeróbica...

Comecei o livro *Pense Magro*. Muito bom, exercícios diários para a mudança de padrão de pensamento. Com direito a listas de vantagens de emagrecer e compromissos por escrito. Adiantei a primeira semana e amanhã adianto a segunda, pois segundo o livro é bom começar o regime só duas semanas depois dos exercícios práticos de empoderamento, então preciso correr...

Estou com uma ótima expectativa, talvez boa demais, por isso estou com medo. No sábado baguncei todo o meu dia alimentar por pura ansiedade... Odeio quando faço isso. Vou ficando muito nervosa e me embanano toda...

Um pensamento sabotador acabou de aparecer na minha cabeça: você está se boicotando! Rapidamente corri em minha defesa: não estou me boicotando, só estou com medo. Normal sentir medo e ansiedade, principalmente eu, que passei a vida driblando os números da balança. É a primeira vez que realmente serei honesta, que não tentei cortar caminho, que não fiquei sem comer, que não vomitei, que não "chutei o balde" nem um dia, que não tomei laxantes... Será que a balança será generosa depois de tantos anos de trapaças? Quando jogamos limpo ficamos mais vulneráveis. Odeio me sentir vulnerável...

Balanço do dia:

- **Desafios:** não deixar a ansiedade estragar tudo...
- **Conquistas:** não deixar a ansiedade estragar tudo hoje.

036 / 329 dias

Meu mundo caiu. Fui à consulta mensal com a nutricionista. Fiquei nos três quilos mesmo. A balança não me perdoou. Hoje estou pesando 88,7 quilos. Comecei com 91,7 quilos. Três quilos em 36 dias. Sei que é bastante, principalmente por ainda não estar fazendo exercício, mas realmente esperava mais. Fiquei muito frustrada. A minha vontade foi sair de lá direto para a lanchonete mais próxima. Como já sabia que tinha perdido aproximadamente três quilos, eu estava esperando, pelo menos, mais um quilo depois de 10 dias... Pensamentos sabotadores não param de passar pela minha cabeça. Tenho respostas para todos eles, mesmo assim eles insistem. Sei que fiz tudo certo, sei que o meu organismo é complicado. Mesmo assim eu esperava mais...

Tudo bem. A saga continua... Cabeça erguida. Eu eliminei três quilos. São três sacos de farinha, é muita coisa... Imagina três sacos de gordura! Ui, agora fiquei com nojinho... Já tenho 38 anos, o meu metabolismo não é mais tão jovem. Gasto pouquíssima caloria, quase não me movimento. Não tem nada perdido, e parabéns para mim. Tenho ainda muito a aprender...

Balanço do dia:

- **Desafios:** não desanimar...
- **Conquistas:** eliminei três quilos.

037 / 328 dias

Pronto, estou de volta ao jogo. Pronta para me esforçar mais ainda. Levar ainda mais a sério e começar com exercícios regulares, além da fisioterapia... Pelo menos essa é a intenção... Tudo no lugar. Caso eu continue neste ritmo, passo o Natal com menos de 85 quilos... Quem sabe... Vou me esforçar bastante! Esqueci-me de dizer ontem, meu marido também perdeu três quilos... Mesmo comendo mais... Mesmo comendo escondido... uhuuu... Brincadeira... Estou muito feliz, feliz por ele também, o casal eliminou seis quilos!

Balanço do dia:

- **Desafios:** ficar orgulhosa de mim...
- **Conquistas:** dar-me parabéns sem ressalvas...

040 / 325 dias

Acho que não estou tão preparada quanto imaginava. Acordei supergripada. Mal mesmo... Passei um dia de cão e acabei comendo um cachorro-quente... Pisei com os dois pés na jaca...

Balanço do dia:

- **Desafios:** sobreviver a esta gripe...
- **Conquistas:** sem conquistas.

041 / 324 dias

Dia de completa ressaca moral. Fiquei muito triste por ter sucumbido à tentação e ter fugido do regime. Sinceramente, o mais difícil foi voltar para a alimentação saudável. A vontade foi de chutar o balde, aceitar que nunca vou conseguir emagrecer e abandonar todo o processo. A tristeza bateu mesmo. Misto de falta de energia, com febre, tosse, vontade de não sair mais da cama. Acho que a grande lição que fica é a de que ainda estou em processo de amadurecimento e que devo continuar muito atenta a todas as tentações. Também preciso aprender que as escapadas e as derrapadas vão acontecer e eu preciso ser forte o suficiente para passar por cima de tudo e voltar aos trilhos...

Balanço do dia:

- **Desafios:** esquecer o dia de ontem...
- **Conquistas:** tirar água de pedra e terminar o dia sem nenhuma escapada alimentar...

042 / 323 dias

Ainda estou gripada, mas melhorando...

Para deixar o dia mais leve, encontrei um texto bem legal sobre a evolução do bolo na minha vida.

A arte de fazer bolo

Nossa, estou na frente do computador já faz algum tempo e não consegui pensar em uma história legal para contar. Entrei nos sites de notícias online para saber das últimas novidades. Vi meus e-mails. Entrei no meu facebook. Joguei aqueles joguinhos bobos e viciantes até perder todas as minhas vidas e acabei desistindo de esperar a contagem regressiva para obter mais uma vida. Voltei a olhar os sites de notícias online para saber se alguma coisa aconteceu enquanto eu estava jogando. Foi então que eu vi algumas imagens de bolos e lembrei da minha avó e de todas as diferentes formas que eu já fiz bolo no decorrer da minha ainda curta existência.

Desculpa, mas tenho que começar com: quando eu era pequena..., faz parte do processo, sem saudosismo, estou apenas relatando fatos verídicos. Talvez isto esteja até em um livro de história da evolução no século XXI, ou nas aulas de filosofia do futuro, bom, voltando ao assunto. Quando eu era pequena, fazer bolo era um acontecimento, pelo menos entre eu e a minha avó. Tinha que ser planejado, estudado, feito com tempo, apesar de toda a destreza dela na cozinha. Normalmente fazíamos à tarde, depois que a louça do almoço estivesse lavada e guardada e depois que todos já tivessem saído para seus afazeres. A cozinha era só nossa. Colocávamos o avental, separávamos os ingredientes e os utensílios domésticos. Minha avó ligava o forno, que precisava pré-aquecer por uns 30 minutos, enquanto passava o sermão para eu não chegar perto do fogão. Ela separava duas vasilhas, uma para as claras e outra para as gemas e o açúcar. Para aproveitar o gás e economizar, ela assava um bolo de uns 5 quilos. Era tanto ovo, tanta margarina e tanta farinha... O bolo era simples, sem chocolate, sem cobertura e sem frutas, "bolo-bolo", como chamávamos. Ela me colocava sentada num banquinho e montava a batedeira, quebrava todos os ovos, separava as claras das gemas e media a quantidade de açúcar. Primeiro batia as gemas com o açúcar, com certeza era a melhor parte, pois eu ganhava uma xícara de café cheinha daquela mistura logo em seguida. Gemada clarinha e deliciosa. A ordem dos outros ingredientes eu realmente não lembro, estava muito ocupada me deliciando com a gemada, só voltava a olhar quando ela estava batendo as claras. Demorava muito, o ponto exato só chegava quando ela virava a vasilha e as claras estavam firmes no fundo, sem escorrer. Estávamos chegando ao final. Ela misturava as claras com o resto, untava a assadeira, despejava a mistura e levava ao forno por uns 40 minutos. Ufa! A minha ajuda tinha acabado e eu estava liberada para brincar enquanto ela lavava a louça. O cheiro do bolo começava a encher a casa e atiçava todas as minhas lombrigas. O tempo não passava... Quando o bolo ficava pronto eu ainda recebia a ordem de não comer bolo quente, contrariada, tinha que deixar esfriar por um tempão. Tudo isso levava a tarde toda... O cheiro era delicioso e me deixava com muita vontade. Durante uns 8 ou 10 anos foi exatamente do mesmo jeito, o que foi mudando é que, conforme eu ia crescendo, ia ganhando novas responsabilidades e novas funções, bater as claras, untar a forma... O tempo de preparo era o mesmo, enorme.

Fazer bolo com a minha mãe era um pouco mais prático, surgiu a receita de bolo de liquidificador. Foi um avanço muito grande, não precisávamos mais bater as claras em neve e nem sujar um monte de louça, e o mais importante, não sujava a batedeira! Todos os ingredientes no liquidificador, ovos, farinha, sem xícaras de medida, nem copos americanos, tudo era medido no próprio potinho do iogurte e jogado no liquidificador. A mistura era despejada na assadeira untada e era colocada no forno por uns 30 minutos. Bolo pronto. Nesta época eu já podia comer o bolo morninho. A louça também era pouca, apenas algumas vasilhas onde quebrávamos os ovos, a colher da margarina, o liquidificador, o potinho do iogurte para reciclar. Apesar de toda a modernidade, fazer bolo ainda exigia disposição.

Então apareceram as misturas de bolo prontas, e seus diversos sabores. Bastava adicionar leite, ou ovos, ou margarina, dependendo da marca. Misturar tudo, untar a assadeira e levar ao forno. O que levava mais tempo era untar a assadeira. Eu morria de preguiça disso. Depois também tinha que lavar tudo, isso porque não tínhamos lava-louças, lavar a colher da mistura, a xícara de medida de leite, a assadeira... Depois de 20 minutos o bolo estava pronto, e sem ninguém para impedir que eu o devorasse em seguida, ainda quente. A vontade de comer bolo não precisava ser tão forte para me levar a fazê-lo, eu não precisava me empenhar muito e nem esperar muito. Quando começava a sentir o cheiro do bolo pela casa é porque estava pronto para tirar do forno.

Por favor, preciso de um minuto.

Pronto, onde estávamos? Claro que entre estas receitas existiram muitas outras, só estou contando aquelas que fizeram parte da minha vida. Agora que estou com 36 anos, as coisas mudaram um pouquinho, enquanto estava escrevendo fui ficando com um pouco de fome, e no decorrer do texto fui pensando no que tinha nos armários, na geladeira e nada estava me agradando muito, então tudo fez sentindo, por que não bolo? Corri até a cozinha, misturei um pó pronto com leite na caneca, coloquei no microondas por exatos um minuto e quarenta segundos e fiz um bolo individual. Alguém quer um pedaço? Não sei se eu estava com muita vontade, mas me deu lombriga, e olha que ela nem precisou insistir muito. Posso comer quente e depois é só lavar a caneca e o garfo...

Em um mundo onde a informação instantânea e o consumo imediato são o Santo Graal da Era Moderna, parar é quase uma dádiva, pensar é quase impossível, respirar é apenas necessário. Criamos estratégias cada vez mais engenhosas para perdermos menos tempo, para corrermos mais, para sabermos mais, para termos mais. É só pensarmos na evolução do bolo, apenas da minha infância para cá, e notamos como o bolo se transformou. É possível ver a evolução humana e tudo o que foi perdido ou transformado ou apenas apressado, dentro de poucos 36 anos, apenas contando a história dos bolos da minha vida. Antigamente e nem tão antigamente assim, eu e a minha avó levávamos a tarde toda para fazer um bolo, existia toda uma expectativa, toda uma preparação, todo um trabalho. Gastávamos todas as calorias que íamos consumir mais tarde só durante o preparo. Hoje não é preciso nem muita vontade. Em menos de 3 minutos temos o desejo, a preparação e a degustação. Será que nos tornamos mais imediatistas, mais preguiçosos, mais ocupados, mais estressados? Onde será que vamos parar? Como dizer para as crianças que elas precisam estudar durante anos, fazer estágio, trabalhar, para então ter as coisas que querem, se basta ter vontade de comer um bolo e em 3 minutos estão comendo? Como conseguimos segurar a ansiedade e manter a plantação de tudo, se cada vez mais o mundo só quer colher? Bom, isso é assunto para um próximo texto e o meu bolo está esfriando demais.

Patrícia Fernandes

Balanço do dia:

- **Desafios:** sair da cama...
- **Conquistas:** ficar abaixo da meta de calorias diárias.

045 / 320 dias

Fiquei alguns dias sem escrever porque eu estava surtada. Entrei em momentos de completo desespero. Eu sou extremamente crítica comigo mesma. Sou a minha pior e mais cruel inimiga. Às vezes me vejo sentada por perto, quase como num desenho animado, um anjinho mau, que fica me observando e sendo cruel. Aponta e ri de todas as derrotas. Desdenha de todas as vitórias. Uma voz que me mostra todos os dias o quanto estou perto de desistir de toda esta palhaçada de 365 dias, emagrecer, ser saudável, não querer morrer. Enaltece cada novo tombo, cada perda diária e torna as conquistas obrigações menores. Com uma voz doce, seduz e convence. Foram dias de derrapadas alimentares, parada nos exercícios diários, pane total. Pane total. Quase consigo vê-lo se contorcendo de tanto rir. Às vezes me supero no exagero!

Fui para a terapia com toda a carga de culpa e espírito de derrota de um soldado espartano ao perder uma batalha. Sentei no sofá e descobri as maiores verdades sobre mim mesma e sobre o mundo que eu jamais pudera imaginar.

Muito obrigada, minha querida psicóloga, você abriu uma janela na minha alma. Agora posso respirar melhor...

Esta foi a grande lição: calma. Tenha paciência consigo mesma. Elogie-se. Todo mundo escuta essa voz castradora e cruel do ego; cabe a você internalizar ou não. Podem até te oferecer veneno, mas caberá a você tomar ou não. Como eu pude ser tão boba? Isso é tão obvio! Ops, olha eu me xingando de novo. Força do hábito. Amar a si mesmo é a lição mais difícil que eu já tentei aprender, e olha que sou boa aluna...

Ela me deu um exemplo que vou levar para o resto da minha vida. Tinha um pequeno vaso com água e uma rosa na mesinha ao lado dela. Ela disse: — Se você quebrar o vaso, vai ficar sem graça, chateada e eu vou ser supercarinhosa e vou dizer que não tem problema e que a culpa foi minha por ter deixado algo tão instável e frágil em cima de algo mais frágil e instável em um lugar por onde passaria alguém com dificuldade de locomoção. Você vai passar o dia todo chateada e eu vou ter esquecido. Com os outros somos bons, carinhosos, desculpamos tudo, mas conosco mesmos somos implacáveis.

Verdade, quanto melhor eu trato os outros, pior eu me trato. Não me perdoo nunca. Nunca me elogio. Não tem uma vez que eu tenha olhado para o espelho e que a primeira coisa que apareceu na minha cabeça não tenha sido: "Nossa, como você está velha e gorda!" Que coisa horrível, imagina você encontrar com alguém no elevador e antes de dar bom dia dizer que a pessoa está velha! E gorda!!! Minha mãe não me educou para ser tão grossa, kkkk. Então não posso mais me tratar assim. Comi algo que não deveria, ok, bola pra frente... Não fiz exercício hoje, ok, ainda tenho tempo... Sei que não sou nenhuma irresponsável, que não vou me acabar em uma churrascaria, então pegarei mais leve. Só isso.

Também não estou conseguindo meditar, mas ela falou que à medida que a voz for ficando menos histérica vou conseguir me concentrar melhor...

Aprendi muito mais coisas, mas tá bom por hoje.

Balanço do dia:

- **Desafios:** assimilar tudo o que eu aprendi hoje...
- **Conquistas:** deixar o peso do mundo na terapia e sair de lá esperançosa...

046 / 319 dias

A voz está indignada com a minha falta de atenção para com ela. Grita o tempo todo. Joga pesado, sujo, desleal. Agora quem está rindo sou eu! Continuo conseguindo ignorá-la; pelo menos não ando respondendo mais. Acho que já é um belo começo...

Balanço do dia:

- **Desafios:** ignorar alguém tão escandaloso...
- **Conquistas:** ignorar alguém tão escandaloso hoje.

047 / 318 dias

Apesar de ontem ter comido um cachorro-quente, eu fiquei dentro do limite de calorias. Claro que fiquei com fome, afinal de contas, comi o sanduíche na hora do almoço e acabaram as minhas calorias diárias. Tudo bem, valeu a pena. Foi uma das poucas vezes na minha vida que eu comi sem culpa. Só agora percebi como a culpa estragava o verdadeiro gosto dos alimentos. Sem culpa a comida fica mais gostosa, mais temperada. Hoje comi bastantes frutas, só para garantir...

Balanço do dia:

- **Desafios:** continuo tentando ignorar a voz, mas ainda a escuto...
- **Conquistas:** comer algo sem culpa...

049 / 316 dias

Estou superfirme na alimentação. Acho que estou pegando a prática sobre quanto e o que comer. Fizemos um refogado com pimentões, cebola e carne que ficou maravilhoso. As escolhas do que comer estão ficando mais sensatas e mais fáceis. Acho que vou pesquisar mais sobre a quantidade de calorias dos alimentos, assim terei mais opções... Só ainda não consegui voltar com a meditação e os exercícios diários, mas estou pegando leve comigo mesma. Estou sendo mais gentil e educada...

Balanço do dia:

- **Desafios:** retomar os exercícios e a meditação...

- **Conquistas:** ser mais gentil comigo mesma, estou gostando da sensação de ser amada.

053 / 312 dias

Uma frase não me saiu da cabeça o dia todo, do filme "Comer, Rezar, Amar". Sobre entrar em uma jornada de autoconhecimento de maneira inteira e verdadeira, e que então a verdade não será negada a você. Ela não foi negada a mim...

Comecei uma viagem no dia 3 de outubro de 2017, da qual eu só sabia o destino. Sobre o caminho eu nada sabia. Comecei firme, tropecei, segui em frente, tropecei de novo, levantei mais forte... Como no filme, também me propus a ver cada acontecimento como um sinal, um pequeno milagre. A minha comunicação com Deus continua estremecida. Ainda não fizemos totalmente as pazes desde o transplante. Sofri muito. Mais do que muitos poderiam suportar. Mesmo assim, sigo em frente, sorrio, brinco, falo bobagem. Ahhhh!, se a minha família me conhecesse como sou, talvez não tentassem me mudar e poderiam até gostar da minha companhia...

Eu e a minha psicóloga estamos juntas nessa batalha. Como uma verdadeira equipe. Toda a semana eu passo na sua "oficina" para regular os faróis, abastecer, avaliar, desabar, realinhar... Acho que também é a primeira vez que ela poderá observar em campo toda uma bagagem de teorias. 365 dias podem realmente mudar uma vida? Uma busca por amar a si próprio pode curar o meu excesso de gordura? Posso realmente acreditar que a vida está em mim? Que Deus está em mim? Sou capaz de sobreviver a esta viagem?

Esta mudança tão dramática no meu texto tem um motivo. Tudo mudou. Depois da minha primeira nevralgia do trigêmeo, tudo mudou. Só quem tem vai entender como é poderosa essa dor. Faz quase cego enxergar! Tá bom, brincadeirinha boba... Mas é poderosa mesmo. Algo me surgiu como um pensamento, mas algo que nunca havia pensado nem sequer parecido antes. Pensava que estes 365 dias seriam percorridos de carro, mas me enganei com o modelo do carro. Quando formalizei o meu propósito de cuidar de mim nos próximos 365 dias e o cronômetro disparou, eu estava aceitando os termos da viagem. Modelo montanha-russa no escuro sem freio. Esse foi o modelo a mim atribuído. Já não cabe reclamar, só segurar firme e tentar não gritar.

E então algumas coisas começaram a fazer algum sentido. Terei de percorrer todas as etapas desta viagem se quiser chegar ao meu objetivo. Isso inclui empolgação, tédio, negação, desespero... Acho que acaba gerando uma mudança global a simples troca do combustível. Quando trocamos a nossa alimentação, trocamos o nosso combustível. O motor e o motorista precisam se adaptar. Cérebro e corpo. Corpo e cérebro. O meu objetivo de emagrecer não inclui o "a qualquer custo". Uma reeducação alimentar e uma mudança de padrões alimentares profundos foram a metodologia adotada. Estou há 53 dias sem refrigerante. Estou há 53 dias sem *fast food*. O corpo e o cérebro estão sentindo. Estão começando a acreditar que eu não estava brincando. Estão começando a me ajudar no caminho...

Estou tendo pesadelos horríveis faz uma semana. Parece que todos os medos, os "homens do saco", os abusos e abusadores, os sustos, as frustrações, aparecem nos sonhos e me confrontam. Cada cena, cada pessoa, viva ou morta, reunidas na minha cabeça, enquanto o corpo tenta relaxar. Estórias esquecidas, soterradas, empoeiradas, mas vivas. Como se cada detalhe tivesse ligação direta com cada caloria que eu tenha ingerido na minha vida. O meu problema de peso começou muito cedo. Frequento o consultório de nutricionistas desde os oito anos. Claro que estes quilos a mais que tenho hoje não apareceram do nada. Foram gramas acumuladas ao longo de 38 anos. Este é outro pensamento que vazou do inconsciente.

Outro pensamento foi o de que talvez alguns estejam certos ao dizer que não são os alimentos que engordam, e sim os sentimentos.

Minha psicóloga disse que talvez eu tenha que perdoar ou não as pessoas e os fatos, mas que devia responder a todos. Talvez eu tenha de admitir que aquelas situações que aconteceram não foram culpa minha, perdoar ou não os envolvidos e seguir em frente. Como ela mesma diz, dar a outra face pode ser virar de costas, mostrar a nuca e não dar o outro lado da face.

Alimentação é tão animal, primitivo, gutural... Só eu mesmo para achar que seria fácil como preencher um formulário...

E olha que ainda estou no dia 53. Tenho muito medo do que vem pela frente. Agora entendo a ordem do filme: Comer, rezar e amar...

Primeiro temos que aprender a cuidar do corpo que temos, para depois descobrir até onde podemos ir com ele. Acho que é isso. Bom, por enquanto é isso, até tudo mudar de novo.

Balanço do dia:

- **Desafios:** respirar com medo de a dor voltar, imagine comer...
- **Conquistas:** não sair da linha porque estou dodói, apesar de ser uma ótima desculpa...

057 / 308 dias (dia 28/11)

Absolutamente tudo tem sido um desafio. Acordar, levantar, sorrir. Caramba, como é difícil mudar... E nem é uma mudança tão radical assim... Sinto pena de mim, sinto raiva de mim, sinto orgulho de mim... Tenho certeza de que não emagreci nada desta vez... As roupas me dizem... Que petulância a minha de achar que seria um ano um pouco mais fácil que o anterior... E ainda tem gente que vai falar: você só emagreceu três quilos? Como é preguiçosa...

Balanço do dia:

- **Desafios:** todos.
- **Conquistas:** não desistir.

059 / 306 dias

Difícil viver em um mundo onde a comida saudável custa mais caro do que a comida industrializada. Uma alimentação balanceada e nutritiva pesa no orçamento.

Balanço do dia:

- **Desafios:** comprar mais castanhas, sementes, ervas, aveias, granola, enquanto o macarrão instantâneo sai por R$ 1,50...
- **Conquistas:** não comprar macarrão instantâneo...

060 / 305 dias

Comecei o dia pensando no quanto a minha estrutura familiar colaborou com o meu excesso de peso. Pensamentos como: lá em casa tudo era comida; reuníamo-nos para comemorar ao redor da mesa; meus avós eram donos de uma banca no mercado municipal de Campinas, onde revendiam doces, pães, biscoitos e chocolates, como eu poderia resistir? Essas questões povoaram a minha mente por um tempo. Até chegar à terapia... Estou ficando cansada de mim! Ou tenho que melhorar os meus argumentos! Ou a psicóloga é muito boa! Ou me enganar não é mais uma opção! Cheguei cheia de dúvidas, de perguntas filosóficas, de resgates da infância, de traumas, de neuras. Toda esta confusão dissipada com três palavras. — Isso é normal! — E complementou: — Na grande maioria das famílias isso também ocorre, e cabe a mim (no caso, eu) decidir o que fazer com toda essa carga emocional e afetiva que eu já vivi, continuar carregando-a e incorporando-a ao meu corpo, ou deixá-la no passado e, mais leve, alcançar novas distâncias, mudar o meu destino? Se quiser descobrir de onde vem o problema com a alimentação, podemos investigar, mas investigar de onde veio não mudaria o fato de ela existir.

Imediatamente me lembrei de uma mensagem que recebi do meu pai, uma piadinha:

"Depois reclama que está engordando! Jesus nasce... você come panetone! Jesus morre... você come bacalhau! Jesus ressuscita... você come chocolate!"

Realmente, neste momento tenho de mudar minha postura frente à comida. Só eu posso fazer. Isso, ou continuar arranjando culpados e motivos para continuar agindo do mesmo jeito. Tive uma vida normal e excepcional na mesma proporção. E isso é normal! Não muda nada, ou quase nada... A ação deve ser minha. Desculpas sempre existirão. Deixei a carga da busca de culpados e motivos no consultório mesmo.

Nossa, que bonito, fiquei até emocionada! Agora quero ver colocar em prática! Acho que ainda terei alguns anos de terapia pela frente...

Realmente, todas as pessoas deveriam fazer terapia. Faço terapia há mais de 20 anos, quase sem intervalos. Passei por três terapeutas, sendo que ainda estou com a terceira. Todas, sem exceção, me transformaram nesta mulher forte, feliz, otimista (quase sempre), realizada (ou em vias) e legal. Eu só consigo admitir me elogiar, pelo menos de vez em quando, por causa de vocês. E sem sombra de dúvida eu só sou esta mulher por causa de vocês. Cada uma foi crucial em uma etapa da minha vida. E por ironias da vida eu as abandonei sem nem me despedir... Fui covarde ao não dizer adeus. Eu admito, doeria demais...

Uma me ajudou na adolescência, período perigoso, turbulento, dolorido, e me guiou em segurança até uma idade madura. A outra me conheceu no ápice da minha crise existencial, namoro de sete anos entrando em falência, fracasso com a arquitetura, diagnóstico de bipolaridade... e sabiamente, amorosamente, energicamente, angelicalmente me guiou até o meu marido, e os três juntos atravessaram a tempestade da descoberta da esclerose múltipla, a batalha da saída da casa da minha mãe, a batalha de conquistar o nosso lugar no mundo, na sociedade, na família. A terceira, e atual, me conheceu no ápice da doença, quando eu já estava na cadeira de rodas, quando eu já havia desistido. Ela me guiou por um transplante de medula óssea, por um renascimento, e continua me ajudando nos ajustes da minha mente construída ao longo de 38 anos, cheia de vícios e escleroses, de conceitos e preconceitos, com a minha nova realidade física, profissional, emocional, postural e espiritual. Com certeza a terapia foi e continua sendo fundamental na minha vida.

Como disse antes, estou longe da alta da terapia...

Balanço do dia:

- **Desafios:** preciso listar?
- **Conquistas:** estou me sentindo mais leve, espero que reflita na balança, kkk...

061 / 304 dias

Fico tão bem quando faço fisioterapia todos os dias. Parece que o dia fica mais leve, mais feliz, mais colorido. Sei que se a minha família pudesse ler isto, eu estaria completamente perdida, mas tenho de admitir que todos me falaram: — O exercício físico, por menor que seja, faz toda a diferença. Ouvi muito também que um corpo em repouso tende a continuar em repouso — apelaram até para o Isaac Newton!

Acontece que sou a pessoa mais preguiçosa e sossegada do planeta. Sou capaz de dormir até 14 horas por dia sem sentir nenhuma dor no corpo. Até porque eu sonho muito e em 80% dos meus sonhos eu ando, corro, pulo, vivo milhares de aventuras. Meus sonhos são coloridos, têm cheiro, sabor, temperatura, lógica sequencial. Posso ter dois, três sonhos por noite. Sinto pena de acordar, poderia estar em alguma aventura... Até o meu marido anda frequentando os meus sonhos. Temos tido maravilhosas noites de amor, consigo fazer estripulias e posições que já não fazem parte do meu repertório faz tempo... Além disso, a minha avó Cecília, minha avó Maria Helena e o meu avô Alexandre estão vivos e continuam me agraciando com as suas histórias. Na minha vida acordada as coisas são bem mais sem graça...

Tenho uma dificuldade surreal de fazer as coisas. Em casa só consigo me locomover com o andador. A fadiga é enorme, uma exaustão incompatível com o esforço realizado, outra lembrancinha da esclerose... Estou em reeducação alimentar e tentando emagrecer. Comer ainda não é uma opção de diversão... Faço fisioterapia. Dói, cansa, irrita e me mostra em cada movimento o quanto eu estou longe da "normalidade", longe até mesmo do meu sonho de poder voltar a usar apenas bengala para me locomover. Até as minhas peças de artesanato ficam muito mais bonitas no campo da imaginação. Quem em sã consciência gostaria de acordar?

O exercício físico faz uma ligação com a vida na sua essência e traz sensações muito boas. Quase uma vontade de continuar vivendo apenas para sentir a liberdade corporal da realidade. Com gravidade, peso, ar... Fazendo um sentido muito mais agradável ao cérebro do que as leis da física inventadas no subconsciente e aplicada nos sonhos. Sou uma menina das exatas. Por mais que os sonhos sejam deslumbrantes, deixam a desejar na questão da lógica e da ciência. O meu cérebro sabe que é sonho. A vida como "avatar" é maravilhosa, mas não é vida real...

A minha experiência em fisiologia é extremamente limitada, o que me impedirá de listar todos os processos químicos iniciados e todos os hormônios produzidos com a atividade física. Também não sei dizer se esta dosagem será suficiente para me viciar para sempre. Mas por enquanto estou gostando. Para alguém que tem que aprender a viver no presente, isso já basta.

Espero de todo o meu coração que dia 8, dia da minha próxima pesagem, eu fique feliz. Estou começando a ficar muito ansiosa, o que nunca é bom... Às vezes eu acho que notei diferença nas roupas, mas no final do dia as sinto apertadas como antes... Tem dias em que estou quase sem barriga e tem dias que ela quer ser o centro do universo, expandindo o seu limite...

Balanço do dia:

- **Desafios:** admitir que exercício físico faz bem...
- **Conquistas:** voltar a uma regularidade nos exercícios físicos...

062 / 303 dias

Tinha certeza de que hoje seria um dia muito difícil. Pela minha ansiedade. Por meu medo de falhar na próxima pesagem. O café da manhã já foi mais solto. Comi pão francês, pão de queijo, pão doce... A coisa já não ia bem... À noite decidimos comer algo gostoso. Pizza não, muita caloria... Batata-suíça, nem pensar... massa é carboidrato. Resolvemos pedir espetinho, proteína, sem acompanhamento nenhum, sem molhos, só proteína. A única regalia seria uma cerveja. Tudo bem, danos razoavelmente calculados. Prejuízo pequeno. Na hora de fazer o pedido, resolvemos experimentar cinco tipos diferentes. Comemos tão felizes! Cada mordida era um orgasmo dos sentidos. Sabor, cheiro, suculência... A cerveja descia pela garganta e um sorriso brotava no lábio. Maravilhoso. Senti como se estivesse no paraíso. A comida boa desperta o melhor em mim, e até então sem culpa.

Depois de comer fui inocentemente preencher o aplicativo de contagem de calorias. Feliz e quase esperançosa em ficar dentro do limite diário.

Foi então que meu mundo caiu.

Algumas coisas que preciso esclarecer antes: cada um comeu cinco tipos diferentes de espetinho. Pedimos um para cada, nada mais natural, mas é bom avisar. Sabíamos que alguns seriam um pouco mais calóricos que outros, mas era um risco que estávamos dispostos a correr. Acabei tomando duas cervejas *long neck*... Eu sei, me empolguei...

No aplicativo, você procura o alimento e adiciona no seu diário alimentar, e um contador vai descontando as calorias respectivamente. Primeiro adicionei as duas cervejas, pois sabia que seriam mais calóricas que o resto, 270 calorias. Bem mais do que eu achei, mas ainda razoável... Espetinho de carne: 100 calorias... Fiquei muito feliz, sabia que espetinhos teriam poucas calorias. Como pedimos três de carne, com pequenas diferenças, contei 300 calorias. Sim, foram três, mas eu estava morrendo de fome! São pequenos, grelhados... tudo sob controle. Espetinho de linguiça: 239 calorias. Uoooouuu...! Confirmei a quantidade, um espetinho. Sim, um espetinho pequeno de linguiça tem 239 calorias. A mão começou a suar e chamei o meu marido. Precisava que alguém lesse comigo e me mostrasse que eu estava enganada, que eu tinha errado o produto, sei lá... Espetinho de frango com bacon (é, tinha três pedacinhos minúsculos de bacon, não deu nem para sentir o gosto direito): 223 calorias. Caramba! Entendeu o tamanho da tragédia? Foram 1032 calorias do jantar! Somado ao que eu já tinha extrapolado durante o dia, foram 1174 calorias a mais do que as 1200 liberadas: um total de 2374 calorias em um dia! E eu achando que estava sendo "superlight" nas escolhas. Pensei que estava tudo sob controle. Além disso, estourei os limites de gordura e de proteína diários. A tragédia foi de tamanha proporção que o aplicativo disse que caso eu replicasse a alimentação de hoje nas próximas cinco semanas eu estaria com 90 quilos de novo em poucos dias.

Depois do susto, tiramos algumas lições: não se empolgar, olhar as calorias antes de pedir, e o principal: cerveja volta a ser proibida. O mais difícil será não achar que sei o que é muito ou pouco calórico, comida é $#@/$%*&¨. E a principal lição de todas: se um alimento está realmente gostoso, cospe que ele engorda...

Balanço do dia:

- **Desafios:** comida é #$%&*&¨...
- **Conquistas:** comer com um prazer inenarrável depois de 62 dias e na inocência de ser uma leve extravagância. Mesmo que por pouco tempo...

063 / 302 dias

Resolvemos encarar o dia de ontem como um dia de aprendizado. Sem culpas demasiadas e sem arrependimentos. Aqueles espetinhos e a cerveja não merecem isso. Estavam deliciosos demais. Decidimos seguir em frente. Hoje, alimentação saudável e controlada. Comi até um pouco menos para ir quitando aos poucos a minha dívida de calorias. Frutas, iogurte, granola... De volta à realidade.

Balanço do dia:

- **Desafios:** continuar vivendo sem espetinho...

- **Conquistas:** não deixar que um tombo, mesmo que grande, me impeça de recomeçar no dia seguinte...

064 / 301 dias

Acho que aquela história de tentar me tratar melhor está começando a funcionar. Não fui tão feroz e tão impiedosa comigo no episódio dos espetinhos. Isso me deu mais força e mais disposição para voltar a comer direitinho na manhã seguinte. Não me senti tão derrotada. Até porque na noite do acontecido não teve uma sessão de açoitamento mental como normalmente teria tido. Com a ajuda do meu marido, focamos no fato de os espetinhos estarem deliciosos, e a cerveja estar gelada, e não na culpa. Senti que hoje a preocupação dele de me oferecer opções saudáveis e que eu especialmente gostasse foi um pouco maior, mas sem a cobrança que normalmente teria e o peso de ter que compensar. Uma oferta de colaboração, de apoio. Sou abençoada por tê-lo em minha vida e, depois de 14 anos juntos, ele continuar me surpreendendo e me ensinando.

Balanço do dia:

- **Desafios:** dia especialmente tranquilo, sem desafios...
- **Conquistas:** a mudança de comportamento e de reação aos mesmos estímulos é possível, apesar de difícil. E que ao mudarmos o comportamento, mudamos os resultados e as relações.

065 / 300 dias

"Que bom que você não se matou, se não teria matado a pessoa errada." Ouvi isso agora há pouco em um vídeo de uma entrevista com Renato Russo. Ele estava falando sobre a sua fase ruim, de depressão, drogas, tentativa de suicídio... E ficou ecoando na minha cabeça. Realmente gosto de mim, da minha vida, do meu marido, mas não quero sentir mais dor... Acho que só quem realmente já elaborou o seu plano de suicídio sabe o que é chegar ao fundo do poço do desespero, da dor. Depois do diagnóstico de esclerose múltipla eu passei por momentos de completo desespero. Para uma pessoa que cartesianamente planeja e programa sua vida, que define metas e confia plenamente nas regras da física, uma doença autoimune, progressiva, degenerativa, é o próprio inferno. Não é uma ferida que você pode ver e cuidar. Não é visível. Não é controlável. Não é curável. Não é lógica. No auge de um novo surto, no ano de 2009, no dia 30 de julho, eu cheguei ao fundo.

Carta de adeus

Já está decidido. Agora não mudo mais. Adiar só faz aumentar a certeza de que é isso que quero. Quero. Posso. Desejo. Fim.

Marcar uma data tira da impulsividade a culpa. Torna a ação planejada e defendida arduamente. A loucura momentânea cobre os olhos e mistura os motivos, e como uma pessoa racional, isso é insuportável.

A incerteza da vida me torna indefesa e mera expectadora. Odeio isso. Fazer o que é certo acalma o coração e satisfaz a alma, mas não garante boas marés. Fazer o errado também não garante punição. Quem será que faz as regras? Onde está o manual? Sou extremamente capaz de ler e traduzir manuais. Poderia muito bem desatar os nós e chegar às portas que quero. O manual não existe e isso me alucina.

Se fosse somente isso, poderiam achar que estou apenas um pouco depressiva ou chateada. A vida é muito mais do que isso, eu concordo. E os momentos maravilhosos da vida só reforçam a certeza da escolha que fiz. Guardar os melhores momentos da minha vida em minha mente antes que, de algum jeito, o tempo e a doença consigam estragar.

Encontrei o grande amor da minha vida e ele me ama muito. O noivado teve flores, músicas, lágrimas e passarinhos cantando. É com certeza um encontro de almas.

O encontro dos corpos é quente, violento e amável, arrebatador e reconfortante, ensurdecedor e silencioso. Sou feliz. Sim, sou feliz. Sou feliz e tenho medo do tempo me pregar uma peça. Afastá-lo de mim aos poucos, em uma sangria sem fim. Transformando o amor em pena, pena de abandonar alguém tão frágil e sem encantos, doente. Medo de que o tempo transforme a nossa arte de fazer amor em um simples cumprimento de obrigações.

Sou bonita e saudável. Dona de todos os meus neurônios. Crio, penso, falo, exercito o meu corpo, tomo remédios, faço terapia. Isso não é o bastante para a doença se estabilizar.

Ainda posso perder a minha liberdade. Posso passar a depender ainda mais de quem eu amo e aos poucos deixar de despertar interesse e admiração.

Como disse, sou muito feliz e quero levar comigo tudo de bom.

Diferente de muitas pessoas, estou partindo em uma busca desesperada de agarrar a alegria, e não por só existir tristeza.

Podem me chamar de covarde. Sou mesmo, mas só quem já sentiu a profunda tristeza da separação por inúmeras vezes pode decidir que não a quer mais, nunca mais.

Não sou boa em continuar vidas, me especializei em começar novas vidas. Recomecei tantas vezes e de tantas maneiras diferentes que nunca tive tempo de colher alguns frutos maduros. São sempre verdes, amargos, ou simplesmente nem chegam a nascer.

A data está marcada. Continuarei feliz até esse dia, então conseguirei parar o tempo. Congelarei a felicidade e enganarei o destino. As surpresas da vida não me farão mais mal.

Patrícia Fernandes

Quando escrevi esta carta, estava decidida a acabar com o poder da esclerose sobre mim, o poder da impermanência e da inconstância das coisas e das pessoas. Como uma verdadeira controladora, matemática e arquiteta, encerraria ali o meu martírio. Do meu jeito, sob as minhas regras.

Surpreendentemente, após assiná-la eu senti um alívio e uma paz que havia muito tempo não sentia. Era um misto de alegria e tristeza, de resignação e poder. Guardei na gaveta e decidi que só iria relê-la no dia escolhido. Depois disso, vivi os melhores momentos da minha vida. Demorei muitos anos para tirá-la da gaveta. Hoje vejo que se tivesse me matado teria perdido muita coisa boa e muita coisa ruim, mas o principal é que teria perdido tudo. Queria matar a dor da incerteza e da falta de controle. Então, concordo, teria matado a "pessoa" errada...

Balanço do dia:

- **Desafios:** continuar sem controle de nada...
- **Conquistas:** suicídio não ser mais uma opção...

066 / 299 dias

Estou indignada...

Curitiba não está preparada para atender as necessidades de um cadeirante, mas pode mover céus e terra para sediar um jogo da Copa do Mundo... O Brasil não está preparado para um cadeirante, mas conseguiu sediar as Olimpíadas. Falta vontade? Falta dinheiro? Falta do quê? Tornar-se um cadeirante? Se tem rampa não passa na porta, se passa na porta não acessa os produtos, se acessa os produtos não entra no provador, se entra no provador não alcança o caixa, se alcança o caixa não enxerga a máquina de passar cartão... Se tem banheiro adaptado não tem espelho, se tem lixo é de pedal, se tem papel higiênico está lindamente enfileirado em cima da barra de apoio, se está ocupado, quase sempre é por pessoas que acham que é um luxuoso camarim...

Cheguei ao fundo do poço. Não vou à formatura da minha sobrinha porque tenho medo de causar constrangimento no lugar, por medo de ter que me adaptar ao local, por medo de mais uma vez ter que entender que uma lei de 2000, a Lei 1.098, de acessibilidade em todos os locais públicos e privados que recebem pessoas, simplesmente é ignorada. Medo e vergonha de ter que ir usando fralda por falta de um banheiro adaptado. Tanto faz se é uma loja de bairro ou um shopping, tem que seguir a lei. Dezesseis anos não foram suficientes para adaptar, reformar ou simplesmente exigir das grandes e pequenas construtoras que sigam a lei? Os engenheiros, os funcionários públicos, os pedreiros, os fiscais de obra, bombeiros, todos são responsáveis pela aplicação da lei. Não quero mais sair, o mundo não me quer na rua...

O Natal também me deprime... Pior período do ano. Fico ansiosa, irritada, doente. Preocupada com o que fiz, chateada com o que não fiz. Outro ano pela frente. Outras batalhas, velhas batalhas, sangrentas batalhas... Só quero dormir. Dormir para sempre. Ou pelo menos até janeiro...

Voltando à frase, eu quero matar o que está me matando. Quero matar as pessoas que não me incluem no mundo. Quero matar a tristeza de não poder ser. Quero matar a doença que me deixou assim. Quero matar a vergonha que sinto quando não passo por uma porta. Quero matar as pessoas que me deixam com infecção urinária por me fazerem segurar tanto a urina na bexiga ao não me darem acesso a um banheiro. Quero matar a falta de vontade de abrir os olhos de manhã. Quero matar os construtores de cinema que continuam reservando os lugares em que ninguém quer sentar para os cadeirantes, um lugar em que ao ler a legenda o pescoço tem que percorrer toda a tela, o que faz com que os olhos percam a imagem. Isso não é inclusão. Quero matar todas as pessoas que acham que direitos são privilégios. Não quero me matar. Eu não fiz nada de errado.

O maior problema é que não estou mais sabendo lidar com o mundo... Estou sendo impedida de acessar o palco da minha própria vida...

Balanço do dia:

Sem perdas e sem ganhos...

067 / 298 dias

Chegou o dia da pesagem...

É...

A vida não é justa... Perdi um quilo, só um quilo... Claro que perdi medidas, cintura, quadril, mas na balança, um quilo... Que droga, eu realmente esperava mais!

Tudo bem, já eliminei 4 quilos sem nenhum exercício físico. Apenas com reeducação alimentar e muito esforço mental para fazer as melhores escolhas.

Vou virar o ano mais magra do que comecei, e isso é muito bom.

Não, claro que não está tudo bem! Estou frustrada, chateada, brava, decepcionada! Gostaria de ter perdido muito mais...

Chega, preciso evoluir, nem que seja na marra...

Estou muito feliz, sim, ou pelo menos deveria estar. Quatro quilos são quatro quilos! Pense em sacos de açúcar, em litros de óleo... No volume que ocupa 4 quilos de gordura. Só de gordura. Sei, porque fiz um teste de bioimpedância e já troquei mais de dez quilos de gordura por massa magra. Estou feliz. Poderia ter continuado exatamente como estava e terminar o ano ainda querendo começar a emagrecer. De 91,7 para 87,7 quilos! Dos 12 quilos, faltam 8: 33,33% do total em 18,35% do tempo que tenho. Acho que estou indo bem. Parabéns, Patrícia!

Evoluída, mas nem tanto... Ainda estou sentindo a ressaca da terapia da última semana. Olhos inchados e doloridos, dor no corpo, tristeza, vazio existencial.

Hoje a nutricionista foi bem dura com o meu marido também. Ele se assustou. Espero que encontre tempo na vida louca dele para cuidar um pouco melhor de si. Voltar a correr, quem sabe, de que ele tanto gostava...

Balanço do dia:

- **Conquistas:** menos um quilo!
- **Desafios:** arranjar forças para começar com tudo os exercícios...

069 / 295 dias

Primeiro aniversário de criança nesta nova fase da minha vida. Depois de ter eliminado apenas um quilo... Longe da próxima pesagem... Um pouco triste comigo mesma...

Cadeira de rodas, chuva, guarda-chuva, estacionamento sem cobertura não combinam de jeito nenhum, o que gera ansiedade, e muito mais vontade de comer...

Cerveja caseira maravilhosa liberada, salgadinhos, empadões de frango e de palmito, docinhos, bolo ao alcance de uma mordida...

Poderia usar qualquer um dos motivos que citei antes para chutar o balde e comer sorrindo e sem culpa. Mas seria certo? Então não posso frequentar muitas festas, se não o meu regime vai sempre para o espaço? Não é o que eu quero para a minha vida. Preciso arranjar um jeito de lidar com isso melhor...

Os ferimentos foram pequenos frente ao tamanho da batalha. Ainda mais sendo a irmã do aniversariante. Inclusive com direito a regalias como poder levar marmita para casa!

O período de permanência na festa também é importante. Passaram-se cinco horas da chegada à saída. Ou seja, fiquei bastante tempo exposta às tentações...

Resultado. Descrição qualitativa e quantitativa dos itens ingeridos:

3 copos tulipa de cerveja artesanal: ±340 calorias

3 quibes pequenos: ±120 calorias

3 esfirras de carne pequenas: ± 120 calorias

1 pedaço pequeno de empadão de frango: ± 500 calorias

1 pedaço pequeno de bolo sensação: ± 370 calorias

2 brigadeiros: ± 100 calorias

1 dois-amores: ± 50 calorias

2 copos d'água – 0 calorias

No total, o estrago foi de aproximadamente 1600 calorias. Claro que são valores aproximados, mas coerentes. Como sabia da festa, comi bem pouco antes, o que liberou um total de 750 calorias para serem gastas na festa. Fazendo as contas, o estrago foi de apenas 900 calorias. Uma festa infantil, com tudo liberado, na "mesa da presidência", VIP, chateada com várias coisas, ansiosa: 900 calorias não é quase nada! Em uma semana comendo certinho eu compenso!

O meu segredo? Comer só o que eu estava realmente com vontade e quando eu estava com vontade. Minhas armas poderosas foram: não comer por educação, não comer por tédio, não comer porque depois eu não teria, ou seja, não fazer reserva. Só isso. Vivi o momento. Contando, parece que foi fácil, mas é claro que não foi. Mas coloquei na minha cabeça que comeria pouco de qualquer coisa que eu quisesse comer. Também igualei algumas quantidades para memorizar mais facilmente.

Quando cheguei em casa, trazendo um pequeno pedaço de bolo e alguns docinhos para o meu marido comer no dia seguinte, fiquei muito orgulhosa de mim.

Balanço do dia:

• **Desafios:** primeira festa de aniversário infantil desta nova fase!

• **Conquistas:** primeira festa de aniversário infantil desta nova fase!

073 / 292 dias

Preciso sair desta depressão que corrói cada célula do meu corpo. A dependência física é algo cruel. Dependência de uma bengala, de um andador, de uma cadeira de rodas, de outra pessoa para quase tudo...

Sentir que é um estorvo, que dá trabalho, que é chata e que apesar de tudo isso tem uma pessoa que te ama, que te acha gostosa, é tão surreal para mim... Tanto quanto poder escutar uma conversa entre a morte e a vida, na qual cada uma defende o seu trabalho. Uma diz que sou incapaz, velha, gorda, digna de pena, incapaz de oferecer algo de bom, peso para todos, motivo de preocupação, ótima candidata para o suicídio. Do outro lado, a vida, mostrando quanto eu sou abençoada por ser tão amada. Quanto devo ser especial por ser objeto de um amor tão devoto e tão incansável. Quanto posso ser forte, como sobreviver a um transplante. Quanto posso ser criativa e feliz. A morte retruca e duvida da possibilidade de alguém poder me amar para sempre, sendo que nada tenho a dar em troca. E a vida conclui com uma mensagem instantânea no meu celular:

— O que a minha lindinha está fazendo neste momento? Te amo, não vivo sem você!

Este *round* a vida ganhou.

Balanço do dia:

- **Desafios:** acalmar a mente...

- **Conquistas:** muito amor...

074 / 291 dias

Consegui meditar ontem à noite depois de muito tempo. Meu corpo relaxou e se entregou ao simples existir... Uma sensação muito boa percorreu o meu ser... O problema é que quando medito fico muito sensível. Tudo dói mais, tudo magoa mais...

Hoje foi um dia difícil...

Balanço do dia:

- **Desafios:** se multiplicam como coelhos.
- **Conquistas:** mais um dia...

075 / 290 dias

Há dias em que sinto que estou mais magra, que as roupas estão mais largas, e em outros, ou no decorrer do mesmo dia, sinto que estou igual, me sinto tão ou mais gorda que antes de tudo... Achei que isso fosse passar logo...

Hoje sucumbi, com dois pedaços de pizza marguerita e um pedaço pequeno de pizza de banana com canela... Comi com gosto, com vontade, sem muita culpa... Até porque já tinha feito uma pesquisa de calorias e ficaria dentro do limite diário! Fui mais inteligente desta vez! E ainda não comi as bordas, o que há pouco tempo atrás seria um tremendo sacrilégio no meu ponto de vista.

Comi por tristeza, sim. Comi tentando afogar as mágoas, sim, mas pela primeira vez com consciência e parcimônia.

Talvez o instinto nunca mude, aquela vontade de preencher o vazio à força com toda a comida que vir pela frente, mas as coisas que eu talvez consiga controlar são a quantidade e a qualidade de "toda esta comida que eu vir pela frente".

Esses sentimentos de tristeza não são estranhos, nem desconhecidos. Fizeram e fazem parte de toda a minha vida. Muitas vezes com motivo e outras tantas sem absolutamente nenhum.

Curitiba, 14 de abril de 2008

Hoje o dia está extremamente triste e cinzento. O vento frio penetra pela roupa e atinge a alma. O silêncio, sempre tão acolhedor, grita e rouba a paz. Meu coração bate em um ritmo que mistura agonia e desespero. O mundo parece esperar por uma atitude minha. Quero correr, gritar, agir, mas só consigo escrever. Também não sei o que escrever, mas, enquanto a mão e a caneta estão se mexendo, uma brisa de alívio recobre os meus pensamentos.

Este silêncio ensurdecedor bagunça os meus pensamentos. Preciso estudar ou arrumar a casa, ou comer, mas meu corpo não me obedece. Procuro motivos para estar assim, afinal, a minha vida, pela primeira vez, parece estar no rumo certo, no rumo da realização dos meus sonhos. Este caminho até aqui foi longo e cansativo, e apesar de ainda não ter chegado, estou mais perto do que nunca. Trinta anos. Esperava tanto dos meus trinta anos quando tinha 15 ou 18 anos... Tinha tantos sonhos, tantos desejos. Às vezes sinto que fracassei. Não sou independente financeiramente, não tive o meu "casamento de princesa", não tive filhos, e minha saúde é frágil e inconstante... Ao mesmo tempo, cheguei aos trinta anos viva, encontrei o homem da minha vida, estou cursando a segunda faculdade, não tenho filhos, tenho um cachorro, tenho um carro e o meu pai ainda me ajuda financeiramente quando tenho alguma emergência. Minha saúde no momento é boa, e ainda não apresento sequelas visíveis da esclerose múltipla. Sou muito inteligente e estou aprendendo a ser mais humilde. Faço terapia ininterruptamente há sete anos e me conheço bastante, os meus defeitos e as minhas qualidades estão mais claros e consigo lidar bem com quase todos. Hoje sou mais paciente com a minha família e os amo do jeito que são. Depois de escrever tudo isso, acho que não fracassei totalmente, e deveria estar muito feliz. Então, por que esta inquietação?

Gostaria de quebrar algumas regras, fazer a diferença, ter histórias para contar para os meus filhos. Sou nova demais para ser velha e velha demais para ser nova. Pular de paraquedas, fazer uma tatuagem, viajar para longe apenas com uma mochila, sei lá... Até hoje só tenho histórias sobre os meus acidentes caseiros, sobre os trabalhos escolares elogiadíssimos, sobre meus fracassos profissionais e financeiros... Vida muito pobre de aventuras. Filha mais velha, o exemplo, exemplo de uma vida sem graça. Não me arrependo das escolhas que fiz, me arrependo de ter perdido tanto tempo achando que era gorda e me privando de festas e passeios, me arrependo de ter sido tão *nerd* a ponto de perder e desperdiçar minha rebeldia primitiva. Arrependo-me de ter perdido sete anos da minha juventude ao lado de alguém tão egoísta e mesquinho, capaz de amputar e cegar meus desejos. Arrependo-me de querer tanto controlar a minha vida e o meu futuro a ponto de não ver as pequenas alegrias do presente, a ponto de desenvolver uma doença autoimune.

Hoje já aprendi tanto! Tenho consciência dos meus arrependimentos, das minhas conquistas, dos meus defeitos, das minhas qualidades, e com certeza tenho uma vida melhor. Droga, então qual é o motivo desta tristeza e desta ansiedade que me engasgam neste momento?

A noite está chegando. Minha mão está doendo. As lágrimas continuam caindo. As respostas não aparecem.

Sonhei com o meu futuro filho ontem à noite, ele disse que cuidará de mim. Sinto falta dele, gostaria de um abraço. Meu filho, se puder, venha me visitar em meus sonhos, me dê um beijo, me ajude a encontrar respostas ou aquiete o meu coração e encha um pouquinho mais o meu balde da paciência para que eu consiga continuar a percorrer o caminho certo ao lado do seu pai, com força e persistência enquanto te espero. Boa noite e sonhe com os anjinhos!

Patrícia Fernandes

Talvez já estivesse prevendo as tempestades que iriam assolar a minha vida no ano seguinte...

Balanço do dia:

- **Desafios:** internalizar mais uma lição...
- **Conquistas:** aprender mais uma lição...

076 / 289 dias

Finalmente encontrei a melhor fisioterapia para mim. Alongamento!

Estou tendo que voltar um pouco. Retroceder um passo, afinal eu já estava fazendo exercícios de fortalecimento e voltei para os exercícios de alongamento, mas o meu corpo pediu isso. De alguma maneira ele pediu por mais alongamento, como uma intuição... Depois de duas sessões já estou me sentindo melhor fisicamente.

Existe uma pressão muito grande de melhora de ambulação sobre mim. Resolvi soltar um pouco dessa pressão. Reivindicar o direito de saber melhor do que ninguém o que é melhor para mim.

Balanço do dia:

- **Desafios:** aguentar a dor, quem disse que alongamento não dói?
- **Conquistas:** colocar em prática algo que o meu corpo de algum jeito pediu e eu escutei.

077 / 288

Sim, eu odeio ser cadeirante... Não, não existem muitos lugares acessíveis... Sim, sofro preconceito... Não, não sou uma pessoa infeliz...

Mas tem dias que só chorar não basta para amenizar a dor. Parece que o corpo se contorce e já não é possível respirar...

O mundo foi construído para os saudáveis. Apesar de todas as leis e os direitos conquistados, o mundo continua aberto só para os saudáveis...

Achei um texto antigo que exprime tudo o que gostaria de falar neste momento.

Curitiba, 10 de novembro de 2011

Não sei por onde começar. Estava procurando na internet depoimentos de pessoas com esclerose múltipla. Achei muitos vídeos de superação, força e otimismo, mas nenhum sobre a dor, a angústia e o medo que esta doença causa. Hoje é um dia no qual não quero ser positiva, não quero consolo e nem esperança da cura. Quero gritar o meu sofrimento, quero que todos saibam como é não sentir o calcanhar, como é ter os braços formigando por 24 horas, como é se sentir cansada sempre, sair do banho exausta, se arrumar para uma festa e antes de sair querer voltar para descansar, sentir em dias quentes um calor insuportável, ter espasmos musculares nas horas mais indesejáveis, começar um passeio apenas se apoiando em uma bengala e terminar não conseguindo dar um passo sem arrastar o pé ou mancar como se estivesse com paralisia infantil, parar para descansar e levantar andando bem, sentir os olhares de pena e depois de desconfiança, ter que tomar injeção em dias alternados nos últimos 5 anos, sentir que é um peso para a pessoa que ama, sentir que só reclama o tempo todo, parar em vaga para deficiente e sentir olhares de reprovação, se sentir deprimida sem motivo, sentir uma tristeza maior que o mundo, mesmo que tudo esteja maravilhoso na sua vida.

Como não cansar de sentir esperança? Como não ficar triste ou irritada?

Hoje quero sumir, reclamar para Deus, perguntar por que eu, blasfemar, gritar, morrer.

Até nos dias como este me sinto mal pelos que me amam. Sei que querem o melhor para mim e que querem que eu seja positiva e forte, sei que odeiam me ver sofrendo, não sei o que fazer.

Estou cansada e com calor, estou gorda e triste, estou com medo.

Sei que tenho que viver cada dia de uma vez, mas sinto que estou com uma espada na cabeça o tempo todo. Esta é uma doença em que tudo pode acontecer, e de um dia para o outro posso acordar diferente. Posso acordar sem enxergar, posso acordar com alguma paralisia, posso acordar e não ter força para me levantar, posso perder a memória e a inteligência aos poucos.

Hoje não quero ser positiva, hoje não quero ter esperança.

Patrícia Fernandes

Quando escrevi este texto, ainda estava relativamente bem fisicamente. Hoje estou bem pior. Coisas que eu conseguia fazer, já não consigo mais. Mas a dor e a angústia que sinto em certos dias são exatamente iguais. Insuportavelmente iguais.

Balanço do dia:

- **Desafios:** continuar insistindo em sair de casa.
- **Conquistas:** nenhuma.

078 / 287 dias

É engraçada. A vida é engraçada. Uma inteligente e ácida piada de Deus. Como se o personagem do Dr. House, do seriado, estivesse escrevendo o roteiro da minha vida. Um conto de suspense psicológico com certa ironia inglesa.

Balanço do dia:

- **Conquistas:** achar graça das ironias da vida...
- **Desafios:** achar graça das ironias da vida...

079 / 286 dias

Acho que nunca vou entender minha mãe e suas escolhas... Acho que eu nunca vou entender a minha irmã e suas escolhas... Acho que eu nunca vou entender meu pai e suas escolhas... Acho que eu nunca vou entender meu marido e suas escolhas. Até porque eu não sou eles. Saber, sentir, viver, usar "os seus sapatos" é completamente diferente. Então cabe a mim aceitá-las e respeitá-las.

Das minhas escolhas e atitudes eu sei tudo. Fatos, argumentos, sensações, traumas, o tipo de lágrimas... Sei tudo sobre o que me levou a tomar cada decisão. Boas ou ruins, foram as que eu julguei as melhores opções dentro dos respectivos contextos, com as armas de que eu dispunha no momento. Apesar de muitas vezes ter contado com o elemento sorte, foram atitudes assertivas. Certas naquele instante e compatíveis com a minha idade.

O que sei sobre as escolhas dos outros? Como julgar?

Hoje eu sei conscientemente por que eu comi cada bombom, cada "gordice" na minha vida. E sei o prazer e a dor que cada um me trouxe. Reconheço as minhas fraquezas frente às escolhas saudáveis e não saudáveis. Hoje aprendi que quanto mais escolhas saudáveis eu fizer, mais prazer terei de comer um bombom. Porque ao comer aquele bombom sentirei nele o gosto da liberdade.

Balanço do dia

- **Conquistas:** evoluir mais um pouco...
- **Desafios:** colocar tudo em prática...

081 / 284 dias

Hoje foi um dia muito especial. Eu e o meu marido fomos ao shopping só para comprar os nossos presentes de Natal. Só os nossos presentes. Passeamos, nos divertimos e almoçamos saudavelmente, e ainda tomamos sorvete. Rimos muito. Foi muito bom. O que estou querendo provar é que eu não preciso incluir abuso de comida para deixar os momentos felizes. Existe vida sem *fast food*, sem batata frita, sem refrigerante, sem o estômago ter que estar cheio. O que realmente achava impossível há bem pouco tempo atrás.

Não estou me reconhecendo. Sinto uma determinação que nunca senti antes. Recuso guloseimas, alimentos calóricos, e não repito mais de três vezes um alimento, mesmo comendo Bis. Escolho a qualidade em detrimento da quantidade. Tudo isso é novidade pra mim. Nunca pensei que algum dia preferiria frutas a doces! Começo a achar que tudo isso pode dar certo.

Balanço do dia

- **Desafios:** nenhum...
- **Conquistas:** ser feliz sem ter que estar com o estômago cheio...

084 / 281 dias

O Natal acabou... Ainda não sei o tamanho do estrago que ele causou. Apenas uma coisa é certa: comi de tudo um pouquinho, matei todas as minhas lombrigas, mas comi pouco. Uma colher de arroz à grega, uma colher de maionese, uma colher de farofa, uma colher de salpicão, um pedacinho de lombo, uma fatia de panetone de chocolate esquentado 15 segundos no micro-ondas acompanhado de uma bola de sorvete de flocos.... Adoro os detalhes sórdidos. Sei que é muito mais do que eu poderia comer na reeducação, mas limitar a quantidade a uma porção foi a única saída que eu considerei justa. Comi de tudo que foi servido. Uma comida maravilhosa, que só a minha avó e a minha irmã são capazes de fazer. Uma comida de comer ajoelhado, digna de orgasmos...

Espero de coração que eu não tenha engordado por isso... Mas se engordei, paciência, começo de novo... Afinal, estou me reeducando para que eu possa continuar comendo boa comida, mas não o tempo todo...

Claro que estamos almoçando e jantando as sobras do Natal, mas agora com parcimônia, escolhas e renúncias, limites mais rígidos. Ainda não voltei à alimentação certa, mas já voltei a comer dentro dos limites das calorias diárias.

Preciso arranjar um jeito de queimar as calorias adquiridas no Natal, só não sei como...

Balanço do dia:

- **Desafios:** foco em uma porção, sem repetições...
- **Conquistas:** comer **um pouco** de cada coisa...

085 / 280 dias

Café da manhã e almoço de Natal.

Como o meu marido ia trabalhar, dormi na minha mãe. Minha irmã, meu cunhado e a minha sobrinha também dormiram lá. Acordei por volta das 11 horas, e chegando na sala já me deparei com a mesa posta... Quanta tentação! Coxinha, esfirra, pão de milho, panetone... Frente à batalha mental que me esperava ao longo do dia, permaneci firme no propósito de comer apenas uma porção de cada alimento, sem repetir nenhum...

Como na noite anterior tinha comido lombo, no almoço de Natal eu comi um pedaço de lasanha, salada, uma fatia de panetone trufado (é panetone, mas de outro sabor) esquentado 15 segundos no micro-ondas, acompanhado de uma bola de sorvete de limão (é sorvete, mas de outro sabor)...

Tomei espumante e suco. Resisti ao refrigerante bravamente. Há 85 dias não tomo refrigerante.

Comi chocolate, comi uva, comi muita comida calórica... o que me deixa um pouco orgulhosa de mim é que consegui não repetir e me mantive fiel à quantidade de uma porção. Enfiei o pé na jaca, mas com um pouquinho de cuidado para causar o menor estrago possível...

Jantei uma manga, um iogurte e uma fileira de chocolate ao leite... Estou voltando aos poucos...

Balanço do dia:

- **Desafios:** comida farta, deliciosa, ao alcance das mãos e não surtar...

- **Conquistas:** respirar fundo e resistir às tentações...

086 / 279 dias

Ainda tem comida de Natal, mas estou resistindo bravamente... Acho que engordei. Minhas roupas parecem estar mais apertadas... Minha barriga está maior. Minha bochecha aumentou. Que m***...!

Estou arrasada, mas não tenho coragem de me pesar. Tenho esperança de que seja tudo coisa da minha cabeça...

Já comecei a tomar chá de hibisco várias vezes ao dia, quem sabe ajuda...?

Balanço do dia:

- **Desafios:** não me apavorar demais...
- **Conquistas:** não reagir à sensação de fracasso comendo...

087 / 218 dias

Que calor! Em Curitiba, cidade considerada fria, hoje chegou a 33°C. Não estou brincando, o calor está absurdo. Minha pressão cai muito, minha fadiga piora, meu corpo fica em estado de alerta. A esclerose me deu de presente uma verdadeira incompatibilidade com altas temperaturas. Banho quente, nunca mais. Banheira com hidromassagem, água quente e espuma é coisa do passado. Fico igual a macarrão instantâneo, amoleço em três minutos. Tem toda uma explicação teórica e física, sobre transmissão dos impulsos nervosos e fios desencapados, sobre esforço maior do organismo... Mas tudo o que sei é que meu corpo para de funcionar, todas as minhas sequelas acendem como árvore de Natal. Paro de sentir as mãos, o meu corpo começa a formigar, a espasticidade toma conta, canso só de levantar e ir ao banheiro, que fica a exatos quatro passos da minha cama. Tomo banho frio, ligo todos os ventiladores, tomo água gelada, mas é como se o organismo soubesse que só estou tentando enganá-lo. O raciocínio fica lento. Só consigo pensar em dormir.

O que isso tudo tem a ver com a perda de peso? Tudo. Comer sem levantar da cama emagrece, por acaso?

Desculpa, me irritei.

Ainda tem sobras do Natal, chocolates, bolachas, lombo, patê de berinjela...

Haja força de vontade... Desde o Natal não preencho o aplicativo de calorias... Desde o Natal voltei a comer chocolate ao leite... Desde o Natal não consegui sair de casa...

Balanço do dia:

- **Desafios:** sobreviver ao verão.
- **Conquistas:** conseguir escrever...

088 / 217 dias

Mais um dia de calor insuportável...

Balanço do dia:

- **Desafios:** viver...
- **Conquistas:** viver...

090 / 215 dias

Hoje é o nonagésimo dia de viagem. Hoje também é o primeiro dia de 2017. Embarquei nesta aventura louca de ousar mudar meus padrões. Padrões comportamentais, alimentares, sociais, espirituais. E eu achando que seria o ano mais calmo da minha vida... Quanta inocência...! Sempre suportei muito bem a dor física. Tatuagens, cortes, queimaduras, ferimentos, entorses, traumatismo craniano, rompimento de tendão, quebra de vários ossos, tombos, etc...

A história do traumatismo craniano eu preciso contar. Foi surreal! Estávamos eu, a minha mãe e o meu marido na casa dela, fazendo algumas arrumações. Como sempre fui da área tecnológica, fiquei incumbida de arrumar os cabos da televisão, do aparelho da operadora de TV a cabo e do aparelho de DVD. Estava superentretida enquanto os dois trocavam alguns móveis de lugar. Cabe lembrar que a minha mãe mora naquele apartamento há uns 20 anos, eu morava lá também antes de me mudar. Então o conheço de olhos fechados. Quando acabei, juntei todas as minhas forças e me joguei de costas na cama que ficava atrás de mim. Enquanto voava senti falta de alguma coisa. A cama não estava mais lá. A única coisa que passou na minha cabeça foi uma palavra muito feia para ser reproduzida aqui. Meu marido estava entrando no quarto e viu quando eu me estatelei no chão e a minha cabeça atingiu a parede. A partir desse momento eu não me lembro de muita coisa. Só imagino o que ele pensou ao me ver voar de costas para "o infinito e além" sem asas. Sendo que ele tinha me avisado que estava tirando a cama de lá. Eu que não registrei a informação.

Quando voltei a raciocinar, tive de explicar para o médico da emergência como tinha sido o acidente. Que vergonha! Levei ponto e saí com um turbante de atadura na cabeça. Como se já não bastasse, tivemos de passar na farmácia para comprar remédios. Meu marido queria descer sozinho por algum motivo. Mas eu queria escolher um chocolate, claro! Eu merecia e ninguém iria me impedir. Todos na farmácia me olhavam meio esquisito, mas nem liguei. Quando passei pelo espelho, levei um susto! Eu estava com um turbante de uns 30 centímetros de atadura na cabeça. Cheia de esparadrapo. Com a blusa respingada de sangue. Com os olhos inchados e o nariz vermelho. Parecia que eu tinha fugido de um hospital psiquiátrico. Escolhi o chocolate e voltei voando para o carro. Até hoje tem um buraquinho na alvenaria da parede do apartamento da minha mãe e até hoje eles falam que eu devo uma para eles só pelo susto que os fiz passar...

Sim, passei por várias dores... Mas tirava todos elas de letra. Sim, sentia dor, mas a dor física é uma dor muito bem localizada, muito bem explicada e embasada. Já as dores da alma, dessas eu sempre quis distância. Morro de medo de senti-las novamente. Quanto mais tento sufocar e calar os gritos do meu ser, mais engordo, mais gasto, mais sofro. Em 38 anos, coloquei vários quilos de gordura em cima dessas vozes e não adiantou. O som ficou mais abafado, mas ainda completamente audível. Quando tomei a decisão de emagrecer, não pensei que desenterraria tantas mágoas, tantas renúncias, tantos "tanto-faz", tanta mediocridade. 38 anos são capazes de envelhecer tanto uma alma? Juro que não imaginava. Tantos vícios comportamentais me fizeram refém de uma personagem de mim. Quase uma caricatura de mim mesma. Agora entendo o exato tamanho deste projeto de vida. É muito maior do que eu poderia supor. E com certeza muito mais difícil e desafiador do que eu imaginava.

Nesta última semana do ano, confesso que saí da linha alguns dias. Acabei preferindo as coisas gostosas às saudáveis. Comi muito doce. Parei com as sementes e aveias. Hoje, por exemplo, primeiro dia do ano, almoçamos lasanha. Gosto de comida de vó, feita por nós, sorvida com toda a calma e o sentimento de merecimento possíveis. Comemoração ao final das comemorações de final de ano que eu tanto odeio. Hoje foi um dia feliz. Livre dos dogmas e rituais de uma sociedade doente e demagoga. Por incrível que pareça, estou até andando um pouco melhor... comparado ao pior, é claro. Primeiro ano que passei sentada na cadeira de rodas, sem poder pensar em subir as escadas para ver os fogos... Acharam que eu não notaria que ninguém subiu no terraço para ver os fogos da virada de ano por minha causa... Doeu sentir que a minha deficiência ainda é um tabu na família. Não digo que está certo ou errado, acho que não daria para ser diferente. Mas se fosse natural a minha deficiência como é para a minha sobrinha mais próxima, as pessoas iriam brindar comigo e correr para cima para ver os fogos e tirar fotos para eu ver. Acho que o fato de eu não poder fazer alguma coisa não tira do outro o direito de fazer, e sim dá mais gás para que o outro tenha o prazer de poder fazer e compartilhar a experiência. Pode parecer confuso, mas faz sentido para mim.

Já encontrei o corte de cabelo para este ano, e pretendo cortar nesta semana. Um cabelo digno de uma guerreira que chafurdará nos porões do próprio ser em busca do equilíbrio, da saúde e da vida.

O que me faz achar que posso conseguir completar todos os meus objetivos até o dia 3 de outubro de 2017? O modo como cheguei e sobrevivi às festas de final de ano. Foi um final de ano com direito a comida boa sem exagero, bebida boa sem pileque, presentes especiais com controle financeiro e o início de uma poupança. Devo ter engordado um pouco, mas sinceramente posso eliminar de novo. Estou confiante, apesar deste "descontrole controlado" nas festas.

Virada de ano sem remorsos e sem desculpas, sem desejos e mais procrastinações. Já comecei a mudança. Foram 90 dias de conquistas e fracassos, dificuldades e desafios diários. Vontade de desistir e continuar enterrando cada vez mais fundo a minha essência. Mas isso com certeza seria um desperdício de vida e de energia. Como dá trabalho evoluir...

Balanço do dia:

- **Conquistas:** estar otimista, apesar do tamanho da porção de mousse de maracujá que comi hoje...
- **Desafios:** continuar com todo este otimismo depois de ver na balança e na fita métrica o estrago do final do ano,

caso realmente venha a acontecer. O aplicativo, eu consegui "enganar"...

093 / 212 dias

Recomecei a entrar nos eixos. Comida saudável, sem petiscos, sem desculpas. O que desencadeou alguns acontecimentos que me remeteram ao início da jornada. Estou muito mal-humorada. Estou há dois dias sem açúcar e já estou querendo "morder meu próprio rabo", como diria a minha avó... Ando ansiosa e agressiva... Com muitas crises de insônia, mesmo tomando remédio. Parece que estou recomeçando tudo de novo. Dá uma preguiça... Além disso, o calor aqui em Curitiba está de matar... Também... Provei do meu vício novamente, comida doce e gostosa, e não queria outra crise de abstinência? Agora aguente...

Balanço do dia:

- **Conquistas:** comer só coisas saudáveis.
- **Desafios:** não querer comer só coisas saudáveis...

094 / 271 dias

Que ódio do mundo, que vontade de desistir... Às vezes eu acho que nunca vou conseguir pensar em me mexer sem querer desaparecer e deixar a carcaça para trás. Parece que meu corpo limita todos os meus sonhos, limita a minha vida. Preciso meditar muito para conseguir pensar positivo. Às vezes desejar pode não ser o bastante...

Balanço do dia:

- **Conquistas:** não desistir.
- **Desafios:** não desistir.

095 / 270 dias

Tenho que admitir uma coisa, eu estava com saudade da comidinha saudável e leve. Comi com gosto a aveia com banana amassada, posso dizer até que estava muito gostosa. Meu corpo funciona melhor com este tipo de combustível, sem dúvida.

Tem uma coisa que está me incomodando bastante. Ando com muito sono, muita fadiga, muita fraqueza estranha. Sinto que não são iguais às sensações a que já estou acostumada por causa do calor... Ando esgotada, irritada, arredia... A partir desta semana começo a retornar aos médicos e a fazer exames, espero que não seja nada de mais...

Última coisa: acho que engordei tudo de novo. Ainda não tive coragem de me pesar, mas a minha barriga voltou a dar o ar da graça. Ela voltou e quer aparecer em todas as roupas. E depois de comer, então, ela se acha no direito de enrolar a parte de cima da minha calcinha! Pior é saber que eu já tinha conseguido domá-la... Tudo bem, tenho de reconhecer que dei mole alguns dias, mas vou retomar o controle sobre ela.

Balanço do dia:

- **Conquistas:** gostar de voltar a comer só coisas saudáveis...
- **Desafios:** fazer os alongamentos ainda é um sofrimento...

099 / 266 dias

Hoje a tristeza ganhou.

Por vários motivos, pequenos e grandes. Os meus ovários continuam bem atrofiados, mesmo com a reposição hormonal que estou fazendo. Este foi mais um presentinho da quimioterapia, a destruição do equipamento necessário para gerar um filho. Além da entrada na menopausa, com direito a todos os sintomas a ela associados. Calorões horrorosos, irritabilidade, falta de paciência e o pior de tudo, a necessidade de fazer uma reposição hormonal por causa da minha "pouca idade". Perdi algumas coisas muito valiosas com o transplante de medula e suas fases. Sei que estaria na cama se não tivesse feito, provavelmente de fralda. Sei que só o fato de ter interrompido o cavalgar da esclerose múltipla já é motivo suficiente para agradecer pelo resto da vida. Sei que era o que deveria ter feito. Mas para que as coisas boas acontecessem, eu perdi no mínimo 10 anos de juventude (eu entraria na menopausa só daqui a uns 10 ou 15 anos). Perdi a possibilidade de gerar filhos, perdi a esperança da eliminação completa ou parcial das sequelas (algumas pessoas tiveram suas sequelas atenuadas ou até eliminadas com o transplante). Eu tinha muita esperança de que isso acontecesse comigo... Para completar, desde o transplante a minha tireoide não anda muito normal. E como na minha vida nada é fácil, ao invés de ela estar trabalhando de modo a me fazer emagrecer como efeito colateral, a minha tireoide está quase parando, ou seja, me fazendo só querer dormir, aumentando a minha depressão, me deixando literalmente enfezada e aumentando o meu peso...

Como se não bastasse, estou com o cabelo branco (me enrolei para pintar), me sentindo gorda, velha, chata e feia...

E, para coroar, estou vivendo a pior crise conjugal desde que nos conhecemos. A crise de quando a convivência, as obrigações, o cansaço e o estresse tiram a delicadeza, a sutileza e o carinho espontâneo da rotina.

Como eu disse antes, a tristeza ganhou e fui comer um lanche no Burger King. Só não tomei refrigerante. Sanduíche e batata frita com mostarda. Sei que comi por tristeza, sei que não deveria ter comido, sei que assim não vou resolver nada, mas sei que estava delicioso e que comi sem culpa. Só não peguei sobremesa para não avacalhar demais.

Jantei fruta, mas valeu a pena.

Sei que tenho de evoluir, sei que conseguiria não comer, mas por hoje decidi não brigar e ok...

Encontrei outro texto antigo que caiu como uma luva neste dia.

Curitiba, 20 de abril de 2016

Continuar respirando...

Como é difícil simplesmente continuar respirando...

Vários filmes me dizem que devo apenas concentrar as minhas energias em continuar respirando, como se isso fosse fácil. Dói continuar respirando.

Entendo o meu avô como nunca antes. Ele perdeu a esposa que compartilhou todos os momentos de sua vida por mais de 50 anos. Sempre que falo com ele ao telefone, digo que nos dias mais difíceis ele só tem que se concentrar em continuar respirando, pois o dia seguinte será mais fácil. Por que então não consigo fazer isso? Não consigo mensurar a dor dele. Não saberia viver sem o meu marido. Não sobreviveria um só dia. Mesmo assim, sei do fundo do meu coração que o certo é continuar respirando.

O dia irá nascer de novo. Enquanto há vida, há esperança. Tudo pode melhorar. Tudo pode mudar. Nunca se sabe o que a maré pode trazer...

Apesar de querer continuar respirando, sei que cada inspiração exige muito mais do que o meu corpo pode aguentar.

Robin Williams, ator, gênio na arte de emocionar, de fazer sorrir, não conseguiu... Kurt Cobain, músico, visceral, também não conseguiu. Então, como eu, uma simples mulher, uma pessoa comum, vai conseguir?

Covardes? Tenho certeza que não. Escolheram a maneira mais fácil? Também tenho convicção de que não. Apenas deve ter ficado insuportável tentar continuar respirando...

Minha irmã diz que enquanto eu não me encontrar, enquanto não encontrar um sentido para a minha vida, não conseguirei seguir em frente. Concordo com ela. Preciso encontrar dentro de mim a resposta, o caminho. Como? Onde? Com que força?

Tenho uma vida linda pela frente. Tenho uma família especial. Tenho o amor da minha vida ao meu lado. Tenho um cachorro que está sempre comigo e dedica a sua vida a me fazer companhia. Tenho tudo, e ainda sim não consigo respirar...

Como diz o filme "Amor além da vida": — Não se trata de entender, se trata de não desistir... Às vezes, quando você ganha, você perde..."

Como diz o filme "Náufrago": — Apenas continue respirando, você nunca sabe o que a maré pode te trazer no dia seguinte..."

Como diz o filme "O regresso": — Quando não há mais nada a fazer, apenas continue respirando..."

Como diz o filme "Comer, Rezar, Amar": — Se você estiver disposta a fazer uma jornada de autoconhecimento, e estiver realmente disposta a aceitar tudo como um sinal, a verdade não será negada a você..."

Como diz o filme "Rocky Balboa": — Ninguém vai bater tão forte como a vida, mas não se trata de bater forte. Se trata de quanto você aguenta apanhar e seguir em frente, o quanto você é capaz de aguentar e continuar tentando. É assim que se consegue vencer."

Como diz Bon Jovi: — *It's my life / It's now or never / I ain't gonna live forever / I just want to live while I'm alive."*

Sei o que devo fazer, só não sei como... Nesta vida em que: se você colocar uma comida na boca e ela for gostosa, deve cuspir porque com certeza engorda. Nesta vida em que: ter é mais importante do que ser. Nesta vida na qual: temos o dever de ser felizes sempre. Neste mundo onde impera o preconceito e o julgamento.

Continuarei respirando. Por amor continuarei respirando. Por amor encontrarei o meu "como", o meu "porquê", o meu "viver feliz para sempre". Por amor a cada pessoa que conheci no decorrer do meu caminho. Por amor a cada pessoa que confiou em mim, cada pessoa que me dedicou um minuto de atenção, cada pessoa que me dirigiu um sorriso. Por amor a cada pessoa que continua respirando. Eu continuarei respirando até que respirar não seja o bastante, até que respirar volte a ser um meio e não um fim.

Patrícia Fernandes

Balanço do dia:

- **Conquistas:** não tomar refrigerante e nem sobremesa...
- **Desafios:** estar tão triste a ponto de não ligar...

101 / 264 dias

Tudo mudou!

Tenho certeza de que sou bipolar... Mais tudo mudou mesmo! Impressionante. Depois de tudo estar dando errado, tudo deu certo! Estou feliz. Estou confiante. Estou em paz.

Depois de curtir cada segundo da felicidade nas reconciliações minhas com meu marido, minha comigo mesma e minha com a serenidade, eu resolvi tentar colocar em palavras e em ordem, se não cronológica, pelo menos lógica, tudo o que aconteceu nestes três dias.

Uma quietude se apoderou da minha mente há dois dias, e ainda me espanta. Espanta pelo tamanho e pela potência. Uma serenidade quase química. A mesma sensação que tenho no momento mais profundo da meditação. Aquela sensação de paz quando, durante uma crise de ansiedade, o remédio faz efeito. Assim, do nada, me preencheu, e quando rareava, era reabastecida com o simples fechar de olhos e três respirações. Melhor que qualquer droga, e mais barata também...

Meus olhos se fecharam por instantes e comecei a enxergar. Comecei a me olhar e larguei as armas. Fazia um tempo que não parava para me olhar desarmada. Olhei com carinho e com orgulho para mim mesma. O mesmo olhar carinhoso viu as escapadas alimentares. Tenho orgulho das escolhas por comidas gordas, mas agora em pequenas porções. Muito menores do que imaginaria que me satisfizessem de alguma maneira algum dia. E mesmo as comidas gordas eram mais magras do que as que eu escolheria antes de tudo começar. Então algo está realmente funcionando...

Olhei para o meu corpo que tenta sobreviver funcionando neste calor insuportável, com compreensão, pela falta de exercícios. Sim, poderia forçá-lo e açoitá-lo, mas ele está se esforçando tanto nestes dias... Olhei para o meu cabelo branco, comprei a Henna Vinho e meu marido acabou com o problema. Marquei um corte de cabelo e a manicure. Pela primeira vez na minha vida comecei o ano com um corte de cabelo novo e radical, como diz meu marido. Impressionante como o meu cabelo cresceu em dois anos, já estava quase na altura dos ombros. Quis cortar curto de novo, mas um corte irregular, moderno, com a nuca aparente e a frente mais comprida. Corte de capa de revista, de artista de novela. Unhas vermelhas para arrematar. Reenergizada completamente... Olhei para o meu marido e vi o homem que ele se tornou. O homem com o qual compartilho a vida há 14 anos. O homem que faz de tudo para me fazer feliz. Que vai contra seus próprios princípios e compra pastel de queijo fresquinho para o meu café da manhã pelo menos uma vez por mês, já que estou de regime. Que prepara todas as minhas refeições com carinho e capricho. Que se sacrifica para me deixar confortável, segura e alimentada. Que levanta e vem me beijar sempre nos intervalos dos programas, caso estejamos em ambientes diferentes. Que me faz sorrir e está sempre ao meu lado. Que é charmoso, gostoso e um quarentão digno de elogios e assédio feminino. Que parou de fumar para estar saudável para mim. Que me ama. Passei uma borracha nas mágoas. Zeramos tudo. Reiniciamos tudo. Reencontramos tudo. Comemoramos tudo...

Caso me perguntassem há três dias como eu estaria hoje eu poderia dizer tudo menos SATISFEITA e FELIZ. Como é bom estar errada...

Balanço do dia:

- **Conquistas:** algumas respostas.
- **Desafios:** preparar-me para as próximas respostas.

110 / 255 dias

Sei que demorei a escrever... Sei que deveria ter escrito antes... Em minha defesa, apenas as pessoas que sofrem com o desequilíbrio da tireoide sabem na pele o que é ter esse problema...

Sim, estou com a tireoide completamente louca... Sintomas que oscilam diariamente entre os sintomas do hipotireoidismo e do hipertireoidismo. Segundo o meu neurologista, é tireoidite de Hashimoto, com excesso de funcionamento da tireoide.

Doença autoimune, sem cura, mas com tratamento eficaz. O problema não foi descobrir isso, o susto ocorreu quando eu fui ler sobre a doença e seus sintomas. As flutuações dos hormônios tireoidianos causam flutuações de humor inimagináveis. O que mais me assustou foi a confusão mental, a falta de concentração e de raciocínio. Contas simples viram equações dificílimas. Formar frases com coerência é uma aventura.

Sensações como fadiga, insônia, aumento da frequência cardíaca, falta de apetite, diarreia, constipação, irritação, mau humor... Já estava quase ligando para a psiquiatra por causa da depressão, das oscilações de humor, da confusão mental... Isso acabou comigo...

Na segunda-feira vou à endocrinologista para confirmar o diagnóstico...

Apesar de estar me sentindo muito mal, não exagerei na alimentação. Mantive uma alimentação saudável com pequenos episódios de esbórnia... Estou muito inchada e o meu humor não está ajudando em nada... A vontade de desistir de tudo foi enorme...

Balanço do dia:

- **Conquistas:** não acabar com o casamento, o cachorro, o marido e com a vida nestes dias...
- **Desafios:** aguentar mais dois dias de insanidade...

111 / 254 dias

A depressão é tão assustadora, solitária, fria, triste, ensurdecedora, enlouquecedora, íntima, cruel, impiedosa, sufocante, desconfortável, invasora, devastadora...

Ela se apresentou para mim em 2001. Estávamos fora do Brasil em pleno 11 de setembro de 2001, dia dos atentados nos EUA. Eu, meu pai e minha irmã. Ser turista nessas horas não é legal, Exército na rua, aeroportos fechados, medo, pânico e não poder correr para casa... Foi quando surtei. Na viagem de volta eu só sosseguei depois de quatro comprimidos de Rivotril. Meu pai, minha mãe e minha irmã ficaram assustados... Eu estava completamente desequilibrada mentalmente e fisicamente. Fui diagnosticada como bipolar e comecei a tomar altas doses de moduladores de humor como topamax, seroquel, entre outros... Depois disso, nunca mais parei de tomar antidepressivos, ansiolíticos e moduladores de humor... Quando tentava diminuir a dosagem o meu organismo surtava de novo...

Estou escrevendo tudo isso porque, segundo um estudo médico, pessoas com problemas na tireoide, que oscilam entre os sintomas de hiper- e hipotireoidismo, podem ser erroneamente diagnosticados como bipolares, com ansiedade generalizada e depressão, com episódios de síndrome do pânico, e ao serem medicados têm os sintomas camuflados e o hipotireoidismo acentuado. Segundo esse estudo, os remédios acabam causando dependência, alteram todo o comportamento e pioram o problema. Será que eu já estava com problema de tireoide e não sabia?

Para tentar provar o meu raciocínio, no final de 2004 voltei a tomar por uns meses a mistura bombástica e proibida para emagrecer. Ou seja, voltei a cutucar a minha tireoide com vara curta... Voltei a ficar completamente instável emocionalmente e com fraqueza muscular. Além disso, tive um final de ano emocionalmente difícil, brigas na família, início de casamento... Conclusão: tive o meu primeiro surto e o diagnóstico de esclerose múltipla em fevereiro de 2005. Uma doença autoimune também. Talvez seja só coincidência e muita imaginação... só isso. Como diz o meu marido, estou tentando "achar chifre em cabeça de cavalo". É que para mim faz tanto sentido... Sofro ao pensar que posso ter passado 16 anos da minha vida anestesiada por remédios que não eram necessários... Tanta droga pode ter causado estragos grandes e irreversíveis.

Sei que não é culpa de ninguém, nem dos médicos, afinal de contas Dr. House só tem na ficção... Brincadeirinha...

Mas e agora? E se eu estiver certa? Como faço para me livrar do vício em remédios, se para conseguir me livrar do vício em comida estou tendo que concentrar todos os meus esforços? E se tudo não passava de uma disfunção da tireoide? Não sei se é pior isso ser verdade ou não ser verdade... Apesar de que, no meu trato com o meu organismo e com a minha psiquiatra, eu tenha pedido para parar de tomar remédios controlados até o final desta minha jornada. Será que o Universo já está começando a mexer os seus pauzinhos? Como deve ser viver livre dos ansiolíticos? Será que existe vida sem eles? Estou tão dramática hoje que não estou me aguentando!

Balanço do dia:
- Nem conquistas e nem desafios, apenas um desespero e descontrole generalizados.

112 / 253 dias

Depois de uma noite difícil e muito agitada, recebi uma mensagem de uma amiga. Uma mensagem que caiu como uma luva na minha vida. Como decidi receber todos os acontecimentos deste ano como sinais, esta mensagem não seria ignorada.

As quatro leis espirituais da Índia:

1. A pessoa que chega é a pessoa certa;

2. O que acontece é a única coisa que podia acontecer;

3. Em qualquer momento que comece é o momento certo;

4. Quando algo termina, termina.

Todas as minhas teorias de vida sem psicotrópicos, conspiração da minha tireoide, tudo ficou para trás. Cada situação que passei, cada remédio que tomei, cada escolha que fiz, tudo me trouxe aonde estou hoje. E isso basta, ou pelo menos tem que bastar. Realmente não importa se o meu diagnóstico foi ou não errado. O que importa é que a vida que tive foi esta, e pronto. Caramba, tenho uma mania horrível de querer racionalizar tudo! Que saco, nem eu me aguento!

Balanço do dia:

- **Conquistas:** mais uma lição...
- **Desafios:** aguentar mais um dia de insanidade...

114 / 251 dias

Nada está tão ruim que não possa piorar. Nunca esta frase fez tanto sentido.

Fui à endocrinologista, um amor de médica... Ela me examinou, me pesou (estou pesando 88 quilos na balança dela, ou seja, não perdi absolutamente nada de peso, mas com final de ano, algumas escorregadas e parecendo um baiacu de tão inchada, eu até fiquei satisfeita...). Contei toda a minha teoria sobre tireoide e esclerose, mostrei os exames, relatei os sintomas... Depois de muita conversa, ela disse que precisava descartar outra doença antes de fecharmos um diagnóstico: doença de Graves. Quando eu achava que já estava de bom tamanho a Hashimoto, aparece uma ainda mais exótica e perigosa. Fiquei sem chão. Cintilografia de tireoide e mais exames de sangue. Devo continuar controlando o meu humor só com ajustes diários de ansiolíticos e esperar mais uns dias por um diagnóstico. E principalmente esperar pelo remédio certo para acabar com todo o sofrimento. Piorou.

Confesso que sempre tive um pouco de desprezo pela tireoide e sua importância no organismo. Achava que ela estava em um patamar inferior ao do pulmão, por exemplo, mas o que ela está fazendo comigo é desumano. É cada episódio de taquicardia que sinto que se não fechar a boca o coração vai pular. Cada raciocínio difícil que lembra uma expressão de Cálculo (matéria da faculdade de matemática, outra saga, depois escrevo sobre isso). Tomara que não seja Graves...

Balanço do dia:
- **Conquistas:** não ter engordado...
- **Desafios:** affff...

115 / 250 dias

Acho que vai demorar mais de uma semana para eu ter o diagnóstico...

Balanço do dia:

- **Conquistas:** acordar dois dias seguidos às seis da manhã para fazer exame...
- **Desafios:** segurar a ansiedade...

116 / 249 dias

Hoje a sessão de terapia foi sobre fé. Assunto tão complicado para mim... Já estou quase completando um terço da viagem e progredi pouco neste assunto...

Cresci em uma família católica. Meus avós maternos rezavam o terço todos os dias. Com a morte da minha avó, meu avô passou a rezar uns cinco por dia. Também, ficar sozinho depois de mais de cinquenta anos de casado deve ser uma dor e um vazio imensuráveis. Não consigo me imaginar sem o meu marido, não suportaria...

Voltando ao assunto da fé. Ter fé na minha família é acreditar em Deus, Jesus, Nossas Senhoras, Bíblia, ir à missa, rezar... Um Deus que escuta as nossas preces e atende os nossos pedidos. Que nos dá uma cruz para carregar e exige bondade, obediência e mais fé... Que nos protege com anjos e nos ama. Que perdoa todos os pecados na hora da morte desde que se arrependa de coração... Respeito muito quem acredita e tem fé em tudo isso. Por muito tempo me puni por ser tão incrédula. Por não rezar. Por não ter a humildade de pedir a Deus a minha cura. Por não gostar de ir à igreja. Por não gostar de missa. Por não ter fé o suficiente. Sofri e sofro muito preconceito por isso. Meu marido é um homem de muita fé, crê na Bíblia e no Deus católico e nunca entendeu no que eu acredito. Para falar a verdade, eu também não sabia até hoje.

Fé é crer sem ver. Eu creio sem ver, e muito. Acredito que sou protegida pela energia do Universo. Energia que é o tudo e o nada, é o yin e o yang, é o bater do coração, é o respirar, é o dormir, é o acordar, é o pensar, é o agir, é o contemplar, é o interagir, é o viver, é o sonhar. Está na natureza, no ar, na ciência, na física. É o aprender, é o cair, é o levantar. É a certeza de que tudo dará certo. É a intuição que grita e que sussurra. É a luz que reabastece a alma na hora da meditação. É o que permanece na hora da completa solidão da morte. É o buscar o bom sem esquecer-se do ruim. É a alegria. É a lágrima. É a arte. É a música. É o silêncio. É o sonhar. É o lutar. É o amar. É o gozar. É a sorte. É o azar. Eu acredito com toda a minha fé na vida após a morte, só não sei como é. Acredito que fazer o bem faz bem. Acredito que cada um sabe "a dor e a alegria de ser quem é". Não posso julgar escolhas e atitudes, e dentro da minha humanidade busco não julgar. Dentro da minha humanidade busco não pecar. Dentro da minha humanidade sou uma boa pessoa...

Sei que isso vai contra toda a minha bagagem do que é ser filha de Deus e Nossa Senhora, irmã de Jesus, cristã. Talvez pelo Deus deles, eu não vá para o céu. Invejo a fé e a crença deles, gostaria muito de ser mais "normal" e me encaixar. Ficam arrasados por eu não rezar como gostariam, por eu me mostrar tão descrente. Mas eu rezo. Rezo sim, não viajo sem rezar uma ave-maria e um pai-nosso e pedir por proteção, a diferença é que não direciono estas orações para "Alguém", direciono para o Universo, para os entes que morreram, para o céu, para a estrada, para o ar condicionado que me conforta, para o amor que sinto pelo meu marido... Meu "deus" é pagão.

Estou ouvindo cada vez mais alto as minhas intuições e sei que tudo isso é fruto da meditação e da minha fé. Hoje esta é a minha Fé. Amanhã não sei. Ainda tem muito chão neste caminho antes da estação final. Tenho muito a aprender sobre mim e sobre a minha fé.

Obrigada mais uma vez, querida psicóloga. Você abriu os meus olhos para o real significado da fé. Obrigada por me ensinar a defender a minha fé. Meu Deus é tão poderoso quanto o Deus deles. Parabéns, pode soprar a vela, você merece o primeiro pedaço de bolo.

Obrigada, querida psiquiatra. Você trocou o meu chicote de açoite por uma pluma colorida. A minha vida não afeta só a mim, posso simplesmente ser e existir e rir. Posso estar aqui também para ensinar. O meu sofrimento pode não ser em vão. Respeito, fé e "ser bom" não obrigatoriamente passa pela normalidade ou pela sanidade.

Balanço do dia:

- **Conquistas:** descobrir que tenho muita fé...
- **Desafios:** desenvolver a minha fé...

117 / 248 dias

Caramba, hoje faz 117 dias que eu não tomo refrigerante. Nem um gole. O mais incrível é que não passei sede em nenhuma circunstância por falta de opção. Mesmo em lanchonetes, pois elas oferecem a opção do chá, que é químico também, mas não é refrigerante... Simplesmente deixei de escolhê-lo como bebida, e não sinto falta nem vontade.

No começo foi difícil. Via uma propaganda de refrigerante e até salivava, mas passou... Hoje vou a qualquer lugar, passo o olho no cardápio e escolho a minha bebida. Antes era automático, a única decisão que tinha de tomar era entre coca ou guaraná. Para gastar menos "tempo" com uma questão tão boba, quando queria variar, pedia Fanta... Hoje entendo o que Cortella diz sobre ter uma vida medíocre. A automatização da vida é um retrocesso para a inteligência global, de certa forma. Transformamos-nos em robôs da indústria consumista, automatizando escolhas que deveriam ter sido mais pensadas, mais elaboradas. Quando saio do automático e escolho o que vou tomar frente às diversas opções do cardápio, eu volto a governar a minha vida. Nossa, como estou filosófica hoje! Será que a confusão mental está passando ou piorando?!

Em todo caso, estou muito melhor sem refrigerante, nem tanto pela saúde e tal, mas pela liberdade de escolha que eu ganhei.

Balanço do dia:

- **Conquistas:** riscar definitivamente o refrigerante do meu cardápio.
- **Desafios:** ainda muito ansiosa, esperando para terminar os exames...

118 / 247 dias

Ando um pouco desanimada... Minha barriga está muito inchada, e mesmo comendo pouco e direito não consigo ver diferença... Na semana que vem eu tenho retorno à nutricionista, e pelo jeito não vou ter boas notícias... Talvez não tenha perdido nada por causa desta confusão de hormônios... Não é desculpa, não, eu fiz por merecer para perder peso. Continuo com dificuldade de engatar no exercício físico, mas estou comendo com bastante consciência... Será que mais uma vez o meu organismo vai me sacanear? Ou será que ele está apenas dando o troco depois de tudo o que teve de aguentar durante tantos anos de maltratos?

Balanço do dia:

• **Conquistas:** recebi o resultado da cintilografia da tireoide. Está normal, sem alteração. Acho que isso quer dizer, segundo a minha audácia de querer saber mais que médico, que síndrome de Graves foi descartada, acho...

• **Desafios:** esperar segunda e enviar os resultados para a endocrinologista...

119 / 246 dias

Comer com parcimônia e com consciência já faz parte do meu cotidiano. Sei que não posso relaxar, mas já não sofro tanto com as escolhas. Penso antes de comer cada alimento, mas parei de usar o aplicativo. Faz mais de três semanas que não uso... O livro *Pense Magro,* também parei de ler... Acho isso um péssimo sinal. Por isso, daqui a dois dias, que será 1 de fevereiro, voltarei a anotar cada alimento. Ainda não tenho experiência para fazer tudo de cabeça, e posso aos poucos começar a burlar o sistema.

Não belisco mais, presto atenção em cada coisa que como, escolho o que for mais saudável e menos calórico. Mas não me privo de comer algo de que eu esteja com vontade, faço ajustes no cardápio do dia e como com prazer e sem culpa o que eu quero, só que em pouca quantidade.

Este último mês foi bem complicado. Os hormônios por variar entre excessos e faltas quase me enlouqueceram. Sentia tudo em questão de minutos, raiva, medo, tristeza, sono, fome, enjoo... Sentia-me numa montanha-russa sem freio... Agora as coisas parecem ter sossegado dentro de mim. A voz que tanto me incomodava anda meio quieta, às vezes passa dias sem aparecer. Pode ser o prenúncio de uma nova tempestade, mas prefiro pensar que é o amanhecer de céu azul depois de uma noite de tempestade.

Balanço do dia:

- **Conquistas:** estar tranquila e até feliz...
- **Desafios:** amanhã vou à nutricionista depois de quase dois meses, não imagino o que me esperar...

120 / 245 dias

Boas notícias! Eliminei mais um quilo e meio!!!

Dia de fazer uma retrospectiva. Já percorri 33% do meu caminho. 120 dias de aprendizados e batalhas. Comer se tornou algo muito importante na minha vida, tanto que sei exatamente o que almocei e jantei ontem, coisa que muitas vezes era impossível por ter passado tão batido. Hoje faço melhores escolhas...

Também passei a me elogiar mais. Parabenizar-me quando deixo de repetir um prato ou quando recuso um doce. Estou mais flexível para comer um cachorro-quente e depois ficar dois dias sem sobremesa. Permito-me ter vontade de algo, só controlo a quantidade.

Preciso voltar a anotar as calorias para ganhar mais experiência. Ainda não posso voar sozinha. Muitas vezes superestimei as calorias de alguns alimentos, e o contrário também já aconteceu. Caso mereça um puxão de orelha, é este, ter parado de anotar as calorias...

Comecei com 91,7 quilos e fecho este primeiro terço com 86,2 quilos. Foram eliminados 5,5 quilos em 120 dias. Sei que parece pouco, um pouco mais de um quilo por mês, mas eu tenho consciência de como foi difícil eliminar cada uma das 5500 gramas. Enfrentando festas de final de ano (extremamente fartas e deliciosas), família (com todas as suas alegrias e tristezas), a minha cabeça esclerosada (que para mudar de comportamento é tão xucra), problemas com a tireoide (que infelizmente ainda não estão resolvidos), sedentarismo forçado (pela limitação física), crise no casamento (que já passou, mas foi brava), e todos os problemas e dilemas que rondam uma pessoa normal. Ainda estou longe da meta dos 12 quilos, mas já eliminei 45,8% deste total. 45,8% do peso em quatro meses, estou indo bem...

Balanço do dia:

- **Conquistas:** estar satisfeita...
- **Desafios:** continuar dando o meu melhor...

122 / 243 dias

Recebi mais um sinal...

Antes de começar esta jornada, recebi muitos sinais de que isso precisava ser feito, de que não poderia mais ser adiado. Sinais físicos se materializaram com o aumento das minhas limitações, sinais psicológicos se materializaram com a depressão e a apatia, e sinais espirituais se materializaram na ausência completa de fé...

Cheguei a um ponto em que morrer não seria deixar de viver, e sim chegar ao fim de uma extenuante batalha, sem importar se vitoriosa ou derrotada... Pior, sem fé em nada...

O filme "Comer, Rezar, Amar" com certeza foi um dos sinais mais claros. Então o usei como um guia de viagem. Nele se dizia que para conseguirmos as respostas precisamos ver tudo na vida como um sinal, uma pista... Acabei de receber outro sinal.

Mudar de ambiente, mudar de universo, mudar de vida. Acabei de assistir a uma palestra sobre achar o que gostamos de fazer... Uma, depois de quase cinquenta assistidas e reassistidas... A que provou que mudar de ambiente pode mudar uma vida, sim, e me convenceu.

Vejo muito trabalho pela frente...

Balanço do dia:

- **Conquistas:** reconhecer outro sinal...
- **Desafios:** planejar e orçar o sonho...

123 / 242 dias

A consulta com a endocrinologista é só amanhã. Não aguento de ansiedade. Os sintomas passaram, mas continuo inchada e alerta...

Continuo superorgulhosa de mim mesma.

Balanço do dia:

- **Conquistas:** continuar satisfeita...
- **Desafios:** esperar a consulta...

124 / 241 dias

Uhuuul! Eu não tenho nada crônico, nem hipotireoidismo de Hashimoto, nem Graves, nem nada autoimune! Foi uma tireoidite viral! Uma "gripe" que se perdeu e foi parar na tireoide, simples assim! Tive sintomas de hipotireoidismo e hipertireoidismo alternadamente, enquanto a tireoide estava "gripada", e passando a "gripe", os sintomas vão passando também.

Nem acredito... Fiquei tão feliz! Saímos da médica e fomos comemorar! Sim, comemorar, num restaurante bem legal, e comemos hambúrguer e sobremesa, chope e tudo a que tínhamos direito. Sem culpa. Sem preocupação. Dentro do limite de calorias, como já aprendi, calculei antes de comer. Comemos com prazer e curtimos cada mordidinha! Agora é continuar cuidando sempre, para que momentos como esse possam continuar acontecendo...

Feliz por ter eliminado 5,5 quilos, feliz por não acumular outra doença, feliz por ter comemorado.

Todas as teorias de conspiração e todos os diagnósticos que eu já havia criado se dissolveram no ar. Que bom! Vida que segue...

Balanço do dia:

- **Conquistas:** comemorar com prazer...
- **Desafios:** seguir em frente...

126 / 239 dias

Existem pessoas especiais que passam pela vida da gente e a transformam de muitas maneiras. Na minha vida, sempre fui agraciada com a companhia de anjos disfarçados de amigos, familiares, padrinhos, médicos, enfermeiros, psicólogos, fisioterapeutas, crianças, adolescentes, empresários, atendentes, garçons, desconhecidos. Que me protegeram e me cercaram de todo o amor e todo o conforto físico e material que eu pudesse vir a precisar. Paparicada como toda filha e neta mais velha de uma classe média alta dos anos 80 e 90 poderia ser. Com todos os dilemas e problemas de uma menina sem problemas financeiros e que almoçava fora todos os domingos e passava um mês na praia no período das férias. Uma verdadeira patricinha... Moldada em uma sociedade hipócrita que classifica e seleciona. Que em 517 anos não deixou de ser imperialista, racista e preconceituosa. Que ainda é dividida em classes. Que enaltece guerreiras, mas cria princesas... Que enaltece a malandragem e segrega os diferentes...

E eu, que pensava que não tinha muitos preconceitos, que era esclarecida e estudada o suficiente para respeitar as diferenças e tratar a todos com igualdade, me vi sendo preconceituosa. Isso acendeu uma luz.

Na hora lembrei-me de uma história que estava no meu porão. Durante a minha segunda faculdade, eu estudava num prédio no centro da cidade e ia à calçada para fumar e encontrar o meu marido no intervalo. Muitos desciam junto comigo. Ficávamos conversando na calçada. Detalhe: eu era a melhor da turma em notas, uma das mais experientes (idosa) da turma, era casada, não morava mais com os meus pais e tinha um carro. Eu era uma diva entre os mortais...

Brincadeirinha... mas eu tinha muita moral! Um dia, na calçada, um morador de rua passou no meio do grupo. Parou na minha frente e, cheirando a cachaça e falta de banho, me perguntou:

— Vou fazer uma pergunta para você, que parece ser tão estudada: se você errar tem que me dar um cigarro. É em Nova York, capital dos Estados Unidos, que fica a Estátua da Liberdade?

Na hora todos se viraram para mim. Até as pessoas de outras rodas de conversa olharam para mim. O meu marido olhou para mim. Eu, num misto de vergonha, arrogância, medo e desespero, disse: — Sim, hahaha, é sim. O mendigo, com um olhar de triunfo, um sorriso perturbador e o mesmo bafo de cachaça gritou:

— Então a menina me dá um cigarro, pois a capital dos Estados Unidos é Washington.

O chão sumiu. Não havia entendido direito a pergunta, sei que não é desculpa, mas ele estava bêbado e enrolou mais da metade das palavras. Isso não tira a minha culpa em não ter perguntado novamente antes de querer me livrar logo do cara. Liguei a estátua com Nova York e soltei a resposta. Se fechar os olhos, ainda me lembro da sensação de rubor instantâneo e boca seca. Muitos riram. Muitos seguraram o riso. Muitos deram desculpas por eu ter errado. Muitos nem ligaram. Mas eu liguei. Eu tinha sido humilhada. Minha inteligência e capacidade testadas numa única pergunta de um mendigo. Sei que existem muitos moradores de rua que são inteligentes, mas por que justo aquele tinha que ser? Soberba e vaidade me pregaram uma peça. Começava ali a minha lição sobre humildade.

Balanço do dia:

- **Conquistas:** escrever sobre isso...
- **Desafios:** aprender mais sobre humildade...

129 / 236 dias

"Sou ateu, mas sou limpinho." Leandro Karnal

Quando li esta frase, eu quase morri de rir. Principalmente depois que uma pessoa próxima resolveu que vai me levar para a sua religião de qualquer jeito. O problema é que eu não me encaixo em nenhuma religião, e isso parece que é um pecado mortal! Então esta frase caiu como uma luva na minha vida.

Outro pensamento de Leandro Karnal com que eu concordo plenamente é sobre a inveja, ou seja, querer a infelicidade do outro. Diferente de cobiça, que é querer ter o que é do outro. Ele diz que se uma pessoa inveja o produto pronto — um exemplo de produto pronto é tocar bem piano — e não inveja o método, ou seja, as horas intermináveis de estudo de escalas e notas em vez de estar brincando, é um sentimento muito injusto. A inveja descarta a capacidade de força de vontade e superação que eu tive de me manter firme ao método para conseguir o produto. Para cada concessão e cada vitória há um preço, e esse preço é problemático reconhecer, parece que foi um dom, um presente, um benefício. Invejar o resultado sem olhar para o percurso é mesquinho, é pequeno. Até porque, segundo ele, se você tem essa habilidade e eu não tenho, é injustiça. Agora, se eu reconhecer que você se esforçou por ela, eu tenho de reconhecer que sou preguiçoso e invejoso, e aí são dois defeitos, e não um. Eu acredito muito nisso!

Balanço do dia:

- **Conquistas:** aprender cada vez mais...
- **Desafios:** aceitar o que eu não posso mudar...

130 / 235 dias

Caramba, os dias estão passando cada vez mais rápido...

Ainda não consegui ir à aula de hidroterapia que eu tinha me convencido a começar. Travei mesmo. Tive uma crise de pânico na noite anterior e na manhã da aula acabei amarelando... Tudo bem, eu espero mais um pouco... O bom é que eu voltei a fazer exercícios simples mais vezes ao dia, como mexer os pés e me movimentar mais. Passo o dia todo cansada, com muitos espasmos e fadiga, mas segundo a minha amada fisioterapeuta, conforme eu for ganhando força vai ficando mais fácil. Tomara que ela esteja certa, pois ainda estou na fase de querer matá-la...

Estou adorando as palestras de Leandro Karnal. Ele tem uma linha de raciocínio que combina com a minha, claro que recheada com um milhão a mais de bytes de informação e inteligência...

Balanço do dia:

- **Conquistas:** assumir para mim mesma que sou pecadora e tudo bem...
- **Desafios:** evoluir sem vaidade...

131 / 234 dias

Como é difícil mudar! Mudar implica muitos abandonos e inúmeras possibilidades. Uma troca do conhecido pelo desconhecido. Uma troca do conforto pelo trabalho. Mudar dá muito trabalho. Não culpo os que não mudam. Não os julgo, pois a mudança realmente é para poucos.

Já li milhões de livros de autoajuda, de exemplos de superação, de encorajamento. Sempre buscando uma resposta pronta, um botão mágico que me teletransportasse para fora do meu mundo. Uma pílula que quimicamente alterasse o que precisasse ser mudado. Acho que pela primeira vez estou tomando as rédeas da minha vida com a responsabilidade que isso exige. Ao comer alimentos saudáveis e preferir o benefício ao sabor, estou escolhendo uma nova vida. Em que a comida gordurosa e saborosa tem o seu lugar, mas na exceção e não na regra. Na comemoração, e não na busca ingrata de preencher o vazio.

Claro que ainda penso "gordo". Sinto cheiro de churrasco e tenho alucinações. Mas sei que comendo saudável por mais alguns dias poderei comer churrasco sem culpa. Parei de querer o prazer imediato que um chocolate fornece. Talvez isso seja amadurecer...

Mudei a minha alimentação e não foi fácil, não está sendo fácil, mas saí da inércia. Hoje eu gosto de banana amassada com aveia. Sinto prazer em comer fruta e castanha, pois sei que esses alimentos me fazem bem, e comê-los hoje me possibilitará comer o que eu quiser em poucos dias, até mais banana amassada com aveia se eu quiser...

Balanço do dia:

- **Conquistas:** mudei a minha relação com a comida...
- **Desafios:** manter esta nova relação com a comida...

134 / 231 dias

Minha primeira escorregada...

Não gostaria de estar escrevendo sobre isto, mas decidi ser honesta comigo mesma em todos os momentos desta jornada. Ontem fui a uma reunião na casa de amigos muito queridos. Como havia me comportado bem na última festa a que fui, estava bem confiante. Confiante demais...

Achei que o meu cérebro já saberia fazer escolhas sem a minha supervisão. Achei que poderia conversar e me distrair. Relaxei completamente e, como o meu cérebro ficou sozinho, voltou a tomar as velhas e erradas decisões. Comi sem prestar atenção, bebi sem prestar atenção e fumei sem prestar atenção. Aceitava toda vez que me ofereciam comida e bebida, sem restrição. Resultado: acabei bebendo, fumando e comendo demais...

Antes do final da festa o meu corpo já dava sinais de que a coisa não estava bem. Quando o meu marido me levou ao banheiro, minhas pernas já não respondiam direito; estavam completamente duras e sem nenhuma coordenação. Eu estava bem tonta e mal conseguia segurar o cigarro. Juro que não era bebedeira, não estava bêbada, não cheguei a ficar bêbada, mas o meu corpo já estava intoxicado o bastante...

O meu corpo pagou o preço da minha desatenção. Todos os sintomas que tive podem ser explicados. O álcool, o cigarro e a gordura envenenaram o meu sistema nervoso, e os impulsos nervosos, que já eram fracos, ficaram ainda mais fracos e desregulados.

O meu cérebro ainda não está preparado para fazer escolhas saudáveis sozinho, afinal de contas, foram 37 anos de abusos e gulodices... Não o condeno e nem vou me açoitar. Foi bom saber que não posso vacilar e nem perder o foco. Agora é curar a ressaca física e moral e seguir em frente...

Balanço do dia:

- **Conquistas:** mesmo exagerando, a quantidade foi muito menor do que no passado...
- **Desafios:** não perder o foco...

135 / 230 dias

Que ressaca! Caramba, quanto mais velha fico, pior e mais longa é a ressaca...

Meu corpo já está se recuperando, mas a dor está de lascar. Meus músculos ficaram tão rígidos que a impressão é que eu exagerei na musculação. Sinto muita dor e cansaço. Minha fisioterapeuta está tentando amenizar os estragos com muito alongamento.

Sei que tenho de parar de fumar, mas, em minha defesa, fumo um ou dois cigarros por dia. Quando exagero, são no máximo cinco, apesar de ontem terem sido uns quinze... Sei que até este pouco me faz mal, mas tenho que me concentrar em uma coisa de cada vez...

Balanço do dia:

- **Conquistas:** estar um pouquinho melhor do que ontem...
- **Desafios:** parar de fumar num futuro próximo...

137 / 228 dias

Bom, acho que o meu pensamento realmente é poderoso. Desde que assumi para mim mesma que precisava parar de fumar, sempre que fumo fico extremamente enjoada. Chego até a vomitar. Será que tenho tanto poder assim?

Outra coisa. Fui à terapia e conversamos bastante sobre a minha dificuldade de simplificar sentimentos. Transformo tudo em tragédia ou em comédia, mas com toda a amplificação de sentimentos que esses polos merecem. Uma simples alegria pode ser sentida sem ter que ser racionalizada por horas e horas... Recebi coisas enormes, como o descarte de uma doença autoimune de tireoide, a notícia de que eliminei 5,5 quilos e as férias do meu marido para março! Como uma verdadeira ansiosa generalizada, eu comecei a pensar em inúmeros "problemas", como:

— Mas eu esperava as férias para setembro/outubro...

— Ainda não emagreci o bastante para ir para a praia...

— Vamos gastar mais do que podemos...

— Vou sair da rotina e comer mais, será que vou engordar?

— Nas últimas férias engordei três quilos...

— Ainda não estou andando nada bem...

— Março é calor, como o meu corpo vai se comportar?

— Será que ainda tem vagas na pousada?

— Será que conseguiremos de frente para o mar...

— Ainda estou gorda...

— Será que o maiô do ano passado me serve, sim, porque os tempos de biquíni acabaram, né?...

— Será que não vou ficar fadigada o dia todo?

— Será que vou conseguir subir as escadas para ficar no quarto com melhor vista?

— A estrada vai estar mais cheia e a cidade também...

— Gente magra e bronzeada em final de temporada, e eu uma baleia branca...

— Meu marido que vai gostar de ficar vendo a mulherada de biquíni jogando frescobol com seus corpos irritantemente firmes, jovens e magros...

— E ele tendo que carregar uma inválida para cima e para baixo...

— Terei que vê-lo sofrer cada vez que meu corpo fraqueja...

— Mas férias de novo pode ser um sinal de que meu marido será mandado embora...

— Isso seria bom ou ruim?

CHEGA!

Minha cabeça é a minha pior inimiga! Ela me humilha, me xinga, me desafia, me diminui... Eu me destruo com poucas frases... Meu subconsciente, consciente, ego, seja lá qual for o nome dele, me deixa na lona antes do sinal de início da luta... Caramba! É um inferno viver com alguém gritando no seu ouvido palavras tão duras o tempo todo... Se eu me esforço, não foi o bastante... Se eu não me esforço, sou preguiçosa... Se eu surto, sou louca... Se eu me deprimo, sou fraca... Quem precisa de um inimigo mais poderoso que você mesmo? Com tanto conhecimento sobre todos os seus pontos fracos? Que luta com tanta ânsia e empenho pelo seu fracasso?

A voz grita e não cala nunca... Gorda... Louca... Inútil... Preguiçosa... Estorvo... Vale mais morta.

Sinto-me literalmente dormindo com o inimigo, sendo que este inimigo consegue ler os meus pensamentos...

Fato: meu marido vai tirar férias em março.

Reação saudável: ficar feliz.

Resposta para o meu inimigo íntimo: FODA-SE!!! Desculpa, mas sinônimos não funcionariam...

Balanço do dia:

• **Conquistas:** sorvete de iogurte batido com frutas é muito gostoso, mais um preconceito quebrado...

• **Desafios:** não descontar a raiva que estou de mim mesma na comida...

139 / 226 dias

Hoje a tristeza bateu com força. O rosto se afogou numa poça de lágrimas. É difícil ser forte. O tempo todo é impossível...

O meu corpo começou a responder depois de várias tentativas de mexer os pés. Depois de exercitar todos os dias, na hora que eu podia, várias sessões de 10 repetições cada uma durante duas semanas, vi uma mudança. Agora consigo mexê-los a ponto de poder ver o movimento. Antes ficava só na intenção do movimento. Por mais força que fizesse, os pés não se mexiam... Um motivo de comemoração, com certeza, mas só eu sei como foi difícil...

Só eu sei a dor muscular que eu senti, a força que eu fiz, a raiva que eu passei, a dor no joelho com que eu fiquei... Só eu sei quanto quis desistir, quanto eu batalhei... Deveria estar muito feliz, e até estou, mas hoje só quero chorar...

Chorar pelos passeios que eu não posso dar pela incerteza da acessibilidade... Chorar por não dirigir há mais de cinco anos, o que era uma enorme alegria e liberdade... Chorar por não conseguir tomar banho de olhos fechados, por causa da falta de equilíbrio... Chorar por não poder dar uma volta sozinha... Chorar por depender tanto de alguém para as necessidades mais básicas... Chorar por demorar tanto para chegar até ali... Chorar por não conseguir ajudar o meu marido em nada... Chorar por ter que se esforçar tanto para conseguir emagrecer... Chorar de fome por coisas que eu não posso mais comer e nem beber... Chorar por estar envelhecendo... Chorar pelo sorvete supercalórico que não vale mais "a pena" tomar... Chorar por não ter conseguido conhecer a parte de cima da casa da minha irmã, por ser sobrado com escadas... Chorar pelos bares a que não posso ir por não serem acessíveis... Chorar pela minha falta de sorte... Chorar pela minha doença... Chorar pelo sacrifício físico que faço todos os dias para continuar bípede...

Por que eu? Por que comigo?

São respostas que ainda não tenho... Também não sei se quero ter... Pior seria descobrir que merecia. Pior descobrir que não merecia. Pior descobrir que foi por acaso. Pior descobrir que foi praga de alguém. Pior descobrir que tenho muito a aprender. Pior descobrir que poderia ter sido pior.

Só sei uma coisa, só por hoje eu não quero ver o lado bom. Não quero saber se tive sorte, se sou forte, se tenho fé. Chorar a minha mais secreta dor é tudo o que tenho força para fazer...

Sei que o meu ego está em festa por eu estar derrubada. Sei o quanto ele se esforçou para que o dia de hoje chegasse. Sei o quanto sua voz me infernizou até que eu explodisse. Meu maior inimigo, eu mesma. Aquele que gosta de ter razão sempre. Aquele que sabe cutucar a ferida. Mas ele que me aguarde, amanhã é um novo dia. Por tudo o que chorei, eu vou celebrar.

Balanço do dia:

• **Conquistas:** mesmo com os olhos inchados, não desmarcar a fisioterapia...

• **Desafios:** repor toda a água que saiu pelos meus olhos...

143 / 222 dias

Que calor! Eu demorei a escrever por causa do calor que resolveu invadir Curitiba. Agora são oito horas da noite e no quarto está 29°C.

Eu simplesmente sobrevivo no calor. Respiro, como pouco, bebo muita água e faço xixi. Só isso. Não sou capaz de fazer e nem pensar em nada. Meu raciocínio fica lento, minha cabeça dói, meus pensamentos cessam. O bom é o silêncio que fica, chega a dar saudade dos meus pensamentos, só que não... Meu corpo fica completamente entregue aos devaneios de um cérebro em curto-circuito. Meus músculos travam, minhas mãos tremem e suam, a fadiga se instala. A fadiga, acho que é o pior sintoma. Vai muito além do cansaço. Não é preguiça e nem é falta de vontade. É um esgotamento generalizado, apatia, dor de cabeça, espasmos musculares, uma vontade de morrer... Só tenho energia para as funções vitais.

Não, isso não é exagero.

Quanto à alimentação, está tudo bem, graças ao meu marido que não sucumbiu aos meus caprichos e não comprou pizza ontem. Eu bem que queria!

Balanço do dia:

- **Conquistas:** ter um marido maravilhoso...
- **Desafios:** sobreviver ao calor...

147 / 218 dias

Dias de calor absurdo!

Realmente o meu cérebro e calor não são compatíveis. Tudo fica mais difícil... Não tenho nenhuma força para levantar da cama, fico de mau humor e a culpa atinge o nível máximo. Fico culpada de não querer sair de casa, de não ter vontade de viver. Meu marido fica ao meu lado, mas sei que não está nem um pouco feliz. Dias de sol, azuis e quentes deveriam ser motivo de festa, principalmente aqui em Curitiba, onde 90% dos dias são cinza... Deveriam, pois na verdade eu me sinto muito mal, por ele e por mim. Ele acaba deixando de curtir a vida por minha causa... A culpa pesa, machuca, engorda... Muitas vezes sinto culpa de existir...

Trato isso em terapia desde sempre, e lido muito bem com a culpa nos momentos de estabilidade emocional. Nos momentos de depressão, depreciação, piora física e calor os aprendizados desaparecem. A Patrícia insegura, frágil, carente, mimada, sensível emerge das profundezas escuras do meu ser. Perco a racionalidade e caio no vício, jogos de celular... Ontem ganhei vidas ilimitadas, joguei das 19:30h às 5:40h, foram nove horas e dez minutos do mesmo jogo, parando só para fazer xixi, e conectar e desconectar o cabo para carregar a bateria... Estou chegando ao limite da inexistência...

Balanço do dia:

- **Conquistas:** reconhecer o problema...
- **Desafios:** resolver o problema...

148 / 217 dias

Fui almoçar no meu pai domingo e tive uma série de desafios para enfrentar. Alguns eu até ganhei, outros ainda estou tentando entender...

Fui disposta a ser Eu, sem máscaras, o mais nua possível... Fui aceita com ressalvas... Acho que posso me sentir satisfeita.

Prestei atenção em cada alimento que coloquei na boca. Poucos petiscos, nenhum amendoim. Pouca quantidade e opção de repetir. Pouco álcool e mais qualidade. Segui todas essas regrinhas sem sofrimento. Até comi sobremesa, um Bis e uma colher de sobremesa doce de abóbora.

Para variar, tive muitas dificuldades de locomoção. Fraqueza, espasticidade, falta de coordenação. Fui guerreira e fiz todos os pequenos trajetos fora do carro e da cadeira da sala, utilizando o andador e não a cadeira de rodas, mas isso custou bastante. Cheguei em casa exausta, não conseguia nem segurar a cabeça... O resto do dia, passei deitada na cama. Não aguento mais isso...

Balanço do dia:
- **Conquistas:** não usar a cadeira de rodas...
- **Desafios:** melhorar fisicamente...

149 / 216 dias

Hoje desabei com a minha fisioterapeuta. Não aguento mais sofrer para me mexer. Tudo é difícil, cansa, fadiga, estressa, exaure.

Quando tenho que sair de casa, me sinto mal, não aguento fazer nada e quero voltar para a minha cama. Levei uma bronca enorme com a maior doçura e amor que alguém poderia dar... Senti-me com doze anos... Foi necessário. Obrigada, fisioterapeuta...

Entre as milhares de coisas que mereci ouvir, algumas vou registrar.

Como posso querer ter fôlego para fazer qualquer coisa, se antes do almoço com o meu pai fiquei mais de uma semana sem sair de casa? Ainda tentei retrucar com a história de memória muscular e de estar fazendo mais fisioterapia durante o dia... Mas o argumento foi considerado inválido...

Passo 90% do meu dia dentro do meu quarto — como posso exigir alguma coisa dos meus músculos? Argumentei que levanto para ir ao banheiro várias vezes no dia... Mas o argumento foi considerado inválido...

Levo a sério a fisioterapia por uma semana e relaxo na outra, volto a levar a sério e volto a relaxar. Meus músculos estão sempre começando do zero. Sempre que paro, perco tudo o que tinha evoluído. Sei que isso parece lógico, mas no fundo eu sempre pensei um pouco diferente. Afinal de contas, se só precisei aprender matemática uma vez e ainda sei resolver muitos cálculos, por que o meu corpo não pode ter um mínimo de memória? Mas o argumento foi considerado inválido...

Posso ter uma embolia ou trombose a qualquer hora. Passo até cinco horas na mesma posição. Quando estou com o computador na cama chego a ficar mais de oito horas na mesma posição, levantando só para fazer xixi. Além de ficar cada vez mais improdutiva e ,preguiçosa posso estar levando o meu corpo ao limite. Qualquer argumento neste caso seria inválido...

Bom, agora é tomar vergonha na cara...

Balanço do dia:

- **Conquistas:** reconhecer que estou errada...
- **Desafios:** mudar...

150 / 215 dias

Hoje, depois de muito tempo, voltei a frequentar o meu atelier. Como é bom voltar para a ativa! Depois de muito tempo sinto que estou voltando para a vida. Não produzi nada de útil, mas acendi o meu incenso e acendi a luz... é um início.

Um ótimo sinal da minha melhora é a ida ao salão de beleza. Manicure, pedicure, depilação, pintar o cabelo. Nada como unhas vermelhas para levantar a moral de qualquer mulher...

Outra coisa que me animou muito foi a proximidade das férias do meu marido. Faltam dois dias! Tenho certeza de que iremos nos divertir bastante. Além disso, vou ver o mar! Uma observação: com as férias, provavelmente escreverei mais raramente nos próximos trinta dias, mas será por bons motivos. Espero me manter nos trilhos e não trazer nenhum quilo de suvenir...

Mais um motivo de comemoração foi a reação negativa que tive frente a um prato de carboidrato. Não fiquei nada empolgada e comi apenas o necessário. Por incrível que pareça, eu preferiria uma salada e uma proteína. Acho que a minha cabeça está começando a entender que agora é para sempre. E que não adianta tentar me sabotar.

Balanço do dia:
- **Conquistas:** estar plenamente feliz...
- **Desafios:** manter a alimentação saudável nas férias...

151 / 214 dias

É amanhã! Férias!

Tenho muitas ideias de passeios, espero estar bem e forte para aguentar tanta estripulia...

Balanço do dia:

- **Conquistas:** me manter empolgada...
- **Desafios:** manter a alimentação saudável nas férias...

152 / 213 dias

Férias!
Vou ver o mar!

Balanço do dia:

- **Conquistas:** estou feliz...
- **Desafios:** continuar feliz...

155 / 210 dias

Amanhã é dia de nutricionista. Espero boas notícias...

Balanço do dia:

- **Conquistas:** estar com a consciência tranquila para a pesagem...
- **Desafios:** conter a ansiedade...

156 / 209 dias

Menos 1,5 quilo!!!

Fiquei muito feliz! Hora de fazer um novo balanço. Até agora foram sete quilos, ou seja, 58,33% dos 12 quilos que pretendo eliminar. Um pouco mais de um quilo por mês, e lembrando: sem fazer exercício físico. O tempo percorrido já ultrapassou os 42%. Estou um pouco atrasada na perda de peso em relação ao tempo decorrido, mas ainda tenho uma carta na manga: o exercício físico que começarei assim que as férias acabarem. Pelo menos é a intenção!

Dados

Data	Peso kg	IMC kg/m2	Cintura cm	Abdome cm	Quadril cm	% GC*
03.10.2016	91,6	30,3	86	94	118	44,5
07.03.2017	84,6	28,0	77	90	110	30,0
	-7kg		-9cm	-4cm	-8cm	-14,5%

* % Gordura Corporal

- 15,4kg de gordura e + 9,4kg de massa magra

Balanço do dia:

- **Conquistas:** muito, muito, muito feliz...
- **Desafios:** continuar a evoluir durante as férias...

158 / 207 dias

Férias são desafiadoras. Por mais que eu tente manter a rotina alimentar, os passeios e as refeições acabam tendo que ser adaptadas. Mesmo assim estou controlando o máximo, e nos dias que jantamos em casa acabo optando por frutas, omeletes e mais coisas saudáveis...

Balanço do dia:

- **Conquistas:** não me privar das boas comidas da vida...
- **Desafios:** manter o controle...

172 / 193 dias

Sim, eu sei que demorei bastante para voltar a escrever, mas estava de férias!

Voltei ontem da praia e posso dizer que foi uma viagem inesquecível. Passar o meu aniversário junto ao mar e com o amor da minha vida foi realmente especial. Coisas muito boas aconteceram, emocionais e físicas. As emocionais gravitaram entre reencontros, sorrisos, conversas, silêncios, gentilezas gratuitas, amor, descanso, otimismo... As físicas geraram mais impactos, mais adaptações... Apenas uma coisa permaneceu quase intacta, a minha alimentação saudável. Eu mantive a minha força e o meu foco em continuar cuidando da minha alimentação. Evitei comer doces, frituras, massas, empanados e mesmo assim comemorei todos os dias. Claro que comi pastel, comi churros, comi camarão, tomei sorvete, mas um de cada, e não um por dia. Tomei cerveja, sim, mas ao invés de cinco, tomava duas... Continuei firme na eliminação do refrigerante da minha vida e bebi muita água. Ganhei até parabéns do meu marido!

Ainda não tive coragem de me pesar, apesar de tudo...

Balanço do dia:
- **Conquistas:** mantive o controle...
- **Desafios:** voltar à rotina...

173 / 192 dias

Nunca a frase "tudo muda o tempo todo" fez tanto sentido...

Voltamos muito felizes. A viagem foi tranquila, feliz e nos trouxe muita confiança na estrada. No dia seguinte fomos instalar os móveis que faltavam chegar ao quarto da minha sobrinha. Ela ganhou de 15 anos uma escrivaninha e uma penteadeira, com direito a espelho com lâmpadas de camarim. Não sei quem ficou mais feliz, eu, meu marido ou ela. O dia em que fomos escolher os móveis com ela, na mesma loja em que meus pais compraram os meus móveis de adolescente, foi emocionante. Ver os seus olhos brilhando e poder dizer para a minha sobrinha que ela poderia levar para casa exatamente o que ela tinha escolhido foi maravilhoso. Nós três saímos da loja correndo para a casa dela montá-los. Juntos montamos e parafusamos cada peça. Empolgados e felizes. Ficou faltando instalar a penteadeira e pendurar o espelho, que ficou para a volta da nossa viagem.

Infelizmente, após tanta alegria e leveza, o tempo fechou e uma briga familiar começou...

Não sei quando exatamente fui arrebatada por um ódio e um desconforto que não sentia havia muito tempo... Antigas mágoas e feridas reapareceram em segundos, transbordando em raiva e gritos... O meu passado de descontrole e revolta tomaram conta. Parei de pensar... Bebi e comi demais... Velhos hábitos... Pensei que já tivesse aprendido essa lição, ou que pelo menos estivesse mais imune a esse tipo de provocação... Não estou...

Agora a minha barriga está estufada, estou enjoada, com a consciência pesada e extremamente decepcionada comigo mesma...

Balanço do dia:

- **Conquistas:** nada a declarar...
- **Desafios:** não surtar...

174 / 191 dias

Acabo mais um dia arrasada e derrotada...

Acordei muito mal com a discussão de ontem e com tudo o mais que constatei depois dos últimos acontecimentos. Estou triste e acabei comendo uma cuca de goiabada quase inteira... Estou estufada, gorda, brava e me sentindo um lixo. É impressionante ver que não evolui nada emocionalmente quando o assunto é a minha família... E isso é triste...

Desde ontem minha força muscular e a minha coordenação motora pioraram muito...

Preciso reencontrar a minha estabilidade. Preciso voltar para a terapia com urgência.

Poxa vida! Depois de me cuidar tanto na praia, de perder 7 quilos, de ter conquistado tanta coisa, não posso jogar tudo para o alto, nem mesmo pela minha família. Não é justo...

Estou tão triste que quebrei mais uma promessa, a de me maquiar todos os dias... A coisa está mais grave do que eu pensava...

Balanço do dia:

- **Conquistas:** marcar uma consulta de emergência com a psicóloga...
- **Desafios:** esperar até a consulta...

175 / 190 dias

Hoje fui à terapia, estou bem melhor...

É impressionante como a terapia me coloca de volta no prumo. Conversei, desabafei, me realinhei... Entendi que sou eu que tenho de aprender a lidar com as pessoas e tentar não me abalar tanto. E mesmo assim haverá dias em que perderei a razão e a calma. Tudo bem, pois sou suficientemente forte para respirar fundo e seguir em frente. Comi sim, exagerei sim, mas agora é só voltar a uma alimentação saudável e tudo ficará bem...

Dá muito trabalho buscar o equilíbrio e a tranquilidade. Um esforço sobrenatural manter a felicidade e a paz. Não quero e não permito que toda essa batalha seja perdida.

Hoje já voltei a comer frutas e comidas funcionais. Estou retomando a confiança e a serenidade. Ainda não tive coragem de me pesar, mas logo farei isso.

Balanço do dia:

- **Conquistas:** retomar as rédeas...
- **Desafios:** tentar criar ferramentas de defesa mais poderosas...

176 / 189 dias

Ontem eu estava com preguiça de escrever e acabei escrevendo só o mais relevante para o diário, mas hoje gostaria de registrar mais sobre a maravilhosa viagem que fizemos à praia.

Eu e o meu marido deixamos o nosso cachorro Zeus no pet shop no dia anterior à nossa viagem. Na noite que passamos em casa o Zeus fez muita falta, parecia faltar um pedaço. Apesar de velho, rabugento e genioso, o nosso cachorro é encantador, um membro da família que já vai fazer quase 13 anos, quase o mesmo tempo que temos de casamento. Ele cresceu com a gente, mas isso é outra história...

Voltando à viagem... Pegamos a estrada e nos desgarramos de Curitiba como fugitivos rumo à liberdade.

O início foi tenso, muita neblina na estrada, quase uma provação para a nossa coragem de viajar. Com confiança e companheirismo atravessamos os pesadelos e chegamos ao hotel. O mesmo hotel em que passamos a nossa "lua de mel". Foi maravilhoso desde o início. Rever o mar que me salvou tantas vezes, rever as pessoas que tanto nos acarinharam da outra vez. Tudo como nem o meu sonho mais otimista poderia criar. Eu, o meu marido e o mar...

O dia mais especial de todos foi o meu aniversário... Acordamos e fomos tomar café da manhã no restaurante, que tem vista para o mar. Um dia lindo lá fora. O mar pareceu cantar mais alto do que o costume. Passamos a manhã na praia. Pé na areia, banho de mar, cerveja gelada (sim, tomei cerveja, duas para ser exata), brisa refrescante... Amor, respeito, carinho e brilho no olhar. Depois do almoço, descansamos um pouco, abraçados, num quarto fresco pelo ar condicionado. Ainda acho que quem inventou o ar condicionado deveria ser beatificado.

Saímos para almoçar e passear. Comi um doce chamado mil folhas, com creme belga, que é de comer ajoelhado! O mesmo que já havia comido na vez passada. O prazer da comida em seu esplendor. Eu estava me sentindo tão feliz, tão plena, tão "abençoada" que quase não cabia dentro do peito.

Passamos por um lugar em que estava havendo competição de crossfit. Nunca tinha visto, é uma loucura, um esforço físico quase sobre-humano... Paramos bem perto da passagem dos atletas na etapa de corrida com peso. Duzentos metros carregando nove quilos, dez repetições de flexões completas com direito a mão para o alto e palma, e mais quinze repetições de levantamento de peso, tudo isso sendo repetido à exaustão durante doze minutos, uma insanidade. Os atletas passavam por nós cada vez mais extenuados. Para surpresa do meu marido, comecei a gritar e incentivar os atletas. Gritava como louca e batia muitas palmas. No começo o meu marido queria sumir, mas depois entrou na brincadeira. Eu estava na cadeira de rodas, o que acabou se tornando um grande álibi para a minha histeria!

Ficamos umas quatro horas torcendo, e vários atletas vieram agradecer o incentivo, mas um em especial me ofereceu a sua medalha de participação por todo o nosso apoio. Sim, eu ganhei uma medalha! No dia do meu aniversário! Por todo o incentivo e a força que saíram do meu peito e ajudaram tantos atletas. É engraçado, fui premiada por distribuir o amor e a felicidade que não cabiam dentro de mim. Muito simbólico e muito especial. Voltamos para o hotel e fomos jantar. Na hora de pedir as bebidas eu suspirei e pensei alto, "hoje eu mereço algo alcoólico, é meu aniversário". Imediatamente a garçonete pediu licença e foi para dentro. Enquanto isso, começamos a comer. Um arroz delicioso com peixe grelhado e legumes cozidos. Comida deliciosamente saudável...

Entre uma garfada e outra, alternava o olhar entre o meu amor de alma e vida, meu marido, e o ventre que me acolhe e energiza, o mar. A garçonete voltou com um balde de gelo, champagne e duas taças, por conta da casa. O brinde aconteceu ao som do mar, à luz da lua, sob o olhar de estranhos conhecidos, envolto na energia do amor e da felicidade...

Voltamos para o quarto, e depois de coroarmos a noite dormimos abraçados e em paz... Foi o aniversário mais especial da minha vida.

Neste clima, completamos a viagem...

Talvez por estar tão feliz e plena, a briga com a família me deixou tão mal e derrubada. O tombo foi de muito alto, machucou, fraturou, magoou... Mas estou de pé novamente, e hoje voltei a me conectar com a energia de amor e de alegria que nos invadiu durante a viagem!

Balanço do dia:

- **Conquistas:** voltar para a alimentação saudável e começar a desinchar...
- **Desafios:** manter-me nesta boa vibração...

177 / 188 dias

Toda vez que preciso de uma força extra ou de uma imagem que me desperte da apatia, eu olho para as minhas asas...

As minhas tatuagens nasceram de um desejo. Desejo de dar às minhas pernas os instrumentos necessários para voltarem a funcionar... Esperei dar um ano do transplante e fui ao melhor estúdio de tatuagem de Curitiba e encomendei as minhas asas... Um mês depois voltei para ver o desenho e aprovar a tatuagem. Elas eram lindas, mas muito maiores do que eu esperava... Eu entendi na hora que para o que eu estava precisando, somente duas grandes asas dariam conta do serviço... No dia 3 de maio de 2016 tomei uma das melhores decisões da minha vida. Aceitei, e por três horas e meia senti a dor e a responsabilidade que elas me trariam. Sim, doeu muito. Sim, tive vontade de desistir, mas mesmo com espasmos e tremores elas foram gravadas na pele e na alma... Uma asa em cada tornozelo... Uma linda asa em cada tornozelo...

Levou um tempo para cicatrizarem, e sinto que agora elas estão em pleno funcionamento...

Ouvi coisas horríveis sobre tê-las feito, e olha que tenho 38 anos. Isso não abala em nada o que sinto por elas. Sinto que elas me deram força e coragem, não só para enfrentar o futuro, mas também a prova de que eu consigo desejar, concretizar e defender uma ação, mesmo que todos sejam contra, desde que eu acredite, arrisque e aguente as consequências. Só assim vale a pena viver...

Contei tudo isso para ilustrar como uma tatuagem pode ser poderosa e transformadora. Uma marca para o resto da vida. Uma marca de coragem, determinação e rebeldia. Toda vez que olho para elas sinto que sou "foda"...

Balanço do dia:

- **Conquistas:** ter lutado pelo que eu queria...
- **Desafios:** continuar encarando os meus medos com coragem...

183 / 182 dias

Acabaram as férias do meu marido... Vida que segue...

Tanta coisa aconteceu nesta última semana que não sei nem por onde começar... Depois de ter todos os documentos clonados, ter que fazer boletim de ocorrência e descobrir que o nome estava sujo no Serasa e no SCPC, ainda não passei no exame de renovação da carteira de motorista... Terei que fazer um exame médico especial e talvez fazer adaptações no veículo para voltar a dirigir. Além disso, vou precisar de um laudo da psiquiatra e outro do neurologista que me permitam voltar a dirigir. Tudo isso porque decidi ser honesta na folha de cadastro e admiti tomar ansiolítico, como se ninguém tomasse. Mas, como diz meu marido, ninguém é tão honesto ao preencher essa ficha. Bom para eu aprender. Caramba, que semana agitada...

Com tudo isso a alimentação ficou um pouco prejudicada, mas nada que não possa ser revertido. Acabei comendo churrasco, cachorro-quente e hambúrguer, mas tentei controlar nas demais refeições. Acabei me deixando levar pelo ritmo de férias e pelas exceções que esta época permite. Ainda não tive coragem de me pesar, mas pretendo fazer isso em breve.

O corpo está instável, acordo com pouquíssima mobilidade, quase não consigo andar, mas no decorrer do dia melhoro, e à noite consigo levantar os joelhos e andar com muito menos esforço. Amanhã vou ao neurologista tentar entender o que está acontecendo.

O ano está voando, e já passei da metade do tempo do meu projeto de vida nova. Estou bem longe da meta de emagrecimento e ainda tenho dúvidas se vou conseguir, mas tenho certeza de que as mudanças alimentares que consegui implementar e internalizar, como comer mais frutas, aveia, castanhas, e optar por alimentos mais saudáveis já se tornaram uma grande vitória. Não como mais a quantidade que comia e penso muito antes de comer bobagem.

Os exercícios físicos ainda estão limitados à fisioterapia, o que pretendo mudar em breve.

Hoje volto à rotina de escrever a cada dois ou três dias...

Balanço do dia:

- **Conquistas:** acabar as férias ainda entrando na mesma calça jeans...
- **Desafios:** me pesar logo...

184 / 181 dias

Pensamentos soltos:

— Já perdi as contas de quantas cartas escrevi para o meu filho. Cartas de desabafo, de solidão, de saudade, de desespero, de amor, todas endereçadas ao meu filho querido... Parei de escrever para ele quando tive que recolocar o DIU (dispositivo intrauterino) novamente depois de ter um surto grave da esclerose múltipla, em 2015, o que levaria ao transplante e por consequência à infertilidade... Seria muito difícil dizer adeus... Mas será que devo me despedir?

— Continuo tentando entender o sentido da vida, mas cada vez mais acredito que o amor é a grande "alavanca que gira o mundo", o verdadeiro significado de Deus como um estado físico que une tudo e todos em seu espaço-tempo único. Catalisador de todas as energias de um estado ser/estar sem máscaras, sem roupas, sem armas, que só sentimos e entendemos quando precisamos decidir entre viver ou morrer. Compreendido no momento em que escolher viver na velha carcaça que nos espera no viver, que tanto dói e faz sofrer, que tanto limita e faz perder, torna-se mais vantajoso que a liberdade da imaginação, simplesmente por querer voltar para os braços dos que você ama. O amor vence a lógica. O amor é o que diferencia os bons dos maus. Quem ama não tem vontade de "pecar". Quem ama tem vontade de dividir e multiplicar. Quem ama tem fé. O amor por algumas pessoas ao seu redor pode te fazer amar o mundo todo... Deus é amor... Talvez esta seja a única frase realmente de inspiração divina de todas as escrituras e livros sagrados de todas as religiões de todos os lugares: Deus é amor. O resto não passa de registros de experiências e histórias segundo as crenças e o dom de escrever de pessoas como nós. Se acredito que um livro é para ser seguido com tanto rigor, por que não posso escolher outro que mais me agrade, como "João e o pé de feijão"? Então posso continuar plantando feijões, pois algum irá crescer e me levar para a Terra do Gigante...

— Ao escrever, as palavras são infectadas pelo meu ser, mesmo sem querer elas levam um pouco de mim. Como se eu as infectasse com o meu vírus. Só me reconheço no que escrevo. O espelho só mostra a lataria arranhada, machucada e remendada pelo tempo e pelo caminho, não o que realmente sou. Um rosto bonito e envelhecido. Um corpo que pagou o preço por tanto tempo tentando ser o que não queria ser, atado aos padrões e desejos que ninguém tinha o real poder de ditar. Cabe agora a mim achar as palavras que melhor conduzam o meu amor. Foi para isso que eu voltei, por isso escolhi continuar com a velha carcaça...

— Ainda tenho medo de não ter nada a dizer...

Balanço do dia:

- **Conquistas:** desabafar desarmadamente...
- **Desafios:** reler o que eu escrevi...

185 / 180 dias

Estou tão feliz... Uma das minhas sobrinhas vai me ajudar a organizar e classificar os meus textos. Faz muito tempo que quero fazer isso, mas nunca tive coragem. São inúmeros textos, cartas e diários, talvez tenha material para dar corpo ao meu livro.

Ontem fui ao neurologista. Terei de fazer aplicações de botox nas minhas pernas para soltá-las muscularmente. Meus pés estão arqueados e doem bastante, quem sabe uma solução...

Estou um pouco sem vergonha em relação à comida. Prefiro comer menos quantidade e cometer algumas extravagâncias... Andei comendo mais nesta última semana do que em todos os dias das minhas férias... Acabei me pesando na consulta e vi que continuo com 84 quilos, menos mal. O problema é que o tempo está passando muito rápido, estou com medo de não conseguir cumprir a meta de 12 quilos até 3 de outubro. Preciso dar um jeito nisso.

Balanço do dia:

- **Conquista:** não ter engordado...
- **Desafios:** voltar a emagrecer...

186 / 179 dias

Hoje foi dia de terapia... Como é difícil tentar se entender... Como é difícil lidar com a própria cabeça... Faço terapia há mais de 20 anos e recomendo para todos os que quiserem fazer menos "merda" na vida. Até porque nem mesmo eles, os psicólogos, são capazes de impedir que façamos algumas... Através da terapia fui me conhecendo. Foram dias difíceis, dias árduos, de completa exaustão e vontade de desistir. Hoje desfruto do gosto de curtir cada momento de "liberdade" do existir.

Existir: viver na plenitude o transcendente, eternamente sob a graça de Deus, isso na definição do dicionário. Como para mim Deus é amor, então eu posso dizer a plenos pulmões que eu existo. Sou amada de várias formas e tamanhos, de inúmeras maneiras e temperos... Como filha, irmã, amiga, tia, inimiga, colega, conhecida, vizinha, mulher... Sou amada e muito melhor do que isso, eu amo muita gente. Amo cada um de uma cor. Amo cada um de um sabor. Amo cada um de um aroma. Também deixo de amar... Nenhum substitui nenhum, e todos formam Deus...

Richard Bach é o escritor de Fernão Capelo Gaivota, Ilusões e muitos outros livros. Cresci lendo seus livros e compartilhando de suas ideias. Estava passeando por uma livraria e me deparei com seu último livro. É um livro de 2017, ou seja, extremamente recente. Quando comecei a lê-lo, o meu coração parou de bater por vários segundos por várias vezes... Ele teve uma experiência de quase morte, como eu tive. Ele também teve que escolher entre "viver" e "morrer". Ele também, por amor, escolheu viver. Mesmo podendo ter permanecido no paraíso do existir, ele decidiu ficar. Ele, como eu, escolheu o amargo viver num corpo danificado, pesado e sufocante a viver sem o amor dos que ficariam. Eu também conversei com os meus entes queridos que já faleceram, experimentei a liberdade do ser, encontrei o oásis do pertencer. Não é fácil tomar a decisão de ficar, mas nos braços de quem amamos sorvemos o elixir de gozar e de transcender...

Encontrei um texto que escrevi um mês após o transplante de medula, que traduz o tipo de liberdade que estou sentindo neste dia.

Curitiba, 11 de março de 2015

Liberdade...

Renasci no dia 3 de março de 2015, transplante de células-tronco. Morri em 2014, fruto de várias experiências desastradas ou não, escolhas, sacrifícios, sofrimentos, culpas desnecessárias ou não. Morri em uma cadeira de rodas, completamente dependente de tudo e de todos, sendo acolhida, cuidada, como um bibelô que não tem nenhum uso, mas que traz tantas recordações, que nos é tão valioso de alguma forma, que não conseguimos jogar fora. Cada vez mais escondido, destoado de toda a decoração, empoeirado, mas seguro, guardado. Morri de depressão, de abandono próprio, de inanição da alma, de vazio, de esclerose múltipla, de solidão interna. Havia tido uma vida muito boa, tive sempre tudo o que quis, estudei, fiz duas faculdades, fiz cursos de piano, inglês, dança, música, arte, viajei para o exterior, comi tudo o que tive vontade. Tornei-me inteligente, cativante, articulada, carinhosa, bondosa, egoísta, manipuladora. Fiz amigos, inimigos, fiz e desfiz laços emocionais. Fui amada, fui odiada, fui vazia, fui intensa. Ao longo de 36 anos me tornei um espelho de água, um grande e fundo espelho de água. O problema é que sempre me contentei em viver na superfície ou na margem. Politicamente correta, respostas coerentes com as perguntas, comportamentos coerentes com as situações, personalidades coerentes com o meio social, atitudes coerentes sempre, mesmo quando pareciam ser rebeldes. Tudo isso me trouxe até este momento e não posso me arrepender de nada. Morri em 2014, precisava entender o porquê. A vida boa aprisiona, a bondade aprisiona, os padrões aprisionam, os meios de comunicação aprisionam, a sociedade aprisiona, a família aprisiona, mas me deixei aprisionar e viver bem, confortável, amada, completamente contida em escolhas, pensamentos, desejos, palavras. A culpa, a culpa sempre foi a chave da minha gaiola, a culpa de ser o que eu era, a culpa de ter o que eu tinha, a culpa de ser amada, a culpa de ser "boazinha". Cheguei a um ponto da minha vida que me vestiam, me davam banho, me alimentavam, me conduziam, morri no momento em que deixei de querer que o meu coração continuasse batendo. Eu sempre tive tudo e escolhi cada caminho que tomei. Fui a filha mais velha, a neta mais velha, a estudiosa, a obediente, a preguiçosa, a irmã chata, a vítima, a culpada. Fui o que me dispus a ser, um grande espelho de água, que formava a imagem de acordo com o freguês, de acordo com a ocasião, a fim de ter menos trabalho, menos preocupação, menos problema. Morri. Caí da estante e quebrei em tantos pedaços que seria impossível me reconstruir. Fui definhando aos poucos. Estranhei muito quando descobri que alguém poderia continuar a me amar apesar dos meus defeitos, apesar das minhas deficiências, apesar da minha falta de vaidade, apesar da minha doença, que nunca me deixaria por nada, mesmo eu não tendo mais nada para oferecer. Apesar de ser tão safa e inteligente, não conhecia isso. Estranhei ao descobrir que as pessoas podem fazer o bem, ou querer o bem, ou amar, sem ao menos conhecer o outro, como foi o caso da minha amiga espírita. Suspeitei ainda mais ao ser levada por amigos do trabalho para fumar na reitoria, no horário de almoço, por um caminho acidentado e difícil, com buracos e desníveis, na cadeira de rodas, pelo simples prazer da minha companhia. Definhei ao perder a minha avó, por melhor neta que eu fosse. Suspirei ao ouvir de amigos que para sair com eles,

eles iriam até a minha casa, me trocariam, me carregariam e depois me trariam de volta e me colocariam na cama. Morri um pouco ao ser convidada para a casa de uma amiga com um jantar feito para mim, sem eu ter feito nada para merecer. Amor gratuito. Amor sem culpa. O simples prazer de estar na companhia do outro. Todo o meu mundo ruiu. Perdi todas as minhas referências. Tive que morrer. Dura e esclerosada, dona da verdade, senhora de si, dona de tantos princípios e culpas inabaláveis e indissolúveis, eu não conseguiria me reinventar.

Tive que fazer um transplante de medula óssea, ou seja, tive que fazer quimioterapia até não ter mais vida, tive que perder a vaidade, os cabelos, as vísceras, as forças, as esperanças, e só então renascer. Cada minuto com os soros, cada vez que levantava para fazer xixi, cada comprimido, cada fio de cabelo perdido, cada banho, cada exame retal para controlar infecção hospitalar, cada minuto com os cateteres, cada minuto de fisioterapia, cada minuto de humilhação física, cada minuto de dor, cada minuto de ansiedade, cada dia naquele quarto, cada troca de turno, cada nova enfermeira, cada matutina coleta de sangue, a dor de cada sorriso, a dor de cada palavra de esperança. Passei por tudo, da melhor maneira possível, sendo otimista, sorrindo, sendo conciliadora, evitando conflitos, mediando conflitos.

Estou me recuperando, meu cabelo está começando a crescer, estou ficando cada dia mais independente, minha vida está voltando ao normal. Passei por muita coisa ruim, para deixar que tudo volte a ser como era antes!

Ainda não sei por que tive esta grande oportunidade na vida, ainda não sei por que Deus me deu esta nova chance, não sei qual é o meu papel neste mundo, nem qual é a minha missão, mas devo ter alguma. E com certeza será muito mais nobre, muito mais importante e real do que a vida que tive até agora. Viver se tornou tão importante, tão vital, tão maravilhoso que quase não caibo em mim. Tenho medo da nova responsabilidade, tenho medo das novas oportunidades, mas sinto que não errarei tanto quanto antes, pelo menos errarei diferente. Apesar do medo, eu quero viver, quero tentar mais uma vez, quero descobrir o que faz cada novo dia raiar, quero aproveitar cada nova hora depositada na poupança da minha nova vida. Espero ter a sabedoria para isso.

Minha recuperação ainda não está completa, tenho que fazer fisioterapia, recuperar o meu paladar, recuperar a minha autonomia, recuperar todo o meu sistema imunológico, mas tenho tempo e vontade. E finalmente, mais importante do que tudo, recebi da vida a minha liberdade. Liberdade conquistada, liberdade desejada, liberdade ampla e irrestrita. Liberdade de crença, de pensamento, de desejo, de personalidade, de sentimento. Renasci, posso começar tudo de novo, posso me reinventar, posso me modificar ou não.

Depois de todo o sofrimento eu ganhei a minha liberdade, a liberdade de existir. A vida me mostrou que mesmo eu estando no pior momento, no fundo do poço, algumas pessoas gostavam da minha companhia, da minha presença. Eu posso existir como ser humano sem ter que mudar ou me podar para agradar. Tenho liberdade para existir.

Patrícia Fernandes

Sei que o texto parece um pouco confuso, mas ainda estava intoxicada de corticoides, ainda em isolamento. Mas mostra o quanto eu estava empolgada com a liberdade de fazer da minha vida uma vida minha. Sem ter que provar, sem ter que estar, sem ter que ser...

Balanço do dia:

- **Conquista:** não ter desistido da terapia...
- **Desafios:** não reclamar das coisas ruins de ter ficado...

187 / 178 dias

Sinto o meu avô paterno próximo...

Hoje estou reestreando o meu atelier. Meu marido já instalou o frigobar. Que delícia! Já está quase tudo pronto!

A inspiração tem voltado. Ideias de desenhos e textos surgem a cada minuto. Sei que isso só acontece quando me proponho a sentar na frente de uma folha em branco e deixar fluir. Tinha esquecido a paz e a alegria que sinto sentada no meu escritório/atelier... Escuto música alto (no fone de ouvido, claro), escrevo, rabisco, desenho, medito, como, estudo, leio, não faço nada... Sinto uma liberdade e um bem-estar que só sinto no Mundo dos Sonhos... Estar sentada garante que as minhas sequelas fiquem em silêncio e faz com que eu me sinta inteira novamente. Aqui só importa o que eu sou, o que eu sei, o que eu sinto, o que eu quero... Tomo mais água, tomo iogurte (agora geladinho), posso tomar chá e comer biscoitinhos... Acendo incenso... Fumo um cigarro... Sou o que sei que posso me tornar...

Balanço do dia:

• **Conquista:** escutar a trilha sonora da novela Pantanal no último volume sem ter que contar para ninguém...

• **Desafios:** não perder o entusiasmo...

189 / 176 dias

Hoje foi dia de comer besteira... Por incrível que pareça, não foi um dia bom...

Quem disse que comer coisas gostosas e gordas faz com que nos sintamos felizes? Acho que é um "plus", sim, ou seja, quando estou feliz e tomo um sorvete, acabo me sentindo mais feliz. O contrário é que não tem feito muito sentido para mim. Quando estou triste e como um chocolate, acabo me sentindo mais triste... Louco isso, mas é o que tenho sentido...

Balanço do dia:

• **Conquista:** conhecer um pouco mais sobre mim...

• **Desafios:** entender que a comida é uma extensão de mim...

190 / 175 dias

"Condição". Finalmente achei a palavra que define ter esclerose múltipla.

Essa palavra tem o poder e a amplitude necessários para definir essa doença na minha vida. Dentro de "condição" cabe tudo o que penso sobre a esclerose múltipla.

Minha definição de "condição" para esclerose múltipla: sem possibilidade de acordo ou negociação, determinante, delimitadora, condicionante, é uma circunstância, um limite, um estado, uma categoria, uma situação, um quesito, um requisito, uma conjuntura, o que me guia, tudo o que estou.

Quando consigo dar uma definição para alguma coisa em minha vida, ela deixa de ser um fantasma, torna-se algo palpável, algo contra o que eu posso lutar. Desde que fui diagnosticada não tinha conseguido achar a palavra. Hoje eu consegui.

Ter esclerose múltipla é uma condição.

Em 2014, depois de nove anos com a doença e de tanto quebrar a cabeça tentando achar motivos, razões, explicações para a sua presença na minha vida, o texto a seguir foi o mais próximo que consegui chegar de uma resposta.

Curitiba, 10 de julho de 2014

Carta para a esclerose múltipla

Hoje eu finalmente entendi por que você apareceu na minha vida.

Terei que voltar um pouco no tempo. Tempo em que eu, por mais que soubesse e tivesse passado por tudo o que eu passei, não tinha consciência da gravidade dos fatos e atos e olhares e palavras. Não tinha tamanha noção do quanto tudo o que eu vivi fora grave, o quanto me calejou, o quanto me magoou, o quanto acabou com a minha estima. Nunca tive esta consciência total do estrago que causou. O quanto me fechou.

Voltei da terapia hoje extremamente sóbria de tudo o que os meus relacionamentos amorosos causaram em mim ao longo dos anos. Colho os frutos até hoje, ou seja, você.

Talvez agora eu enxergue com total transparência todo o meu passado e presente, podendo finalmente dar meia-volta e continuar o meu caminho de evolução. Estou pronta para retomar a minha estima, a minha leveza, a minha naturalidade, a minha alegria de viver e de amar incondicionalmente, de me abrir para a vida, de respirar.

Ela me contou a historia de uma árvore chamada baobá.

"Uma lebre voltando de um dia exaustivo de trabalho passou pelo baobá. Estava muito cansada, com calor e resolveu descansar ali mesmo. Ao deitar aos pés da árvore, suspirou e desejou algo para tomar. Isso mataria a sua sede. De repente o baobá derrubou uma fruta ao lado da lebre, que ao tocar o chão, se abriu, oferecendo algo para a lebre beber, e ela agradeceu bastante. Agora só faltaria uma leve brisa para me refrescar, pensou a lebre. Imediatamente o baobá balançou os galhos e uma leve brisa acarinhou o pelo da lebre. A lebre, depois de um tempinho, disse para o baobá que precisava ir embora e agradeceu demais, a sombra, a água, a brisa. Depois de muito agradecer, o baobá ficou emocionado e disse que nunca alguém o tinha agradecido ou reconhecido os seus esforços. Como agradecimento, abriu a sua casca no meio, de onde surgiram muitas joias e muita coisa bonita. A lebre falou que não queria nada, que não precisava agradecer, mas o baobá insistiu: "Leve, faço questão!" A lebre, então, gentilmente pegou um par de brincos de pérolas com um colar e uma pulseira também de pérolas. Agradeceu e foi embora. Ao chegar em casa deu as joias para a sua esposa, que ficou muito feliz com os presentes. Na primeira festa que teve, logo após ela ganhar as joias, ela se arrumou toda e desfilou com os presentes pelo reino todo. Todos os bichos elogiaram muito, adoraram as joias. Uma hiena, que olhava tudo de longe, ficou impressionada com as joias, que eram muito bonitas, e se perguntou como uma lebre as tinha e ela não, e onde ela deve tê-las conseguido. Foi até a casa da lebre e disse: "Olá, Sr. Lebre, vi a sua esposa hoje, tão linda com as joias que o senhor deu para ela, e eu, tão humilde, não posso dar uma joia para a minha esposa. Fiquei tão triste e resolvi vir falar com o senhor para perguntar onde as comprou. Com a sua incrível habilidade com as palavras, conquistou a amizade da lebre, que contou para a hiena como havia conquistado as joias. A hiena agradeceu muito e foi embora. Assim que achou o baobá, fez tudo exatamente como a lebre tinha feito. No final, o baobá agradeceu os elogios da hiena e abriu a sua casca, oferecendo todas as suas joias. A hiena riu com a conquista da confiança do baobá, e num movimento rápido mordeu as entranhas do baobá. A dor foi tão grande que o baobá se fechou dentro de uma camada extremamente espessa de casca, ficando com o seu tronco extremamente grosso e fechado. Nunca mais se abriu."

Com certeza eu sou o baobá, tão cheio de joias, que ao ser mordida pela hiena nunca mais se abriu, se enterrando e se protegendo com tantos escudos, tantas escleroses, tantos endurecimentos que acabaram te trazendo para a minha vida. A dor foi tão grande que até o meu cérebro tentou se defender, criando pequenos escudos, pequenas escleroses. Agora eu sei o tamanho do estrago que fez a hiena. Blindei o meu coração, mas me protegi tanto que agora eu não consigo mais respirar. Você, esclerose, acabou comigo. Pensei diversas vezes em morrer para poder respirar. Você me sufoca a ponto de eu querer morrer. Agora que entendo o seu aparecimento, posso escolher continuar ou não com tantos escudos, posso escolher respirar sem morrer, vivendo e vivendo muito bem. Ontem e hoje consegui voltar e ver quem eu realmente sou, não aquilo que me tornei. Sou alegre, brincalhona, espontânea e não aquele fantasma de pessoa que me tornei. Passei por muito tempo sendo algo que me tornei, egoísta, rancorosa, dura, pessimista, e deixei de ser a menina mulher que é alegre, inteligente, que quer ser magra, que gosta de praticar esportes, que gosta de viver. Poucas vezes tive lampejos de todo o tesouro que guardo dentro de mim, de algumas joias que eu nem me lembrava que tinha. O meu marido conseguiu por muitas vezes abrir a casca, olhar os tesouros, descobrir os monstros, mas nunca teve realmente as chaves para entrar quando quisesse. Todo final do dia tranco todas as minhas fechaduras novamente. Alguns dias esquecia de abrir, outros dias morria de medo de abrir, até o dia em que perdi a chave e havia acumulado tantos escudos que fiquei soterrada. Fiquei na UTI entre a vida e a morte, escolhi a morte, mas o meu marido me pediu para ficar. Durante o acidente ele me pediu em casamento, naquele dia ele me pediu para que eu voltasse, para que eu ficasse com ele e lutasse. Começou a me ajudar a procurar a chave. Hoje posso dizer que eu a achei e voltei a mostrar alguns dos meus tesouros. Quero voltar a tocar piano, quero voltar a pintar... Tenho muitos tesouros dentro de mim. Esclerose, eu aprendi a lição, eu entendi a lição que tanto quis me ensinar. Tenho que ter uma casca forte, mas posso manter algumas janelas abertas, posso voltar a mostrar as minhas joias, pois tenho alguém ao meu lado que me protegerá das hienas. O meu marido vai saber cuidar muito bem de mim e qualquer coisa, em alguma noite de tempestade, é só fechar as janelas e esperar ela passar.

Sei que não vou me livrar de você tão cedo, sei que terá dias em que vai ganhar, sei que muitas vezes vai me fazer sofrer, mas quero alguns dias para passear sem você, quero sair sozinha com ele, livre de qualquer sequela ou lembrança sua. Não precisa mais me proteger tanto. Já posso voltar a caminhar sozinha, sei que sou capaz, já consegui antes, sei que posso conseguir de novo. Eu e ele conseguimos domar a nossa vida, as nossas finanças, o nosso peso, a nossa saúde. Viver tão fechada é impossível, quero voltar a acreditar em mim, voltar a dirigir, voltar a emagrecer. Hoje ele falou que gosta de me ver assim, com algumas frestas abertas, que gosta dos meus tesouros. Estou mais confiante. Quero viver com menos peso, deixar o sol entrar, dar de presente uma cópia da chave para ele. Quero me envolver, quero viver o momento, quero fazer o bolo sem desistir antes por ter que untar a forma. Quero aprender a estar presente de corpo e alma. Quero viver o que estou fazendo.

Vou ainda ter momentos nos quais vou fraquejar, nos quais vou querer ou precisar me fechar, endurecer, mas nunca mais perderei a chave e tentarei nunca mais ser soterrada por meus escudos. Você pode até ficar, mas teremos que conviver em maior harmonia e respeitando alguns limites.

Tenho que agradecer pelos avisos, pelos alarmes, tenho que agradecer por todas as vezes que me protegeu, e foram muitas, tenho que agradecer por me deixar a ponto de ter que procurar ajuda de um chaveiro, de ser chamada de volta e agradecida de ter me levado ao ponto de desistir para que eu pudesse escolher levantar e seguir em frente. Sei que seria mais fácil sem você, mas o caminho seria muito mais longo. Cheguei à encruzilhada mais rápido e agora posso escolher o caminho a seguir, posso dirigir daqui pra frente sozinha.

Um abraço, a gente se encontra por aí.

Patrícia Fernandes

Pode parecer uma completa viagem esse texto, mas fez tanto sentido para mim...

Balanço do dia:

- **Conquista:** achar a palavra para esclerose múltipla...
- **Desafios:** finalmente tentar aprender a lidar com ela...

191 / 174 dias

O tempo voa! Estou assustada com a rapidez com que o tempo passa. Parece que cada ano está mais curto. Comemorei o ano novo e quando abri o olho era carnaval. Antes de passar a ressaca já estava começando a pesquisar o preço dos ovos de Páscoa! Tantas coisas aconteceram entre estas datas, tantos aprendizados, mas tudo o que memorizei e eternizei em fotos foram estas datas comerciais burras...

Sempre odiei comemorar as datas cristãs... Tudo é uma grande indústria, um grande engodo. Uma descarada maneira de enfiar na cabeça das pessoas que a felicidade está em dar presente, dar chocolate, comer bacalhau, não comer carne, mesa farta, família reunida... Não tenho problema em reunir a família, até gosto e me divirto nos encontros, mas odeio pensar na obrigação, no dever moral, social e cívico que essas datas representam... Passar dias pensando nos presentes de Natal, fazendo listas de pessoas para quem não pode faltar presente é angustiante. Comprar alguns por "obrigação", por estar acabando o tempo, pois sempre deixo para a última hora. Claro que às vezes o preço me ajuda a escolher mais rápido... Como eu acredito que a Bíblia seja um registro histórico de uma época e não um livro a ser seguido como manual de vida, não posso acreditar nas datas comemorativas e nas festividades cristãs. E não acredito. Então ter a obrigação moral de nestas datas confraternizar da maneira imposta pela sociedade e seguir os rituais e os padrões de uma religião em que eu não acredito e me reunir com a família como parte do protocolo é desesperador. Não é à toa que a maioria dos meus surtos aconteceram entre agosto e novembro. Só a ideia do Natal já me faz mal. A imagem do Papai Noel nas lojas me lembra que a data está chegando... Quem é filho de pais separados me entende... Quem mora em outra cidade, longe da maioria da família, longe da cidade natal e dos parentes me entende... Quem tem família me entende... Não são todos os anos que estamos felizes em comemorar as festas de final de ano. Quantas vezes, se pudéssemos, passaríamos as festas de pijama, deitados no sofá ou na cama, comendo pizza fria e assistindo os fogos no mundo pela tela da televisão?

Sei que devo pensar que é uma época de união, de celebração, de alegria, e que se não fossem estas datas, talvez passaríamos mais um ano sem ter tempo ou vontade de nos encontrarmos. Mas será que esta é a única solução?

Talvez eu esteja sendo radical demais...

Neste ano comecei a tentar comprar os presentes de aniversário na hora em que encontro o que quero dar para a pessoa, e guardo até o dia do aniversário. Não quebro o costume de dar presente no dia do aniversário e também não fico dependendo da sorte de encontrar algo na última hora. Sinto-me muito melhor. Sei que o que estou dando é realmente algo que eu gostaria de estar dando. Mesmo que eu não acerte sempre, sei que de algum jeito o carinho da lembrança na hora da compra é entregue junto com o presente. De alguma maneira eu acrescento ao presente o amor que senti ao me lembrar dela "do nada", ao acaso, quando passei pela vitrine...

Assim acho que vou conseguir juntar o que eu acredito com o respeito que tenho e devo àqueles que eu amo. Como para eles estas datas são importantes, eu respeito, mas comecei a repensar se preciso fazer do jeito deles todos os anos da minha vida...

Balanço do dia:

- **Conquista:** tomar consciência de algumas "implicâncias" e respeitá-las de vez em quando...
- **Desafios:** tentar fazer com que respeitem as minhas diferenças...

195 / 170 dias

Demorei para voltar a escrever porque ainda estou digerindo a série da Netflix "13 Reasons Why". É sobre uma menina de 17 anos que se suicidou e deixou fitas gravadas sobre os motivos que a levaram a isso. A série é tensa, incômoda, indigesta, e o mais impressionante, é muito cruelmente familiar. Familiar ao ponto de chocar, de desestabilizar, de paralisar...

Aos meus 17 anos eu passei por inúmeras situações semelhantes, se não como aconteceu, com certeza no estrago que causou. Não cabe aqui relatar quais aconteceram e quais não, só dizer que cheguei ao mesmo ponto de desespero da protagonista e realmente decidi pelo suicídio. Com direito a carta de despedida e planejamento logístico.

O que me fez desistir? O amor que muitos sentiam por mim e no estrago na vida deles que eu poderia causar. Só isso me segurou. Só isso me fez desistir. Talvez uma covardia também tenha surgido, mas não gostaria que ninguém sofresse com isso, e este sim foi o principal motivo.

Quer dizer que eu sou melhor que ela? Não. Apenas quer dizer que cada um sabe o quanto está disposto a continuar lutando. Quantos amanheceres ainda está disposto a encarar.

Ver quantos adolescentes passam por essa mesma dor foi assustador. Não desejo para ninguém aquele tempo de sofrimento. Foram anos terríveis de solidão, de desamparo emocional, de vontade de sumir. Mesmo eu tendo pais presentes e atentos, terapia e assistência médica à minha disposição. Mesmo tendo tudo, eu me sentia vazia. Peça sobressalente de um quebra-cabeça. Eterno "café com leite" dos jogos da vida.

Sobrevivi. Foi difícil, mas eu sobrevivi! O que posso fazer para ajudar os que estão no olho do furacão? Como ser um pequeno vaga-lume de esperança na vida dessas pessoas? Preciso pensar sobre isso...

Balanço do dia:

- **Conquista:** continuar querendo ver outro amanhecer...
- **Desafios:** comer direito mesmo com a cabeça a mil...

196 / 169 dias

Ainda estou no clima de infância/adolescência e achei um texto que escrevi sobre esse tema em 2004.

Curitiba, 13 de abril de 2004

São três da manhã. Ouço o barulho incômodo e ao mesmo tempo acolhedor da madrugada. Incômodo por ter a estranha sensação de solidão, por mais inexplicável e sem sentido. Um silêncio sincero e barulhento. Uma luz forte do abajur e uma escuridão sem fim. São nestas horas em que a cidade dorme. Os grilos cantam, a geladeira estrala, o nosso amor respira tranquilamente ao nosso lado, que o pensamento, a razão e o coração fazem o balanço e o fechamento do caixa diariamente.

A vida vai passando, muitas vezes tão rápido que quando vemos não nos lembramos de onde passamos o último Natal ou o que ganhamos na última Páscoa. E eu, que neste último ano decidi voltar a escrever um diário, me vejo muitas vezes perdida ao ver que já se passaram cinco dias desde a última vez que havia escrito alguma coisa, sem ao menos lembrar onde almocei ou o que fiz na última quinta-feira.

Hoje estou com 26 anos e 26 dias de vida. Estou em meu apartamento alugado, decorado com móveis que eram da casa da minha mãe, com o jogo de quarto que foi do casamento dos meus pais, com móveis do meu quarto de solteira, mas com a cozinha que projetei e que foi executada pelo meu noivo, com o armário que comprei e com inúmeras outras peças que foram sendo colocadas aos poucos.

O apartamento está em ordem, por mais que eu tivesse dúvidas quanto à minha capacidade de ser dona de casa. Mas continuo com a eterna preguiça de cozinhar e faxinar...

São 26 anos. Tanta coisa aconteceu, tanta felicidade, tanta decepção, tantos acontecimentos e ao mesmo tempo nenhum futuro palpável. Quer dizer, tenho certeza que será em algum lugar, fazendo qualquer coisa ao lado do grande amor da minha vida.

Quem diria há alguns meses que poderia estar escrevendo que existe tampa para a minha panela? Justo eu, que estava tão perdida e sozinha...

Estava pensando em meu futuro, como incerto ainda parece, quão distante de um pouso seguro ainda está, e me peguei pensando e jogando tudo aquilo que a experiência dos meus 26 anos me deram por água abaixo...

Será que existe alguém pensando nessas coisas também? Sentindo esta angústia?

Olhei para o quadro de fotos da parede e fixei o olhar em uma foto minha na qual talvez eu estivesse com uns 13 ou 14 anos. Nossa, parece que foi ontem, e ao mesmo tempo está tão distante...

O que será que eu pensava naquela época, acho que não me lembro mais... Será que teria orgulho de mim hoje? Será que realizei alguns sonhos daquela menina? Será que estou seguindo o caminho do fracasso?

Pensando em tudo isso, eu tomei uma decisão. Realizar pelo menos um sonho que tenho certeza que tive. Escrever algo importante e profundo. Quer dizer, não sei se será importante ou mesmo profundo, isto só o tempo dirá. Olha ele aí de novo, o tempo, tão relativo e tão fundamental...

Mas minha decisão está tomada. Leve o tempo que levar, escreverei uma carta. Sim, começarei com uma carta, endereçada à Patrícia de 14 anos. Contando todos os medos e alegrias pelos quais ela irá passar, tentando livrá-la de algumas decepções e quem sabe ouvir dela que até que eu fiz um bom trabalho, ou ouvir que a decepcionei...

Com certeza esta será a grande prova para mim mesma de que estou caminhando e tentando construir o meu futuro. Será também um documento, para que no futuro eu possa lê-lo e ver quão boba eu era e como planejar e almejar pode não ser o bastante. Fazer o possível e o melhor com as opções de que dispomos talvez seja o fundamental.

Carta para Patrícia de treze anos

Olá, Patrícia. Que saudade! Os dias eram tão maravilhosos em Foz do Iguaçu. O céu azul e limpo, e uma correria louca para pegar o ônibus da escola. Tudo o que eu pensava era em como ser aceita pelos colegas e de como seria o meu primeiro beijo. Foram tantas mudanças de cidade, de escola, tantas adaptações, tantos recomeços. A cada novo lugar, uma nova lista de recomendações que deveria seguir: devo ser mais quieta, devo emagrecer, devo ser admirada, não mais por ser inteligente, mas por ser bonita, devo escrever mais, devo ser menos preguiçosa, devo falar menos, blá, blá, blá... Tanto sofrimento e tanto tempo perdido para descobrir que mesmo cursando a segunda faculdade nenhuma dessas recomendações seriam cumpridas. E olha que não faltaram tentativas e dezenas de folhas com listas me lembrando de cada uma delas a cada novo começo de ano.

Se houvesse uma só chance de mandar um recado para você, com certeza seria para que esquecesse esta lista e que se concentrasse em ser você mesma, sem maiores sofrimentos, pois não terá um final de ano no qual não se lamente e sofra e a reescreva para o ano seguinte. Mesmo assim não haverá um único ano em que você irá cumprir qualquer item da lista. Desencane, esqueça, leve a vida mais leve. Infelizmente, só na minha idade verá que não era tão gordinha assim, nem era tão feia de óculos e nem que era tão imperceptível aos olhos dos meninos assim.

Lembro do primeiro dia de aula no Colégio Anglo-Americano. Minha mãe me obrigou a ir de aparelho dentário conhecido como "freio de burro", por ser externo à boca, repetindo a ladainha de que tinha de ser eu mesma e ter autoconfiança. Para uma menina de treze anos, ir de aparelho era o mesmo que ir para a escola no primeiro dia com um bruto nariz de palhaço. É claro que fui agredida, é claro que me senti péssima, é claro que chorei no banheiro. Principalmente na hora em que fui me apresentar à sala e só ouvia conversas paralelas e olhares perturbadores. Na hora do intervalo não queria nem sair da sala e mal olhei para os olhos do menino mais popular da sala, e por sinal o mais bonito, quando veio me oferecer o caderno para tirar xérox da matéria que já tinha perdido. Só pensava em quanto eu era idiota e no quanto ele iria zoar de mim depois. Sim, infelizmente tudo isso irá acontecer... Se esta carta chegasse até você, de alguma maneira eu te diria: Sua burra, ele se apaixonou por você naquele dia e só não se declarou por causa da sua mania indescritível de afastar qualquer possibilidade de ser levada a sério e por sua degradante falta de autoestima. Infelizmente você só saberá das boas e amorosas intenções dele quando for tarde demais e seu namoro com o amigo *nerd* dele estiver consumado. Por sinal, sua vida amorosa será sempre discutível. Sempre terá mil desculpas para se apaixonar por quem se apaixona por você antes. Para não correr o risco de ser rejeitada. Mas não se preocupe, não será sempre assim. Quando encontrar o amor da sua vida, quando os seus olhos se cruzarem com os dele, quando se beijarem pela primeira vez, tudo será diferente. Não sei bem por que, mas não haverá medo de ser rejeitada por um homem tão lindo. Você terá aprendido a lição. Não haverá medo de ter que disputá-lo contra alguém mais magra.

Partirá para o tudo ou nada, e pela primeira vez na sua vida conquistará o homem por quem você se apaixonou, o homem lindo que namorava alguém mais magra, mais jovem, talvez mais bonita, mas que perderá para você. O homem por quem você lutará com unhas e dentes será seu e jogará por terra 25 anos de sensação de incapacidade e de medo de quebrar a cara. E depois de pouco tempo terá o noivado com o qual sempre sonhou, com flores e lágrimas, e futuramente, ainda não sei te dizer quando, terá o casamento com o qual sonhou e pelo qual sofreu com a dúvida e a espera.

Você sofrerá com a selvageria da infância. Receberá os piores apelidos. Passará um intervalo inteirinho no latão de lixo da escola... Mas será eleita a melhor aluna da sala vários anos seguidos. Terá as melhores notas quase sempre...

Quanta bobagem, acho que nunca lerá esta carta... Mesmo que pudesse ler, será que não seria um sofrimento maior saber antecipadamente de tudo de ruim que irá acontecer?

Então, se realmente pudesse te dizer uma só coisa, eu diria que tudo vai passar e que você vai sobreviver...

Chega por hoje. Vou dormir que ganho mais...

Patrícia Fernandes

Estou feliz por ter sobrevivido à minha infância e à minha adolescência. Foram períodos muito difíceis, mas que me tornaram mais forte. Talvez forte demais...

Balanço do dia:

- **Conquista:** sobreviver à infância e adolescência ...
- **Desafios:** esquecer tanto sofrimento...

197 / 168 dias

Duas coisas muito importantes que eu tenho que registrar:

Ando muito desanimada. Sei que estou assim quando fico alguns dias sem querer sair de casa. Quando não passo maquiagem. Quando não me olho no espelho nem para escovar os dentes. Quando o cabelo está com mais fios brancos do que tingidos... Quando fico com vergonha de mim... Estou ficando muito triste com o rápido passar deste ano. Está começando a me bater um desespero básico. Não conseguirei bater a meta de perda de peso. Além disso, não estou fazendo exercício físico ainda... Já passei da metade do caminho e estou começando a pensar em desistir... Também estou bem decepcionada com a minha alimentação, ela está um pouco caótica. Estou comendo pouco, tentando compensar na quantidade a falta de qualidade... completa falta de qualidade. Chocolate, cachorro-quente, pizza, bolacha... Claro que tento compensar, mas estou longe da atitude que deveria estar tendo... Principalmente se quero continuar emagrecendo. Estou triste também com alguns problemas na família, preocupada... Quero fugir, sumir, escapar... Cadê o otimismo? Cadê a esperança? Cadê a vontade de mudar? Parece que perdi a vontade de lutar...

A segunda coisa é que amanhã vou a uma consulta com um acupunturista. Depois de muito relutar, resolvi procurar novos tratamentos. O que estou fazendo não está funcionando... Tive alguns sinais, como em tudo na minha vida. Várias pessoas comentaram comigo sobre acupuntura na mesma época e por último um amigo conseguiu o nome de um médico bom e que atende pelo plano de saúde, não pude fugir. Espero tanta coisa que tenho até medo de verbalizar. Estou tentando conter a ansiedade e a cabeça. Toda vez que tento algo diferente, começo a ter esperança, e isso sempre acaba mal... Passei por um transplante de medula e demorei muito tempo para entender como ela funcionou com sucesso no meu caso, mesmo eu continuando a ter que usar cadeira de rodas e não podendo voltar a dirigir... Acho que é por isso que ainda não fui ao Detran renovar a minha carteira de motorista... Estou adiando a constatação de que minhas pernas não prestam mais para muita coisa... Acho que é por isso também que estou adiando a minha ida ao Hospital Sarah Kubitschek, referência no tratamento de deficientes. Sinto que quando for estarei assinando o atestado de inválida para sempre... Às vezes quero morrer e me esquecer de que tenho este corpo com tantas limitações, me livrar desta carcaça deficiente... Quando acho que me aceitei e aceitei as minhas limitações, uma enxurrada de lágrimas insiste em brotar nas horas mais impróprias... Sei lá, quem sabe...

Balanço do dia:

- **Conquista:** tentar algo diferente...
- **Desafios:** conter as expectativas...

199 / 166 dias

Fui ao médico. Contei todo o meu histórico medico, toda a minha saga. Ele confirmou que a medicina ocidental realmente chegou ao seu limite para me ajudar. O que tem de mais moderno é o transplante de medula. Senti confiança quando ele disse que poderíamos ver até onde a medicina oriental pode nos levar. Comecei a fazer acupuntura no mesmo dia.

É impressionante a diferença das duas escolas de medicina. Na infância eu tomava floral, fazia acupuntura, tinha bastante contato com profissionais da escola oriental, depois me afastei um pouco. Não são todos os médicos ocidentais que pensam assim, mas muitos tratam os sintomas, as doenças, os fatos. Os orientais buscam um equilíbrio do corpo como um todo. Eles pesquisam sua história, pesquisam seus órgãos com detalhes e sempre começam arrumando a base, os órgãos vitais, os alicerces, para depois ir gradativamente para as doenças em si. Como se fôssemos um pequeno universo, e um bater de asas de uma borboleta dentro da tireoide, por exemplo, pode causar um verdadeiro tsunami no cérebro... Gosto desse tipo de pensamento, apesar de ser tão cartesiana... Tomo muito remédio para muitas coisas, quem sabe arrumando a bagunça e buscando um equilíbrio global eu não possa eliminar alguns... Novamente algo apareceu na minha vida na hora certa.

Balanço do dia:

- **Conquista:** ter uma esperança realista...
- **Desafios:** é hora de trabalhar...

200 / 165 dias

Ando escorregando muito na alimentação... Usei a desculpa da páscoa e até agora não voltei a comer corretamente... e os dias continuam voando...

Balanço do dia:

- **Conquista:** ter consciência dos meus erros...
- **Desafios:** arrumar rápido a casa...

201 / 164 dias

Hoje foi dia de acupuntura. Que dor!!! Quando ele coloca as agulhas na cabeça e depois fica girando é pra acabar! Dói... Mas ontem ele falou uma coisa que, se for verdade, vai valer a pena cada furo. Perguntei sobre prognóstico e objetivo do tratamento, e ele respondeu:

— O meu objetivo é que seu corpo volte a funcionar e que você volte a andar sem precisar disso aí. Ele falou olhando para o andador estacionado perto da porta.

Fiquei realmente sem palavras...

Será?

Posso acreditar?

Meu corpo tão danificado por tantas quimioterapias, por tantos remédios, por tantos exames invasivos, por tanta rejeição... Será que ele consegue se regenerar?

Estou com medo das respostas do Universo...

Balanço do dia:

- **Conquista:** conseguir dormir...
- **Desafios:** muitos...

202 / 163 dias

Hoje acordei num mau humor de dar dó. Estou com tanta raiva e tanto ódio que não me suporto mais... Coitado do meu marido... Estou com vontade de bater a cabeça na parede até levantar galo. Que cantasse tanto a ponto de não conseguir ouvir mais nada...

Com toda a minha vasta experiência de anos de terapia, busquei em todo lugar uma resposta para este humor, e ainda estou procurando...

Balanço do dia:

- **Conquista:** ter consciência dos meus erros...
- **Desafios:** arrumar rápido a "casa"...

205 / 160 dias

Descobri depois de uns dias o motivo do meu mau humor repentino. Por um erro meu, acabei tomando metade da dose do meu antidepressivo, e depois de alguns dias com meia dose o meu organismo sentiu... E para variar o meu marido estava certo...

Passou, com o retorno da dose ao normal...

Socorro, vou à nutricionista daqui a dois dias! Estou em pânico. Já faz alguns dias que a minha alimentação está meio torta. Só espero que o estrago tenha sido pequeno...

Balanço do dia:

- **Conquista:** não ter desmarcado a consulta...
- **Desafios:** aguentar as consequências do meu descontrole...

206 / 159 dias

Hoje senti uma coisa que fazia tempo que não sentia: uma sensação de estar passando por mais um "mais importante momento da minha vida". Um daqueles momentos em que a bifurcação exige uma escolha definitiva e uma mudança de direção e sentido. Momento quando a inércia não é mais tolerada.

Desde que comecei este diário, sabia que tudo iria mudar de alguma forma. Quando eu tomei a decisão de levar a sério as questões que comandaram a minha vida, como comida, Deus, fé, descontrole financeiro e mudar, eu sabia que um ano difícil viria pela frente. Sinceramente tenho de admitir que basta querer com sinceridade e honestidade uma coisa, que ela acaba acontecendo, e muito melhor do que eu esperava. Sofrer por antecipação é burrice. Calcular as probabilidades e estar preparado para as adversidades é prudente.

Tinha alguns sonhos na adolescência. Um deles era ir a um espetáculo do Cirque de Soleil. Claro que quase impossível. Não é que eles vieram para o Brasil, mais especificamente para Curitiba, e a minha mãe comprou os ingressos caros e me deu de presente? Outro sonho era ir a uma apresentação do André Rieu, com a sua orquestra sinfônica. Também, sonho quase impossível, pois eles só se apresentavam na Europa... Não é que eles vieram para o Brasil e eu estava trabalhando e com dinheiro para as passagens, estadia e ingressos para três pessoas, eu, meu marido e minha mãe? E o mais importante e mágico de tudo, depois de assistir a tantos DVDs de tantos shows, por tantas vezes, acabei tendo as minhas apresentações preferidas. E não é que ele tocou todas, com todos os cantores originais, com os arranjos dos respectivos shows? Foi como se ele me tivesse perguntado quais as minhas músicas preferidas e feito o show de quase três horas para mim. Foi mágico!

Outros sonhos não se realizaram, mas talvez nem fossem meus. Sonhei em casar na igreja, de véu e grinalda, mas não casei assim. Casei com o homem da minha vida sentada na cama, sem maquiagem nenhuma, dentro do nosso quarto, ao brinde de um vinho barato e ao som da abertura do Fantástico, e foi um momento mágico, romântico, emocionante, único. Pensando hoje, o sonho de casar na igreja não era meu. Era da minha avó, da minha mãe, talvez do meu pai... Eu iria enlouquecer! A ansiedade para o dia seria destruidora. Corpo nunca no peso certo. Vergonha da exposição. Descrença na igreja católica como instituição. Medo de tropeçar... O problema é que só estou vendo isso agora, depois de sofrer e chorar muito por não ter casado na igreja!

Depois que comecei a me tratar com acupuntura, a minha meditação vem evoluindo gradativamente. Consigo me aprofundar e relaxar cada vez mais e com mais qualidade. Sinto o bem-estar da meditação por horas, e quando a perco bastam algumas respirações profundas e um pouco de concentração para recuperar a paz. Estou começando a vislumbrar alguns raios de sol no fim do túnel.

Balanço do dia:

- **Conquista:** novos aprendizados...
- **Desafios:** aprender a não sofrer por antecipação...

211 / 154 dias

Demorei um pouco para voltar a escrever, agora não sei nem por onde começo...

Primeiro tenho de admitir que engordei quase dois quilos. Sim, uma tragédia, mas eu até achei pouco. Já vinha dizendo há vários dias que estava bobeando um pouco e estava comendo muita besteira. Até refrigerante eu tomei... Então acho que o prejuízo foi até pequeno... Agora é bola pra frente. Não vou fazer nenhum cálculo, me recuso!

Outra coisa foi a esplêndida melhora que estou tendo com a acupuntura e com os "remédios" e minerais que estou tomando. Sinto que meu organismo está melhorando de dentro para fora. A água com sal rosa é revitalizante, e como ele disse que iria acontecer, o organismo sabe a dosagem de que precisa. A mobilidade está igual, apesar de o meu marido jurar que estou andando melhor. As agulhas da orelha estão cada dia menos doloridas. As meditações estão mais profundas e seus benefícios são sentidos por mais tempo. Além disso, onde eu estiver, com algumas respirações profundas consigo sentir o relaxamento da meditação e me acalmar...

Outra coisa foi que finalmente larguei a bagagem extra que carregava há muito tempo, da minha infância e adolescência. Um peso absurdo de dor e sofrimento, culpa e vergonha. Uma infância conturbada por constantes mudanças de escola e cidade, cheia de recomeços e muito *bullying*. Uma adolescência complicada como toda adolescência. O seriado "13 Reasons Why" foi muito difícil de assistir e digerir, mas ao mesmo tempo me libertou. Eu poderia ter me matado. Muitas vezes tive essa vontade, mesmo assim, no meio de desejos e possibilidades, eu não morri. Sim, eu não morri. Eu sobrevivi aos tempos de sofrimento. Eu achei outra saída. Eu sou uma vitoriosa. E muito me orgulho das vezes em que deixei para mais tarde, que esperei amanhecer... Não preciso mais desse sofrimento. A bagagem desse período vai ficar por aqui, comigo só levarei as cicatrizes e boas histórias para contar...

Encontrei a minha tia neste final de semana. Foi maravilhoso relembrar as histórias do meu avô e da minha avó paternos. Existe a possibilidade de ela me enviar pelo correio uma escultura de Dom Quixote que o meu avô tinha no gabinete (escritório) dele. Fiquei sem palavras, seria uma honra!

O tempo continua voando...

Balanço do dia:

- **Conquista:** praticar o desapego...
- **Desafios:** correr atrás do prejuízo...

215 / 151 dias

Estou me sentindo muito bem. Parece que a saúde e a energia estão vindo de dentro. Não preciso mais fazer tanto esforço para acordar. Não preciso mais fazer tanto esforço para ir até o atelier e produzir algo, nem que seja para jogar fora depois. Sinto que a energia vital está voltando. Toda vez que medito e faço uma energização curativa, volto com mais vontade de viver. Alguma coisa está dando muito certo...

Hoje decidi fazer tudo, exatamente tudo o que o doutor pedir para fazer. Tomar água com sal do Himalaia sempre. Tomar os remédios no horário. Aguentar a auriculoterapia. Aguentar as agulhas extremamente doloridas na região da cabeça. Tomar milhões de comprimidos e pastilhas sublinguais enormes. Estimular os músculos. E o mais difícil, cortar glúten, cevada, trigo e centeio. Só faltava isso.

Pela primeira vez em anos, tenho a certeza de que posso voltar a ser feliz. Não socialmente feliz, e sim pessoalmente feliz, internamente feliz. Como se eu lentamente começasse a acordar depois de anos e anos de letargia e coma. Mas não quero mais falar de tristeza, nem de passado. Agora só existe presente e futuro. Na bagagem trago as boas lembranças, trago as pessoas que amo, trago as histórias. No corpo trago as cicatrizes de todas as batalhas. Na mente a paz conquistada com a meditação. Só preciso disso para continuar. Os sentimentos e as angústias que tanto me sobrecarregavam, eu deixei na última estação.

Claro que a minha cabeça está bem longe da iluminação. Claro que terei inúmeras batalhas pela frente. Claro que passarei por inúmeros problemas, dúvidas e medos, mas pela primeira vez eu sei para onde correr toda vez que precisar me recuperar. Dentro de mim está a minha cura, o meu elixir da vida. Sinto que as minhas células estão felizes com a nova terapia. Estou pensando nas mitocôndrias finalmente sendo ouvidas e curadas. Como uma árvore quase seca que produz um primeiro ramo depois da chuva, também precisava desta força vital para reagir, para acreditar. Finalmente entendi a frase do filme "Comer, Rezar, Amar": "Olhe o mundo através do seu coração, assim encontrará Deus"; e a outra frase: "Tem que aprender a escolher seus pensamentos da mesma forma que escolhe suas roupas todos os dias. Trabalhe sua mente — é a única coisa que deve controlar, porque se não dominar seus pensamentos terá problemas sempre."

Não posso controlar o mundo. Não posso controlar as pessoas. Não posso controlar o acaso. Não posso controlar o meu corpo ainda. A única coisa de que tenho controle é sobre a minha mente. Sobre o que penso. Só eu posso encontrar Deus. A meditação está mudando a minha vida.

Balanço do dia:

- **Conquista:** encontrar finalmente algumas respostas...
- **Desafios:** saber honrar estas respostas...

217 / 148 dias

Hoje consigo enxergar com clareza que o que eu sentia não era normal. Não é normal ter que fazer tanto esforço para viver. Hoje sei quanto estava doente. Quando a esclerose múltipla começou a deixar sequelas em cima de sequelas, eu acabei acostumando-me com algumas. Parei de pular, parei de correr, parei de andar sem auxílio, parei de usar a bengala e passei para um andador, parei de usar andador e comecei a usar cadeira de rodas, parei de sair de casa... Então pular, correr, andar sem auxílio se tornaram sonho. Teria que me acostumar com a incapacidade permanente de ser independente. Abandonei meu corpo e minha alma e tratei de sobreviver. Modo quase automático de viver, em que devia me preocupar com os sinais vitais, cumprir as exigências sociais imprescindíveis, levar o andador e a cadeira de rodas, dependendo do estado físico no momento de levantar, manter a higiene e a luxúria simples de ser casada, viver sob vigilância e cuidados constantes. Dói ter de pensar no trabalho que dará ao outro, se quiser a sua companhia. Tantos apetrechos e tantos cuidados, que talvez o outro canse ou não queira.

É um direito do outro não ter de lidar com as minhas dificuldades. Quando estou com o meu marido é diferente, ele está acostumado a guardar, montar, o que libera os outros dessas árduas tarefas. E se eu estivesse sozinha com outras pessoas, ou com a minha mãe, caberiam a ela essas tarefas cansativas e dolorosas. Mas será que isso é justo com ele? Tudo isso passa pela minha cabeça. Agora que estou melhorando, vejo o quão longe da normalidade eu estava. O quão doente eu estava...

Hoje tenho vontade de melhorar, e acho que este é o primeiro passo. Claro que isto tem muito a ver com o fato de eu estar com as pernas mais soltas devido aos seis comprimidos diários de relaxante muscular e acupuntura, mas não só isso. Tem a ver com algo maior, uma vontade que vem de dentro. Não posso continuar lutando para sobreviver, tenho que viver. Talvez não consiga voltar a pular, mas quem sabe não consigo voltar para a bengala? Tenho que mirar no que é normal, e não no que é menos pior. Quem sabe acerto no meio do caminho.

Ainda não consegui marcar o exame médico especial para renovação da carteira de motorista...

Ainda não consigo sair de casa por vontade própria...

Ainda tomo 19 comprimidos de remédios diferentes e dois sublinguais e dois em forma de gel todos os dias...

Ainda tenho médico todos os dias da semana...

Muitas coisas anormais ainda tomam conta da minha rotina, mas vou mirar no que é "normal" e ver o que eu consigo acertar...

Balanço do dia:

- **Conquista:** sonhar alto...
- **Desafios:** não se contentar com o "menos pior"...

218 / 147 dias

Sou o meu pior e mais cruel inimigo.

Não preciso de nada e nem de ninguém para me boicotar, sou especialista nisso. Nesta fase de esperança e batalha surgem na minha cabeça frases como:

— Até quando será que isto vai durar?

— Você sabe que não vai conseguir.

— Esperança de ser normal... quanta baboseira...

— Não conseguiu nem perder metade do peso que pretendia.

— O tempo está acabando, vai fracassar de novo.

— Cortar o cabelo pra quê, se você será sempre deficiente?

— Você vai fracassar, então desista.

— Quanto tempo vai aguentar cuidar da alimentação?

— Pede uma pizza.

— É sábado, tem que comer uma besteirinha.

— Você vai cansar à toa, fica deitada.

— Quantas vezes você quebrou a cara, acha que agora será diferente?

— Mais um ano sem atingir as metas.

— Como você é burra.

— Como você é fraca.
— Como você é gorda.
— Como você é louca.
Durma com um incentivo desses!

Balanço do dia:

- **Conquista:** controlar a cabeça...
- **Desafios:** não desistir...

219 / 146 dias

Estou há dois dias sem comer glúten. Estou me sentindo muito bem, desinchada, magra... Até que não está sendo tão difícil, comi até bolo! Resolvi levar a sério. Quem sabe perco a metade do que preciso até o final deste ano louco? Já seria uma enorme vitória...

A água com sal do Himalaia também está ajudando bastante.

Balanço do dia:

- **Conquista:** comemorar as pequenas vitórias...
- **Desafios:** resistir...

223 / 142 dias

Estou cada dia mais concentrada durante a meditação. Consigo aprofundar ao nível de não sentir mais os músculos, as dores, o corpo. Ontem aprontei uma das minhas. Coloquei para tocar um álbum musical da trilha sonora do filme "Em Algum Lugar do Passado". Lembro-me de ouvi-lo em volume máximo lá pelos meus 12, 13 anos e chorar do início ao fim. Era um sofrimento que não tinha tamanho. Como uma criança poderia sentir tanta dor? Resolvi procurar respostas...

Quem pergunta precisa estar preparado para a resposta...

Fato: Meditei ao som da música e através dela tentei me concentrar e voltar à sala da minha casa em Campinas no ano de 1989. Depois disso me deixei levar. Voltei com uma gama de informações e lembranças que levaram dias e um herpes labial para serem catalogadas e analisadas... Foi tanto sentimento, tanta solidão, tanto medo, tantas incertezas que o meu consciente quase surtou.

Durante a meditação vi três fotos:

Foto 1: Uma menina gordinha, dentuça, com calça jeans *bag*, famosa "porta-peitos". Blusa estampada e florida muito brega. Sapato *dockside* com franja cor rato escuro. Cabelo crespo com corte repicado parecendo o anjo Gabriel ao acordar. Com brinco, pulseira de bolinhas coloridas e que de tão arrumadinha quase exalava através da foto o perfume Rastro, famoso na época. Ao fundo, um piano recém-ganhado de presente de aniversário, um piano vertical Fritz Dobbert. Junto à foto, um conjunto de lembranças na terceira pessoa. Ela estudava piano e tinha aulas de iniciação musical. Em cima do piano, sua última peça da aula de artes do colégio. Algumas provas com nota máxima para a mãe assinar. Além de ser ótima aluna, representante de sala atuante junto à diretoria. Criadora do programa "adote uma plantinha para cuidar do planeta", no qual se apresentava em todas as salas de todos os anos escolares munida de três vasinhos de plantas por sala, plantadas por sua avó para serem sorteadas entre os alunos depois de ouvirem um texto de cinco minutos sobre destruição da natureza. Ela era extremamente responsável e organizada. Participava das peças de teatro e adorava falar em nome do grupo e ser líder.

Foto 2: Em cima do piano tinha também uma foto no porta-retratos de duas crianças de uniforme escolar de mãos dadas. Ela, gordinha, arrumadinha e séria. Do seu lado, uma criança quatro anos mais nova, magrinha, com os joelhos esfolados e cabelo "Joãozinho". Junto à foto, outro conjunto de lembranças na terceira pessoa. Uma verdadeira burguesinha de classe média, feinha, inteligente, mandona, brava, quatro-olhos, bem vestida, apesar de haver controvérsias... Estudante de um bom colégio, que tocava piano e estava bem encaminhada...

Foto 3: Duas crianças de uniforme escolar, abraçadas em frente a uma escola simples de periferia, onde dava para ver a estrada de terra, a quadra de basquete improvisada e muita poeira. Ela de óculos, gordinha, assustada, e sua irmã magrinha ao lado, com os joelhos ainda mais ralados. Junto à foto, outro conjunto de lembranças na terceira pessoa. Caída de paraquedas em uma escola de bairro simples. Mesma cidade, mas com ensino moderno, no qual entrava de manhã e saía no final da tarde. Tinha que acordar às 5 da manhã, porque a escola ficava longe e o ônibus passava ainda no escuro para pegá-las na porta de casa. Um ônibus escolar onde ela passava quase três horas do seu dia. Saía de casa no escuro e chegava quando estava escurecendo. Sem aulas extracurriculares. Sem aulas de piano. A escola simples tinha uma parede com vários tanques para lavar as mãos com um sabonete quase preto de tanta sujeira, que passava de um para o outro. Nos banheiros as paredes eram pichadas e as portas estavam sempre quebradas. As salas de aula tinham cadeiras e mesas de madeira que sempre rasgavam a calça do uniforme. O recreio era no pátio, um campo de areia com algumas mesas de concreto. Eu levava sanduíche de frango desfiado com maionese, mas quase nunca conseguia comê-lo. Às vezes roubavam de mim, às vezes eu nem tirava da lancheira para não ser zoada. Estava sempre sozinha ou tentando chegar perto da sala dos pequenos para ver se a irmãzinha estava bem. Não existia "por favor", "obrigada" e nem "com licença", apesar das professoras viverem tentando ensinar. O material escolar era doado pela escola por alunos do ano anterior, então estavam sempre com orelhas e riscados. A mãe e o pai trabalhavam e não podiam ir buscá-la por qualquer coisinha. Um inferno para ela, inferno de medo, solidão, abandono e responsabilidade de cuidar da irmã. Fazia de tudo para tentar se encaixar, até assistiu "O Exorcista" em VHS sozinha, à noite, para tentar se enturmar! Ela era discriminada por ser "patricinha", e sua principal arma, a inteligência, desaparecia como fumaça nas caóticas aulas, quando a professora não era expulsa por repulsa aos animais ou ossos de animais que eram colocados em sua cadeira ou mesa. Uma realidade completamente diferente daquela a que estava acostumada.

No momento: Fui invadida pelo sentimento de tristeza e agonia, medo e desespero que enchiam a sala. Eu sou ela e ela sou eu. Tudo o que ela sentiu eu sinto. Dei um beijo em seu rosto e sussurrei que logo tudo isso iria passar...

Realmente não sei o que aconteceu. Pode tudo isso não ter passado de pura imaginação e autossugestão, mas foi tão poderoso que atingiu o meu corpo físico de alguma forma. Minha imunidade caiu...

Depois: Senti um cansaço extremo, não físico, e sim emocional. Tinha que digerir tudo e ver o que faria com toda a informação...

Balanço do dia:

- **Conquista:** ...
- **Desafios:** muitos...

225 / 141 dias

Dia das Mães. Eu, minha mãe e a minha irmã juntas, eu não poderia perder a oportunidade de tocar no assunto. Puxar da memória delas o que elas sentiram naquela época. Tentar me ver pelos olhos delas...

Entre risadas e desabafos, exorcizamos momentos difíceis...

Claro que não contei o que tinha feito, mas descobri que a minha mãe tinha tido um sonho sobre fatos daquele ano na mesma noite na qual eu estava fazendo a regressão...

Ainda não fui à psicóloga para racionalizar tudo o que aconteceu e saber como devo arquivar estas informações, mas vou dar um palpite.

A menina chorando no sofá precisava de ajuda. O som alto impedia que ela ouvisse seus próprios pensamentos que tanto a assombravam. Uso este recurso até hoje... O choro compulsivo por quase uma hora aliviava o seu estresse físico e emocional. Seu preconceito consigo mesma sobre ser uma "pobre menina rica", uma "patricinha" feia, gorda e quatro-olhos a impediam de pedir ajuda. As chibatadas de seu ser sobre a sua covardia e impotência marcavam a sua alma... Estou orgulhosa dela. Ela sobreviveu e conseguiu reescrever sua história em outra cidade um mês e meio depois deste dia...

Balanço do dia:

- **Conquista:** ter orgulho de mim no meu pior momento...
- **Desafios:** conversar com a psicóloga sobre tudo isso...

226 / 140 dias

Para a infância peço perdão:

pela inconstância de amigo,

pela ingenuidade e despreparo,

pelo constante medo.

Para a adolescência peço perdão:

pela exacerbada vontade de agradar,

pelos diversos personagens a interpretar,
pela constante solidão.

Para a juventude peço perdão:
pela ausência de autoestima,
pelas escolhas duvidosas,
pela constante covardia.

Para o futuro peço perdão:
pelo processo que ainda estou a passar,
pela dificuldade em aprender,
pelo constante duvidar.

Para o presente peço amor:
pelo único e verdadeiro motivo
de não ter feito nada de errado
até este verso acabar...
Patrícia Fernandes

Este texto foi fruto de uma tentativa do meu racional digerir os últimos acontecimentos. Pelo menos é o que eu acho...

Balanço do dia:

- **Conquista:** desabafar...
- **Desafios:** não poder me afundar em uma caixa de chocolate...

227 / 139 dias

Vida
solidão compartilhada
liberdade vigiada
corrimão mal instalado.

Morte
escolha definitiva
silêncio cósmico
conclusão manuscrita.

Por que a vida Incerteza pétrea,
Se a morte sedutora estranha?
Por que a morte silenciosa tempestade,
Se a vida propicia o abraço?
Patrícia Fernandes

Acho que estou achando uma maneira própria de transmutar tanto sofrimento...

Balanço do dia:

- **Conquista:** está saindo...
- **Desafios:** não desviar...

229 / 136 dias

Esta última semana está sendo surreal para mim.

Começou com a ida à psiquiatra e a completa aceitação por parte dela desta minha nova fase de acupuntura e medicina oriental. Concordou em reduzir a medicação tarja preta e nos tranquilizou quanto à coerência nas substâncias que o médico estava receitando. O que tirou um grande peso das minhas costas...

Na noite do mesmo dia aconteceu a "regressão caseira", na qual me lembrei de diversas coisas dos meus doze anos. Fiquei surpresa com o meu desempenho e assustada com a imensidão de coisas que não lembramos que sentimos e vivemos. Detalhes como a espera fria e angustiante pelo ônibus escolar... Como a crueldade estampada na cara das crianças que roubavam o meu lanche... Como o cheiro do bolo assando na casa da minha avó... Forte, emocionante e desafiador passar por isso.

Dois dias depois fui fazer acupuntura e o médico, do nada, disse que eu estava precisando fazer uma regressão... Eu olhei para o meu marido e dei um sorriso desconcertado. Como ele poderia saber? Em minutos estava de novo ao meu lado na sala escutando música... O que eu não sabia é que eu podia realmente interferir no registro desta cena... Voltei para diversas cenas difíceis da minha vida... me vi sofrer... Depois de percorrer pela linha do tempo da minha vida e descobrir que o medo foi o sentimento que sempre me pautou, eu voltei e agi diferente. Durante o abuso que sofri, pude empurrá-lo para longe e me senti forte e poderosa — ele não iria nunca mais me abusar... Durante a viagem de avião um dia após 11 de setembro de 2001, dia no qual aviões de passageiros foram desviados e dois deles colidiram com as Torres Gêmeas em Nova Iorque, e tive que tomar calmantes, eu gritei alto o que todos estavam sentindo. "Estamos com medo, mas vai dar tudo certo!" Então entreguei os comprimidos na minha mão e sorri, aceitando o medo natural e oferecendo alento...

E isso aconteceu com cada cena de medo que passei em minha vida, e não foram poucas...

Depois de um dia de perplexidade, chegou o dia da terapia. Teria que racionalizar tudo o que tinha acontecido e contar para ela. Depois de muito falar, ela suspirou e disse:
— Agora temos que preparar a chegada ao mundo desta mulher forte e segura que você se tornou e decidirmos se você levanta ou não da cadeira...

No mesmo dia, à noite, fui dormir na casa da minha mãe e assistimos a um filme... UM não, "O" filme: "A Chegada". Para ter uma ideia de quanto esse filme impactou, assistimos duas vezes seguidas. Ela já tinha assistido e me indicou. Caramba! O filme é maravilhoso! Fala sobre o tempo, sobre a não linearidade dele. Sobre passado, presente e futuro misturados na própria existência. Serviu como uma luva para a explicação dos últimos acontecimentos na minha vida... Resolver o passado implica liberdade presente. Tudo está conectado, não em uma reta, como eu pensava, mas em um círculo. Vou ter que assisti-lo mais algumas vezes para entender tudo o que ele propõe... Mas com certeza já marcou a minha vida...

Hoje eu fiz fisioterapia. Contei para ela tudo o que tinha acontecido. Eu contava e tinha muita dificuldade em acreditar que tudo era verdade, que tinha realmente acontecido... Ela ouviu e propôs carinhosamente aumentarmos a quantidade de fisioterapias por semana, afinal, "Você precisa estar fisicamente preparada para o que vem pela frente..."

Por fim, a minha nutricionista me mandou uma mensagem com opções de cardápio sem glúten...

Estou cercada de tanto carinho e ótimos profissionais que nem sei o que dizer...

Obrigada...

Balanço do dia:

- **Conquista:** mais gratidão...
- **Desafios:** continuar aprendendo...

233 / 132 dias

Acreditar apesar de tudo. Acreditar além do racional. Acreditar sem "mas"...

Toda esta minha jornada começou com muitas dúvidas e poucas certezas. Hoje vejo que a única certeza que realmente tinha era a possibilidade eminente do fracasso...

Como pode ser tão difícil acreditar?

O corpo é apenas uma parte, como a física é apenas uma parte. O possível e o impossível são tão possíveis quanto impossíveis...

Acredito que a minha "alma" sai do meu corpo e conhece lugares maravilhosos enquanto durmo. Sei que existem outras dimensões, sei que a morte não é o fim. Todas as vezes que não deram certo, eu sei os motivos, graças aos anos de terapia. Eu poderia ter feito diferente, mas não estaria hoje aqui, e isso eu odiaria. Amo a minha vida, amo a minha casa, amo os meus amigos, amo as paredes que me protegem. Amo ter mais a fazer e a viver...

Vida analisada e devassada em busca de motivos e razões para tantas dores, medos e traumas... A resposta nunca encontrada estava dentro o tempo todo...

Deus existe, sim. Eu me encontrei com ele. Vi o seu poder. Vi a sua dimensão. Ainda não conversamos...

Hoje reconheci Deus na omelete que meu marido fez para mim... Quem diria que ele estava tão perto! Olhei assustada para ele, que me recebeu como um pai, com braços abertos, sorriso nos olhos e me levantando do chão como se eu pudesse voar... A omelete foi feita com tanto amor, com tanto carinho, que toda essa energia se materializou na visão de Deus. Finalmente entendi o final do filme "As aventuras de Pi", que mostra que nós escolhemos no que vamos acreditar, e isso influencia em como vamos viver... Agora acredito em Deus... Hoje encontrei minha fé...

Balanço do dia:

- **Conquista:** encontrei minha fé...
- **Desafios:** ser digna do meu Deus...

235 / 130 dias

De uns dias para cá estou vendo a vida um pouco diferente. Ontem comemorei a vida com um casal de amigos muito queridos, seus dois filhos ainda pequenos e o meu marido. Usamos um presente muito especial que ganhei dos meus padrinhos quando eu e meu marido ficamos noivos. Uma panela raclette, ou seja, teríamos queijos incrivelmente derretidos, vinhos deliciosos, salsichas fritas, pães torrados e conversa boa.

Ontem entendi o significado de construir um lar feliz. Eu e meu marido somos muito fechados em nós mesmos. Todo mundo reclama. Ficamos juntos e sozinhos, o que não foi nada ruim até hoje. Até saber que é possível ter as coisas boas, é possível sair da concha sem necessariamente sermos devorados. E é muito bom. Conversamos por horas. Construindo memórias que ficarão para sempre dentro de nós. As crianças talvez se lembrem de nós pela casa com elefantes na sala e uma sapo de pelúcia no sofá, e nós quatro nos lembraremos do dia no qual nos demos o direito de parar por algumas horas os nossos dias corridos e difíceis e comermos bons queijos, bons pães e tomarmos uma garrafa de vinho. Cada casal com o seu vinho preferido, afinal, podemos continuar sendo dois no meio de muitos! Dividindo histórias, medos e anseios... Aí você vai dizer que já sabia disso, principalmente se for jovem, mas é que com o avançar da idade e o comprometimento físico que acabei tendo cedo demais, eu acabei esquecendo que viver não é só cumprir compromissos, prazos e regras. Meu marido comprometido em ser um super-homem, cuidando de mim, da casa, sendo companheiro, motorista, cozinheiro, eletricista, marceneiro, office-boy, provedor, médico, psicólogo, fisioterapeuta, carinhoso, atencioso... pode descansar de vez em quando e beber uma taça de vinho. Que viver não é esperar pelo próximo médico. Isso não faz ninguém feliz. Deitar e conferir uma lista de afazeres e ticar grande parte dela antes de dormir é prazeroso, mas ter uma nova história para contar é melhor ainda...

Estou começando hoje com o item "frase do dia" no Balanço do Dia, e senti essa vontade após ouvir uma palestra de Leandro Karnal. Através da sua palestra cheguei à conclusão de que tudo estava ao meu alcance o tempo todo, eu só estava olhando para o lado errado. Fiquei com vontade de registrar algumas frases de efeito no final do dia para me provocar, lembrar, fazer pensar, ou simplesmente colorir o dia. Poderão ser uma ou mais frases no mesmo dia. Quanto mais frases, mais contribuirá para o meu amadurecimento como espírito.

Balanço do dia:

- **Conquista:** redescobrir o prazer de viver...
- **Desafios:** não "reesquecer"...
- **Frase do dia:** "O álcool estimula, mas faz murchar." — Autor desconhecido.
- **Comentário:** não preciso mais do álcool como proteção nos meus relacionamentos sociais... Não preciso ter medo das relações: elas podem ser muito boas. Com o álcool vou perder os momentos ruins, mas vou perder os bons também. E isso eu não quero mais para mim. Quero estar no lugar na hora que estiver acontecendo. Preciso ser a protagonista da minha vida e parar de esperar...

237 / 128 dias

É engraçado, parece que quanto mais chego ao final, mais penso no começo...

Quando decidi começar esta jornada, prometi para mim mesma que faria tudo, absolutamente tudo para atingir os objetivos traçados. Mesmo que exigisse um esforço maior do que eu estivesse pronta para fornecer no momento, eu faria. Culpada por não ter dado o meu melhor não vou ser...

Decidi parar de fumar... O meu marido parou de fumar há dois anos, cinco meses e 27 dias. Ele fumava há mais tempo que eu, e quase duas carteiras de cigarro por dia. Nunca falei isso para ele, mas sempre tive a impressão de que o fato de ele ter parado de fumar de um dia para o outro, na virada do ano, foi promessa para Deus em troca da minha melhora... Com certeza ele nunca vai admitir, mas acho que foi... Em todo caso, dois meses após ele parar de fumar, eu dei entrada nos papéis para a liberação do transplante de medula óssea pelo plano de saúde. Começava ali a minha ressurreição. Acho que Deus aceitou a sua penitência.

Transplante de medula óssea autólogo — a medicina ocidental me ofereceu o melhor e mais moderno tratamento disponível. Com sua intervenção, freou o desenvolvimento e a evolução da minha doença e me garantiu alguns anos ou todos os próximos anos desta minha vida sem novas lesões e consequentemente novas sequelas. Entreguei para a medicina ocidental o meu corpo e a minha vida. Entreguei a minha vaidade, a minha dignidade como ser humano, como esposa (o que meu marido viu, nenhum outro deveria ou mereceria ver sua esposa passando), o meu sangue, o meu corpo. Minhas células trabalharam o que não haviam trabalhado nos meus 37 anos de vida. Consegui sobreviver com 6 leucócitos no sangue. Seis guerreiros que hoje podem se orgulhar desta minha façanha de hoje. Honrei cada um deles também.

Recuperação orgânica e psicológica após dois anos e meio do transplante e início do tratamento com a medicina oriental, que garante que eu ainda tenho muito a melhorar. Se eu consigo imaginar, eu consigo fazer... Ela me propõe uma mudança de atitude e de postura frente à vida e me oferece em troca a liberdade de voltar a ser. Ser no sentido completo, podendo ter liberdade de ir e vir, de sentar e levantar, de comer ou se alimentar, de depender ou de lutar...

Voltando ao assunto do cigarro... Comentei com o médico sobre parar de fumar e ele perguntou se eu tinha certeza. Com a resposta afirmativa, ele contou como deveria proceder. Como um mago, me mostrou um vão entre os nervos da base do dedão da mão. Mandou que eu colocasse sal moído com um esparadrapo no local e fumasse um cigarro atrás do outro até não aguentar mais, e que deixasse um balde ao meu lado. Com um sorriso sarcástico, disse que a experiência não seria muito boa, mas que com certeza eu iria parar de fumar.

Como uma boa discípula, segui suas palavras. Estava decidida a parar de fumar por alguns motivos: por amor ao meu marido, por reconhecimento ao extremo esforço que ele fez para cumprir a sua promessa e me garantir a cura;

pelos meus seis leucócitos; e por toda esta máquina que eu sempre maltratei e desdenhei, que hoje me presenteia...

Realmente foi uma experiência horrorosa. Coloquei o sal, o esparadrapo e comecei a fumar. Meu marido e fiel escudeiro estava ao meu lado, dando muita força e toda a infraestrutura necessária. Lá pelo quinto cigarro, comecei a ficar enjoada num grau que só deu tempo de pegar o balde. Ele teve que esvaziar e lavar o balde uma três vezes. Entre vômitos e suores horrorosos, fumei mais três cigarros. Depois de uma hora de ressaca, enjoo e mal-estar, eu fui tomar um banho. Talvez para retirar os últimos resquícios de cigarro que poderiam estar no meu cabelo e na minha pele. Parei de fumar naquele momento.

Pela primeira vez tive segurança de ir do meu quarto até a cozinha munida apenas da bengala. Sim, devagar, mas com confiança fui andando apenas com a bengala, sem ajuda das paredes, até a cozinha. Meu marido sorriu... Já tive melhoras e pioras ao longo da minha jornada, que flutuam como as sequelas da esclerose. Só espero que esta melhora seja mais duradoura.

Estou entregando a minha alma e o meu corpo nas mãos da medicina oriental — vamos ver quantas coisas maravilhosas vão continuar acontecendo!

Balanço do dia:

- **Conquista:** parei de fumar e dei meus primeiros passos sozinha de bengala...

- **Desafios:** muitos pela frente...

- **Frases do dia:** "Um homem precisa se queimar em suas próprias chamas para renascer das próprias cinzas." — Friedrich Nietzche

"Progresso, não perfeição." — pichado em um muro na cidade.

238 / 127 dias

Acordei com uma ressaca de dar dó... Só de pensar na possibilidade de fumar um cigarro já sinto ânsia... Vontade de fumar, ainda tenho, mas acho que é mais pelo hábito, principalmente depois do almoço e quando estou dentro do carro...

Balanço do dia:

- **Conquista:** mais um dia sem fumar...
- **Desafios:** voltei a comer glúten...
- **Frase do dia:** sem chance...

239 / 126 dias

Dia muito especial. Hoje comemoramos o aniversário do meu marido e catorze anos de noivado. Dia de relembrar tudo o que passamos e renovar os votos para o infinito e mais um dia. Sempre adicionamos um dia ao infinito a cada ano que se passa. Somos almas gêmeas, somos feito um para o outro, somos duas metades da mesma laranja.

Comemoramos sem culpa e sem vergonha. Às quatro horas da tarde fomos ao shopping, entramos no restaurante, pedimos duas caipirinhas, uma porção de *"nachos calientes"* e nos rendemos ao prazer do amor. Estávamos no paraíso. Boa comida, boa bebida, lindo lugar, música boa, encostos altos, sofá redondo, o amor da sua vida... Perguntei o que ele gostaria de ganhar de presente de aniversário. Ele me respondeu: — O que eu mais posso querer da vida?

Eu, na hora, entendi o que ele estava falando. Estávamos completos. Eu sentia o mesmo. Estava tudo perfeito... A sintonia nos fez entender que não se tratava de falta de querer crescer e evoluir, ou qualquer outra coisa negativa. Tratava-se de aceitar que a vida estava nos dando um presente e que deveríamos aproveitar.

Quem nos visse no restaurante veria um casal apaixonado e feliz. Tirar fotos nesta hora não seria justo com tudo o que aquela comemoração significava, seria tentar registrar uma pequena parte visível de um sonho. Todos os dias durante os últimos seis anos, mais ou menos, tivemos que encarar a dura realidade de um casal, sendo que um deles possui uma doença degenerativa neurológica. Nutricionista, fisioterapeuta, psicóloga, psiquiatra, neurologista, ginecologista, acupunturista, oftalmologista, exames, isso repetido a cada semana, a cada mês... Em TODAS as consultas, TODOS os dias, TODOS os minutos, estávamos juntos, ou conectados. Isso custa tempo e energia. Dá trabalho, desgasta, cansa, irrita, mas a simples possibilidade de não podermos estar juntos por qualquer motivo já é motivo para um suspiro de agonia.

Amamos-nos e queremos estar juntos, mesmo quando juramos que não queremos...

Merecíamos, aproveitamos e renovamos os votos. Até o infinito e mais um dia.

Balanço do dia:

- **Conquista:** um dia especialmente especial...
- **Desafios:** voltar à alimentação saudável...
- **Frase do dia:** "Obrigada por, apesar das dificuldades, você continuar escolhendo lutar, obrigada por, apesar do sofrimento, você continuar escolhendo ficar." — esta frase eu escrevi em um bilhete que coloquei na porta do armário, para que ele visse quando chegasse do trabalho...

240 / 115 dias

Hoje foi dia de terapia. Um dia muito tranquilo. Vi como é bom quando tudo está caminhando, tudo está em paz. Hoje estou muito feliz e tudo está bem.

Arranjei um sentido para escrever, escrever para não enlouquecer... Sem pressões, sem expectativas...

Balanço do dia:

- **Conquista:** dois dias sem fumar...
- **Desafios:** continuar sem fumar...
- **Frase do dia:** "Escrevo para não enlouquecer." — Clarice Lispector

242 / 123 dias

Infelizmente tive uma recaída... Ontem estava sozinha em casa e resolvi fumar um cigarro. Afinal de contas, ninguém ia ver, e eu queria testar se tinha ou não parado. Coisa de quem não tem o que fazer... Fumei e fiquei tranquila... por cinco minutos. Tive que pegar uma lixeira que fica na mesa do meu atelier e vomitei até as tripas... Baixou a minha pressão... Suei muito... Foi horrível de novo... O método realmente funcionou, mas infelizmente a vontade de fumar ainda existe...

Perdoei-me pelo cigarro, contei a minha estripulia e virou uma piada interna...

Balanço do dia:

- **Conquista:** seguir em frente...
- **Desafios:** continuar sem fumar...
- **Frase do dia:** "Perdoar não é esquecer: isso é amnésia. Perdoar é se lembrar sem se ferir e sem sofrer: isso é cura. Por isso é uma decisão e não um sentimento." — Autor desconhecido.

244 / 121 dias

A vontade de fumar está grande. Estou chegando ao limite da vontade. Vejo alguém fumando e já começo a pensar em um milhão de jeitos para pedir um cigarro. Eu sei que vou passar mal, mas mesmo assim correria o risco por um cigarro. A vontade surge principalmente quando estou sozinha no meu atelier escrevendo... Tento me convencer de que eu mereço... Que é a única coisa que faço de errado... Que fumo muito pouco por dia, que não faz tanto mal... Que já fui sorteada por ter esclerose, seria muito azar ter câncer... Que comigo nada vai acontecer... Que fumarei por pouco tempo... E tudo o mais que uma mente argumentativa e inteligente puder inventar...

Preciso fazer uma pausa para comentar como sou inteligente quando quero. Principalmente para inventar motivos para quebrar as minhas promessas... Sou perita nisso. Chego a ser cruel. Assustador. Pensei em coisas como: se meu marido parou de fumar por mim, foi ele que quis; não vou parar, porque é a única liberdade que me resta; ainda mando na minha vida se puder fumar, diferente de tudo e de todos à minha volta; não vou morrer disso, posso fumar de vez em quando, quero testar de novo se o método funcionou; você é boba mesmo; está fazendo drama por uma coisinha sem importância... Todas verdades, com certeza, todas têm lógica. O que as valida ou não é a minha concepção de justo, de certo. É difícil discutir comigo mesma!

Voltando ao assunto, está bem difícil pensar em outra coisa. Quero um cigarro que não me faça vomitar. O que eu fui inventar???

Balanço do dia:

- **Conquista:** ahhhhhhh...
- **Desafios:** ahhhhhhh...

246 / 119 dias

Dia de recomeço... Pois é... caí em tentação...

Hoje foi um dia complicado. Depois de aguentar o dia todo sem fumar, mas desejando um cigarro em qualquer alusão à sua existência, comprei uma carteira de cigarros...

A minha ideia na real era fumar um cigarro e pronto, mas, seguindo as orientações do médico, tive que refazer o ritual completo. Coloquei o sal na mão, fechei com um esparadrapo e comecei a fumar uma sequência de cigarros. O médico falou que eu deveria fumar o dobro do número de cigarros que eu fumei da primeira vez, mas já estava morrendo no sexto. Suor, tremor, vômito, sensação de intoxicação... Tudo de novo... Fiquei extremamente irritada comigo mesma. Como eu fui burra, ter que passar pela mesma agonia duas vezes, por que não aprendi da primeira vez? Como sou teimosa! Que raiva!...

Fui dormir esgotada, de novo...

Balanço do dia:

- **Conquista:** não desistir do objetivo...
- **Desafios:** acordar...
- **Frase do dia:** "A vida não pode ser escrita a lápis. Você não pode apagar um erro e corrigi-lo, mas pode começar em outra linha." — Autor desconhecido.

247 / 118 dias

Acordei de ressaca. Fiquei enjoada o dia inteiro. Espero que tenha aprendido a lição!

Balanço do dia:

- **Conquista:** um dia sem fumar...
- **Desafios:** acreditar na frase do dia...
- **Frase do dia:** "Você não é um derrotado quando perde. Você é derrotado quando desiste." — Dr. House, personagem da série de mesmo nome.

248 / 117 dias

Pensamentos soltos:

— Ser honesta comigo mesma é a melhor maneira de viver o presente...

— A liberdade que a honestidade oferece é incrível.

— Amadureci muito neste ano, cresci e evoluí em escala aritmética... Ainda longe, muito longe de qualquer iluminação, mas perto, muito perto da minha alforria... Alforria para viver o presente...

Balanço do dia:

- **Conquista:** enxergar luz no fim do túnel...
- **Desafios:** manter a mente aberta...

249 / 116 dias

Recebi o presente que eu me enviei anos atrás. Neste presente estava a chave que abriria uma nova fase da minha vida. Como em um jogo de videogame. Terminei um conjunto de provas e desafios, fechei um Universo, concluí uma fase. Por incrível que pareça, a peça final estava dentro da gaveta do criado-mudo o tempo todo. E como num filme de ficção, o objeto surgiu magicamente na minha frente. Um diário. Um diário que comecei a escrever em 2010 e terminei em 2016. Ali estavam todas as senhas que abririam o novo Universo...

Vou demorar alguns dias para assimilar tudo e conseguir traduzir e racionalizar minhas palavras... O que é mais incrível é que no passado eu escrevi exatamente o que eu precisava ler no presente. Como se por mágica eu, com 32 anos, viajasse para o futuro com 39 anos e gritasse no meu ouvido tudo o que eu precisava ouvir... Dobrei a linha do tempo. Ou apenas comprovei que o tempo não é linear como eu pensava...

Balanço do dia:

- **Conquista:** ainda imensurável...
- **Desafios:** muito trabalho pela frente...
- **Frase do dia:** "Por muito tempo fui tudo o que pude; agora sou tudo o que quero." — Autor desconhecido.

250 / 115 dias

Parece que quanto mais perto de acabar mais forte se torna esta experiência...

Hoje eu tive uma consulta com a psiquiatra. Desde o começo o dia foi tumultuado. Eu e meu marido estamos brigando muito... Durante a consulta, todas as nossas frustrações e queixas de um com o outro transbordaram, deixando os três encharcados... Vendo a cena agora, a minha psiquiatra deve ter até se assustado. Somos sempre o casal perfeito... Estamos sempre juntos, sempre sorrindo, sempre sendo gentis, carinhosos, atentos e cuidadosos. Sempre juntos e realmente preocupados e focados nos tratamentos... De repente os dois desandam a reclamar e jogar um monte de roupa suja na sala... kkk. Só imagino o susto...

Com talento, cuidado, carinho e conhecimento, a psiquiatra nos ajudou a reconhecer e lidar com o problema...

Nos últimos dez anos, lidamos com uma doença que afeta tudo. Deixei de ser a pessoa que era, e pior, comecei a me sentir um estorvo. Passei de uma mulher ativa, que trabalhava fora, que dirigia, que dividia as atividades domésticas, que ajudava o marido a fazer e montar todos os móveis que queriam, para uma mulher que não consegue nem tomar banho sozinha... Meu marido se tornou um cuidador, além de marido... Toda a nossa vida girou em torno de médicos, fisioterapeutas, psicólogos, injeções diárias, quimioterapias mensais, corticoides semestrais... Da bengala para o andador, do andador para a cadeira de rodas, da cadeira de rodas para o andador... Todas as nossas energias estavam voltadas para o cumprimento rigoroso e integral dos tratamentos... O risco só era de morte...

Hoje estou deixando este papel de totalmente dependente. Já tomo banho sozinha, já consigo recolher a roupa suja e colocar para lavar, estendo e roupa no varal, troco o lençol da cama, com dificuldade, claro, mas com persistência.

Às vezes ainda tenho que pedir ajuda, mas pouco. Estou voltando a me sentir mulher, tendo mais vaidade, indo ao salão de beleza, passando maquiagem, escolhendo o que vestir. Como nos readaptar a estas mudanças? Como garantir o direito dos dois à palavra? Como reinventar a relação? Com a minha recuperação, o constante estado de alerta e vigilância dele podem relaxar. Podemos voltar a ser marido e mulher. Pois ela nos deu a resposta mais óbvia e certeira: — Conversando. Melhorando a nossa comunicação.

Dois momentos precisam ser ressaltados nesse episódio: o susto que os dois levaram com o nível de estresse que estava acumulado na relação e o quanto foi saudável colocar tudo para fora.

O outro momento foi a primeira vez que um falou para o outro que a resposta tinha sido atravessada e que não tinha gostado. Com cuidado, carinho e bom humor...

Em nenhum momento tivemos medo de nos separar, isso não passa pela nossa cabeça, mas serviu para voltarmos a nossa energia para a direção certa, calibrar os pneus, encher o tanque e voltar para a estrada...

Estamos juntos há quase quinze anos, passamos por situações e momentos surreais. Nos ruins nos abraçamos, e nos ótimos nos entregamos. Um amor que pode parecer mágico, e é, mas por trás de toda essa magia existe trabalho, dedicação, vontade e pessoas que nunca nos negaram as ferramentas e os conhecimentos para deixarmos as engrenagens sempre funcionando. O amor é divino, mas a convivência é humana...

Balanço do dia:

- **Conquista:** reinventar o casamento...
- **Desafios:** muito trabalho pela frente...
- **Frases do dia:** "É um amor pobre aquele que se pode medir." — William Shakespeare.

"Amar não é aceitar tudo. Aliás: onde tudo é aceito, desconfio que há falta de amor." — Vladimir Maiakóvski

252 / 113 dias

Chegou o frio. Não qualquer frio, o frio mesmo...

Com o frio chegou a espasticidade, que é uma contração involuntária dos músculos seguida de dor e perda de movimento. E chegou a sensação de frio constante nos quadris, pernas e pés, um tipo de frio que dói, que não passa, que não deixa dormir... Diferentes estações trazem diferentes sintomas na esclerose múltipla... Isso desanima, entristece, desmotiva...

Minha alimentação está bastante saudável. Ainda não tive coragem de me pesar, mas a diferença nas roupas é enorme... Só que agora, com o frio, eu fico mais parada ainda, e preciso controlá-la ainda mais...

As coisas aqui em casa estão bem complicadas. Discutimos todos os dias. Parece que estamos eletrificados e distribuindo choques até involuntariamente... Mesmo assim, continuamos tentando.

Balanço do dia:

- **Conquista:** alimentação sob controle...

- **Desafios:** esperar passar a tempestade...
- **Frase do dia:** "Viver é isto: ficar se equilibrando, o tempo todo, entre escolhas e consequências." — Jean-Paul Sartre.

253 / 112 dias

Estou muito triste hoje. O frio trouxe consigo mais uma novidade... Não consigo mais manipular um estilete...

Gosto de fazer coisas manuais, cartões, embalagens, desenhos. Por isso tenho o atelier. Hoje resolvi fazer um quadrinho de Natal... Peguei os materiais, as folhas de papel, fiquei pensando no que ia fazer e, depois de algum tempo, peguei o estilete e a régua... Além de não ter força nem coordenação para cortar, a régua também escapa...

Assim ocorre uma perda... do nada... Até ontem eu era muito boa na arte do papel, hoje não sou mais... Sem perguntas, sem respostas, sem explicações...

Balanço do dia:

- **Conquista:** ...
- **Desafios:** são tantos...

254 / 111 dias

O inverno começou para mim...

Hoje fui à panificadora e pela primeira vez na vida escolhi as coisas que eu iria comer e beber usando um único parâmetro: sabor... Tantas vezes cheguei à frente da vitrine de doces e salgados fazendo mil planilhas mentais, com milhões de variáveis como custo, benefício, calorias, centeio, glúten, açúcar e sempre escolhendo algo meio bom e meio saudável. Hoje não. Cheguei, olhei, desejei, escolhi, comi. Só por ser gostoso... Cappuccino com canela e chantilly, e banoffi para acompanhar...

Comi com muita satisfação. Como se eu tivesse fornecido ao meu organismo o exato tipo de combustível que ele havia me pedido e recebo de agradecimento um sorriso involuntário... Sorriso que brota nos lábios com a velocidade de um soluço e a mesma espontaneidade. Claro que não é porque começou o inverno que eu vou enfiar o pé na jaca, mas o desejo de comer calorias me mostrou que preciso adaptar a minha reeducação ao clima. Comer mais castanhas, sopas, chás...

Outra coisa que mostra que está na hora de me recolher é o endurecimento do meu corpo. Hora de parar, hibernar, lamber as feridas até cicatrizar... Neste ano vou respeitar o meu inverno... Custe o que custar...

Hoje também foi a primeira vez que a fisioterapia foi toda voltada para a coordenação motora fina... Rasgar papel, fazer linhas com caneta e régua, amassar com a ponta dos dedos... Quando tudo isso se tornou tão difícil para mim? Quando desenhar, escrever, pintar se tornaram dolorosos? Agora sei por que as pessoas que têm dificuldade motora torcem tanto o rosto. A dificuldade e a força necessárias para realizar pequenas tarefas manuais são tamanhas que todos os outros músculos, envolvidos ou não, tentam dar uma força... Senti o peso da fisioterapia de reabilitação propriamente dita...

Balanço do dia:

- **Conquista:** reconhecer os sinais...
- **Desafios:** me fazer entender...
- **Frase do dia:** "Adoro o inverno. Aquelas frases, altamente eruditas, pronunciadas no verão, mudam de tema. Ao invés de pessoas falarem 'Que calor, hein?', elas falam "Que frio, hein?" – Alcione Sortica. Infelizmente as estações do ano só são percebidas pela moda, pelo comércio ou pelas conversas de elevador. Não deveria ser assim.

263 / 102 dias

Hoje foi dia de terapia... Ela acha que eu bati a cabeça e surtei, e o pior é que eu também acho...

Nesta última semana o meu marido ficou com conjuntivite e ficou afastado do trabalho durante alguns dias por ordens médicas... Aproveitamos esses dias para arrumar e redecorar a nossa casa. Trocar coisas de lugar, acender velas, repaginar... isso nos faz tão bem! É como se voltássemos os olhos para nossa caverna e esquecêssemos o mundo lá fora. Nada e nem ninguém realmente nos importa além de nós... Família e amigos simplesmente deixam de existir... Médicos só não deixam de existir por obediência, apesar de que não vou ao acupunturista há duas semanas... Lojas de decoração tornam-se o nosso foco. Medimos, pensamos, procuramos, sonhamos, adaptamos, brigamos, rimos, nos reencontramos... Inverno, vinho, sopa, vela, silêncio, nos olhamos... Lençóis novos, frio intenso, travesseiros novos, entorpecimento alcoólico, nos conectamos... Estamos mais juntos do que nunca.

Por falar em lençóis novos... Quem diria que ia descobrir que não poderia mais viver sem lençóis novos, sem flores frescas, sem novas prateleiras, sem organizações de armários? Nem eu imaginava o poder que essas coisas exerciam sobre mim. Não no sentido do consumismo, mas no sentido do prazer que proporcionam. Não sempre, mas de vez em quando. Utilizando o famoso custo x benefício: um lençol, por exemplo, é bem mais barato que sessões de terapia e remédios, o que já é um benefício. O lençol novo invoca novos sonhos, outro benefício. Portanto não é luxo. Alguns dos prazeres obtidos: ir à loja, pesquisar, ver as opções, escolher o modelo, a cor, a estampa, comprar, sair da loja com a sacola grande, chegar em casa, abrir a embalagem... Ler a etiqueta de lavagem, sentir um friozinho no estômago do medo de manchar ou desbotar... Colocar na cama, desamassar com capricho, sentir o seu perfume... Deitar e se cobrir, fechar os olhos, sentir o frio e desconhecido tecido na pele, esperar a temperatura estabilizar, se entregar e dormir... Além dos sorrisos trocados, dos comentários positivos, da sensação de "poder se dar este luxo", apesar de eu ter provado que não é um luxo... No reflexo de bom humor do bom sono que dura dias... A segunda lavagem, o medo de manchar, o cuidado ao secar, o capricho de guardar... A escolha do lençol antigo para doar, para quem doar e como doar... Benefícios que se multiplicam... Vale a pena o investimento. Admitir que gosto das boas coisas da vida, que gosto de conforto, já é motivo para procurar um médico, principalmente em uma família cristã...

Este meu diário será entregue para cada pessoa que participou desta minha jornada, como um diário de bordo, um presente de agradecimento. Um ano dedicado a aprender e a renascer que gerará um relato sincero e visceral dedicado aos companheiros de viagem.

Desde que começou o inverno estou mais solta com a alimentação. Tenho comido mais calorias e me preocupado menos com isso. Cheguei à conclusão de que: não sou obesa, nunca vou ser magérrima, não pretendo ser garota fitness, sei me controlar nas próximas refeições para o estrago não ser tão grande, as roupas que eu gosto de usar estão caindo bem, eu gosto de comer coisas gostosas e nem sempre saudáveis, vai demorar mais para chegar ao peso que quero, mas que $#%$&*¨%$#! Vou comer o que eu tiver vontade às vezes! Chega de tanto sofrimento, chega de tanta culpa! Caso eu perca peso, ótimo, se não, eu tento da próxima vez... Claro que não quero engordar e não vou chutar o balde. O que preciso é encontrar meu equilíbrio... Adoro hambúrguer e batata frita, adoro sorvete, vou comer menos, mas nunca mais vou deixar de comer... Cansei de contar cada caloria, de demorar horas olhando o cardápio procurando algo meio saudável, meio gostoso... Cansei de tentar chegar ao padrão que a minha cabeça decidiu que é o ideal. O meu objetivo continua sendo emagrecer, mas se demorar um pouquinho mais e eu puder comer churros e queijo de vez em quando, eu aceito esperar...

Continuo sem fumar há mais de quinze dias. Tenho vontade de fumar, sim, principalmente quando vejo alguém fumando, ou seja, quase sempre, mas não quero fumar. O meu organismo não precisa do cigarro. Além disso, estou feliz em não cheirar cigarro ou Halls. Agora o meu perfume sobressai. Faço o meu marido feliz, faço os meus médicos felizes. Economizo. Posso usar uma bolsa menor. Não fico pensando onde vou poder fumar. Só tem vantagens não fumar. Sem drama!

Estas e outras conclusões nos levaram à única possibilidade de ter acontecido um acidente com danos na cabeça...

Balanço do dia:

- **Conquista:** mudei de ideia...
- **Desafios:** continuar mudando de ideia...
- **Frase do dia:** "Mude suas opiniões, mantenha seus princípios. Troque suas folhas, mantenha suas raízes." — Vitor Hugo. Novo lema da nossa casa, esta frase está eternizada na parede de entrada!

264 / 101 dias

Fiz as contas direito e estou há 27 dias sem fumar...

Andei dando algumas escorregadas alimentares. Curitiba também não ajuda em nada. Frio já dá mais fome, aí junta com o cinza do céu, ferrou tudo. Todos os dias tenho vontade de comer "gordices". Chocolate, massa, churrasco, hambúrguer, batata frita, vinho! Já estava bem acostumada e bem segura com a reeducação alimentar no verão, mas no inverno muda tudo. Ainda bem que na semana que vem vou voltar à nutricionista. Meu organismo anda pedindo mais alimentos quentes, um pouco mais de gordura, e ainda não sei como adaptar essas vontades a uma alimentação saudável. Estou com bastante medo de me pesar, não acho que engordei, mas também não emagreci... Meu tempo está se esgotando... Sei o que falei sobre estar mais tranquila quanto a esse assunto, e realmente estou, tanto que não desmarquei a consulta. Mas isso não quer dizer que eu não gostaria de ter emagrecido. Além disso, não tinha passado pelo inverno nesta minha jornada, preciso aprender a lidar com ele também. A etapa de alimentação saudável no inverno é completamente nova para mim.

Além do inverno, estou lidando com a retirada dos meus remédios psiquiátricos. Tomo remédios controlados há mais de vinte e um anos. Já passei pelo Topamax, Tegretol, Stylnox, Fluoxetina, Donaren, Apraz, Rivotril, Bup, Sertralina, Seroquel, Velija, Depakote... combinados, separados, em altas e baixas doses. Ontem parei de tomar o cloridrato de sertralina... Faz tanto tempo que não fico sem ansiolítico que nem me lembro de como eu era sem... Sempre tive medo de descobrir. Agora que só falta um, o Velija, esse medo começou a aumentar... Sinto que estou um pouco mais ansiosa, um pouco mais inquieta, mais disposta, mais criativa, mais ágil mentalmente... Tudo tão novo que quase chego a duvidar de mim.

Voltei a me preocupar em sair percorrendo a casa depois que a faxineira sai para colocar tudo no exato lugar que eu quero, e isso já tinha deixado de ser uma preocupação há muito tempo! Realmente não ligava mais para como estava a minha casa. Quer dizer, não é que eu não ligasse, é que eu tinha tantas outras coisas para me preocupar...

Trocamos a cortina da lavanderia! Ficou tão linda! Toda vez que passo por lá fico paquerando! Nela bules e xícaras dançam! Outra coisa que me deixou pasma foi o modo como tenho assumido certos papéis! Apesar da bronca que levei da atendente da lavanderia por levá-los no inverno, levei os tapetes e a cortina para lavar. Voltei também a fazer arrumações periódicas em armários e baús. Isso eu não acho que o meu marido tenha gostado muito, afinal é ele que faz tudo, eu só direciono...

Observei também uma mudança em relação à faxina semanal. Até algumas semanas atrás eu não me preocupava muito com o que deveria ser feito, até porque a minha faxineira sempre cuidou de tudo com tanto carinho e capricho que eu não precisava me preocupar. Isso também mudou. Agora fazemos rodízios e priorizamos um cômodo por semana. Ela está até conseguindo limpar os armários por dentro! Assim tudo fica limpinho sempre! Estou voltando a assumir alguns papéis que se perderam com a doença...

Sinto também que estou um pouco mais romântica e mais acessível para o meu marido. Não sei se é pela redução da medicação, mas neste diário só me cabe relatar o que estou sentindo...

Tomara que esta sensação só melhore com o passar do tempo e a desintoxicação completa do organismo. Afinal, sei que ainda tem muita sertralina agarrada nos meus neurotransmissores...

Balanço do dia:

• **Conquista:** a minha tia me disse que a estátua que era do meu avô já está nos correios, que emoção...

• **Desafios:** falta um remédio...

• **Frase do dia:** "Remédio é para o acidente, não para a essência." — Agostinho da Silva

266 / 099 dias

As duas estatuetas que eram do meu avô chegaram pelo correio hoje, uma de Dom Quixote e outra menor, do Sancho Pança. Elas ficavam no gabinete do meu avô, que era escritor. Foi ele que me inspirou e despertou o meu desejo de escrever. Quando criança, fui à noite de autógrafos de seu livro de poesias e inconscientemente decidi que era isso que eu queria para a minha vida. Quando escondida eu entrava no seu gabinete e olhava os livros e objetos de decoração, eu sonhava em ter um cantinho como aquele para mim. Hoje, além de ter um atelier, tenho duas estatuetas que faziam parte do seu gabinete. Que testemunharam o nascimento dos livros que ele escreveu. Fiquei muito feliz e emocionada. Agora, enquanto escrevo, elas me observam e zelam por minhas palavras... Pequena, os via na imponente estante do meu avô; adulta, elas abençoam o meu "gabinete"...

Comi mal de novo... Pizza de calabresa...

Balanço do dia:

- **Conquista:** as lembranças do meu avô...
- **Desafios:** parar de comer besteira...
- **Frases do dia:** "Não é o melhor que sobrevive. Nem o mais inteligente. Sobrevive quem melhor se adapta às mudanças." — Charles Darwin.

"Mude, mas comece devagar. A direção é mais importante que a velocidade." — Clarice Lispector

267 / 098 dias

Estou um pouco impressionada com algumas mudanças em mim nos últimos dias... Como eu disse antes, eu tomo remédios controlados há muitos anos, e nos últimos dez anos eu tomei cloridrato de sertralina todos os dias. Estes são os primeiros dias sem ela. Realmente eu não sei se tudo o que estou sentindo é por causa de sua retirada, afinal de contas ainda tomo o Velija, mas acho que alguns efeitos podem ser. Também pode ser o resultado de tanto tempo sem fumar... Em todo caso, estou vendo a vida mais colorida, os sabores mais fortes, os cheiros mais marcantes... Parece que estou vendo certas coisas pela primeira vez... O raciocínio está mais limpo, parece que arrumei o foco. Pensamentos mais claros... Junto com isso, mais sensibilidade à dor, à tristeza, à ofensa, ao sofrimento humano. Uma grande cortina de fumaça cobria os meus sentidos e parece que a cada dia ela vai se dissipando. Tornando tudo arrebatador. Estou me sentindo assustada, mas muito viva...

Foram tantos anos tomando remédio que para mim já estava normal sentir um pouco de tudo, de tudo um pouco. Agora os meus neurônios estão tendo que trabalhar por conta própria, reaprendendo a ver a vida. Quero que continuem se surpreendendo, se comovendo, se emocionando...

Balanço do dia:

- **Conquista:** estar me sentindo bem...
- **Desafios:** continuar assim...
- **Frase do dia:** "Tentar adquirir experiência com a teoria, é como tentar matar a fome apenas lendo o cardápio." — Jordan Mustache

268 / 097 dias

Dia de terapia, nutricionista e fisioterapia, ufa!!!

Eliminei apenas 200 gramas... mas tudo bem. Inverno, depressão, parei de fumar, estou parando de tomar psicotrópicos... Tantas mudanças envolvidas...

Até que não levei bronca, mas sei exatamente tudo em que errei. A nutricionista me ajudou bastante com receitas quentes, gostosas e ainda assim saudáveis.

A fisioterapia foi bem dolorida. Meus músculos e juntas ficam extremamente duras no inverno. Eu sei que já falei isso. Tirando a dor, o papo foi muito bom!

Na terapia, descobri que o que eu estou sentindo realmente pode ser pela retirada da sertralina. Segundo ela, como eu aprendi a prestar muita atenção ao meu corpo e a mínimas mudanças, posso estar mais atenta às alterações químicas do meu organismo. Estou feliz em estar mais ativa, mais presente, mais lúcida. Estou voltando a ser a Patrícia que eu conhecia, aquela da essência, claro que muito mais inteligente física e emocionalmente, mas a mesma vivacidade e mesmo gênio forte. Coitado do meu marido...

Balanço do dia:

- **Conquista:** não querer me matar por perder pouco peso...
- **Desafios:** superáveis...
- **Frase do dia:** "Com o tempo você vai percebendo que, para ser feliz, você precisa aprender a gostar de você e, principalmente, a gostar de quem gosta de você." — Mario Quintana

269 / 096 dias

Primeira grande dor sem sertralina... Como dói sofrer de amor! Não quero mais brincar de viver! Chorar de amor entope nariz, dá dor de cabeça, incha as pálpebras, arde os olhos... Dói o peito, aperta a alma, esmaga o coração...

Chorei muitas vezes nos últimos anos, por motivos e intensidades diversas, mas este nível de sofrimento, só me lembro de ter tido na juventude...

Sem sertralina fiquei nua frente à dor...

Balanço do dia:

- **Frase do dia:** "Todo mundo é capaz de dominar uma dor, menos quem a sente." — William Shakespeare

270 / 095 dias

Fiquei duas semanas sem ir à acupuntura. A minha desculpa foi o frio e a dor muscular, e preferi acreditar nela. Cheguei ao consultório, e como castigo tive três horas de acupuntura, ozônio, uma espécie de hemoterapia com ozônio e acido alfa lipoico! Entendi muito bem o recado, Doutor...

De lá fomos à casa de um casal de amigos para outra noite de queijos e vinhos! A nutricionista que não me escute!

Balanço do dia:

- **Conquista:** voltar para a acupuntura...
- **Desafios:** aguentar a dor das agulhas na orelha...
- **Frase do dia:** ...

272 / 093 dias

Hoje estou bem triste...

Estava com muita esperança nos tratamentos de ontem, mas não sinto qualquer melhora. Com a ansiedade sinto até que estou mais cansada e mais travada...

Além disso, não me recuperei da última briga...
A sertralina faz muita falta nesta hora!

Balanço do dia:

- **Conquista:** escolher continuar...
- **Desafios:** convencer-se de que é a decisão certa...

277 / 088 dias

Semana muito difícil...

Fisicamente muita dor, muitos espasmos, muito frio nas pernas, muita luta para querer acordar... Vontade de chorar constante... Vontade de sumir...

Minha primeira recaída do ano... Será a falta da sertralina? Será que realmente não consigo viver sem ela? Será o inverno? Será que é por toda a limitação que ele me trouxe? Será a eterna piora e melhora da esclerose que é tão enlouquecedora? Será que quando levantar daqui, levando em consideração temperatura, posição das pernas, velocidade sanguínea, nível de oxigênio celular, o último pensamento positivo ou negativo, o golpe de vento inesperado ou o bater de asas de uma abelha no Himalaia, vou conseguir dar passos ou me arrastarei até o quarto? Será que devo ir à pedicure mesmo correndo o risco de chutar o seu rosto ou ter um bife arrancado depois de um espasmo? Será que o percurso até o carro demorará cinco ou quinze minutos?

Pensei que tanto tempo de meditação e tantos novos conhecimentos fossem me deixar mais blindada destes sofrimentos "pequenos" ou "banais", mas não, sofro tanto ou mais do que antes. Vejo como sou impotente frente ao tamanho do estrago que o meu organismo causou a ele mesmo. Vejo que eu posso controlar a minha cabeça na meditação, mas estou longe de conseguir manter a mesma frequência superior ao ter que ligar para o marido para voltar pra casa e me ajudar a levantar do vaso sanitário depois de quase desmaiar em um banho frio de cinco minutos... Vejo que perco o humor com a mesma facilidade com que meu corpo decide reagir com violência a um toque ou um carinho através de um violento espasmo... Vejo como tenho cólicas ao passar pela pia com louça que meu marido exausto e apressado teve que deixar para não chegar atrasado ao trabalho, e não conseguir lavar um copo... Vejo o corpo pesando mais a cada centímetro que a minha alma evolui de maneira exponencial.

Hoje comi cinco cuecas viradas e vou comer chocolate 60% cacau. Sim, estou descontando a minha tristeza na comida. O bom ou o ruim é que meu corpo não aceita mais isso. Ontem comi um pouco de feijoada e quase morri de tanto passar mal... Meu corpo que pare de querer mandar na minha alimentação agora... Afinal a parte evoluída é o cérebro, e é ele que ficará feliz com sorvete, o corpo que segure um pouco as pontas...

Estou frustrada com os tratamentos "loucos" do médico. Pensei que fossem funcionar milagrosamente. Sei que só foi a primeira sessão, mas esperava um milagre... Culpada por me sentir culpada por estar culpada...

Uma coisa foi maravilhosa, não posso negar. O passeio com o meu marido no shopping, tomando café, rindo, brincando e visitando as lojas mais caras do shopping para procurar um vestido de noiva casual para um possível casamento no civil, foi inesquecível...

Balanço do dia:

- **Frase do dia:** "Puta que o pariu!" — ditado popular. Por que o bom é tão bom e o ruim é tão ruim sem sertralina...?

281 / 084 dias

Durante a acupuntura fiz muitas reclamações para o médico. Falei sobre a minha hipersensibilidade: sobre como o que diferencia um toque quente de um apertão é a minha interpretação, pois os dois "doem" na mesma intensidade; sobre como tudo tem diferentes texturas e temperaturas; como um lençol de algodão é completamente diferente de um lençol de percal... Fazia tanto tempo que não sentia as coisas... Para mim tudo se resumia a duro, mole ou proibido (tudo o que pode quebrar, incluindo recém-nascidos); a frio, quente ou proibido (coisas que não sei a temperatura, pois posso ter um espasmo ao encostar em algo muito quente ou muito frio e acabar derrubando); a pesado, leve ou "por sua conta e risco" (como quando como pipoca e em noventa por cento das vezes chego com a mão vazia na boca, ou quando vou usar o algodão e ele acaba no chão com o produto virado para baixo). Agora não, existem infinitas categorias e combinações, áspero, úmido, sedoso, macio, morno, e tantas outras que voltaram a fazer parte do meu dicionário... Só hoje consigo enxergar a extensão de uma das minhas primeiras sequelas, a parestesia de mãos. Parestesias são "sensações cutâneas subjetivas (ex.: frio, calor, formigamento, pressão etc.) que são vivenciadas espontaneamente na ausência de estimulação. Podem ocorrer caso algum nervo sensorial seja afetado, seja por contato ou pelo rompimento das terminações nervosas." (Wikipédia, https://pt.wikipedia.org/wiki/Parestesia). Com o tempo esta sequela se incorporou a mim de uma maneira que se tornou comum. Não era mais nem motivo de reclamação para os médicos. Esqueci como eram as sensações do tato, as suas possibilidades... Acostumei-me a não sentir e achava que isso era normal...

Estou voltando a sentir, e, como o médico me explicou, quando você volta de uma anestesia, o corpo leva um tempo até reconhecer e catalogar novamente todos os impulsos, e isso pode levar um período de adaptação...

Estou me sentindo como uma criança. Ontem mesmo senti novamente a sensação de estourar as bolhinhas de ar de um plástico-bolha! Isso deveria ser tratado como uma forma de terapia! Como é bom! Também consegui recolher a roupa do varal na certeza de que ela estava seca, e quantas vezes minha mãe chegou e achou roupa úmida pendurada dentro do armário! Além de tudo isso, relembrei de como é bom fazer carinho, como é bom tocar e ser tocada... Estou me sentindo em dívida com a vida. Já me vi reclamando sobre a necessidade dos outros de contato físico. Eu mal sabia que o problema estava comigo...

Parece que quanto mais curada eu fico mais entendo a minha doença...

Balanço do dia:

• **Conquista:** voltar a fazer carinho no peito do meu marido com o prazer de sentir cada célula...

• **Desafios:** reabilitar a função do tato totalmente...

• **Frase do dia:** "O tato é a percepção do mundo através da pele." — Autor desconhecido

282 / 083 dias

Realmente, tudo é diferente agora. Ainda não sei se é a retirada da sertralina, a acupuntura, a hemoterapia, o iodo, o ômega III, a dieta com menos glúten, o ácido lipoico, a fisioterapia, a terapia, a eliminação do tabaco, a perda de peso, as regressões, as meditações, o inverno, a falta de chuva... Só sei que estou voltando a sentir o mundo, e isso é maravilhoso. Maravilhoso e um pouco assustador, mas com certeza necessário. Parece que a vida está começando a me mostrar o tamanho de sua beleza, e eu estou ficando completamente apaixonada...

Balanço do dia:

• **Conquista:** querer viver com todas as forças...

• **Desafios:** olhar para o quão doente eu estava...

• **Frase do dia:** "A boa saúde é mais agradável àqueles que retornaram de grave doença do que àqueles que nunca tiveram o corpo doente." — Cícero, estadista, orador e filósofo romano.

283 / 082 dias

Ficar saudável é muito difícil.

Balanço do dia:

• **Conquista:** quase entrei em um vestido tamanho 44 de uma loja chique. Faltou pouco para fechar o zíper...

• **Desafios:** ainda falta muito para o zíper fechar e ainda sobrar espaço para respirar...

• **Frase do dia:** ...

285 / 080 dias

Estou fisicamente mais debilitada. Acho que desta vez o organismo sentiu todas as intervenções...

Estou muito triste também por não ter perdido nem um grama de peso... Acabei me pesando lá na balança do médico... Não engordei também, mas esta situação é muito perigosa e desconfortável...

Comecei a fazer exercícios várias vezes ao dia, quando ninguém está vendo...

Balanço do dia:

• **Conquista:** faz tanto tempo que parei de fumar que hoje em dia não sinto nem vontade...

• **Desafios:** todos...

• **Frase do dia:** "Certos dramas não valem a cena." — J. Castro.

286 / 079 dias

Hoje comecei a pintar com a mão esquerda. Como a mão direita não está podendo se gabar na agilidade, firmeza e coordenação, resolvi promover uma "competição" saudável entre as duas mãos... Elas estão começando a competição com certa igualdade, apesar de a mão direita ter maior memória do movimento... A mão esquerda está indo muito bem. Apesar do mau jeito, quase não saí da margem...

Balanço do dia:

- **Conquista:** fomos jantar no shopping, e ao invés de um prato de macarrão com queijo cheio de calorias, optamos por uma porção de alcatra com cebola, ou seja, proteína... menos calórico.
- **Desafios:** muitos...
- **Frase do dia:** "Com calma e com alma." Autor desconhecido.

287 / 078 dias

Hoje comecei a reler este meu diário. Como disse algumas vezes, quanto mais perto eu chego do fim, mais eu penso no começo. Acho que estou bem equilibrada e madura para relembrar e analisar toda esta minha jornada até aqui.

Confesso que me achei muito dramática em alguns momentos, chegando quase a ser patética, mas na maior parte do tempo achei que fui sensata e corajosa. Muita coisa já tinha esquecido... Coisas que eu achava que já estavam superaprendidas e internalizadas foram esquecidas no caminho. Escrever sobre tudo me deu um precioso e poderoso elemento de estudo e consulta. Talvez tenha que reler sempre...

Mais perto do fim farei uma análise mais profunda sobre este meu ano. Com curiosidades sobre algumas coincidências de estações do ano, comportamentos e conexões astrais. É impressionante o que conseguirei aprender sobre mim mesma de posse deste diário. Será como um verdadeiro "Santo Graal", não tenho a menor dúvida. Só sei dizer que estou muito orgulhosa de mim e das minhas posturas frente aos desafios da vida.

Balanço do dia:

- **Conquista:** me dar orgulho...
- **Desafios:** hoje não quero pensar neles...
- **Frase do dia:** "Aprender a se colocar em primeiro lugar não é egoísmo, nem orgulho. É amor-próprio." — Charles Chaplin

291 / 074 dias

Demorei alguns dias para escrever, por ter passado dois dias praticamente de cama. O inverno é muito cruel comigo... Enrijece todas as minhas juntas e músculos a ponto de me deixar com muita dor. Também não estou conseguindo pintar, cortar a comida e quase não tenho força para segurar o talher durante a refeição... Um retrocesso muito duro de engolir...

Quanto à alimentação, tudo certo. Meu marido está cozinhando mais em casa e me oferecendo saudáveis e deliciosas refeições...

Quanto à meditação, estou muito feliz. Cada vez mais eu consigo mergulhar em mim mesma e encontrar a paz com mais intensidade e facilidade...

Balanço do dia:

- **Conquista:** ainda estar otimista e pensar que vai passar...
- **Desafios:** até quando?
- **Frase do dia:** "Se o inverno chegou, a primavera não estará distante." — Percy Bysshe Shelley

292 / 073 dias

Como agradecer e retribuir tanto amor e devoção de maneira justa?

Este é um problema que me aflige bastante...

Meu marido faz tudo para mim e por mim. É como se ele morasse sozinho, pois eu não posso ajudar em quase nada. Até repor o papel higiênico é ele quem tem de fazer... A louça que ele deixa na pia, fica na pia até ele voltar e lavar... Tudo fica onde deixamos. É como morar com um companheiro muito folgado, que não pega uma água na cozinha sozinho. Pior é que toda vez que você estiver de saco cheio vai lembrar que ele é doente, não pode te ajudar e ainda te "impede" de reclamar (afinal, não é culpa dele...).

Frustração? Meu marido nunca! Ao invés disso, amor e compreensão, selados com um "selinho" carinhoso... Eu fico com raiva só de pensar nesta situação, e ele, ao invés disso... me ama...

Como posso corresponder a este enorme amor se mal posso me movimentar? Sei que só palavras às vezes podem não parecer ser o bastante, mas é tudo o que de mais puro e precioso eu posso te dar. Elas não foram infectadas pela esclerose. Para todo o resto, inclusive comprar um cartão, eu preciso da sua ajuda... Desde me trocar, me levar, me empurrar, me ajudar a escolher (afinal as prateleiras nunca estão ao meu alcance), me trazer, e se surpreender ao receber... Nada mais poderia te dar além da minha completa recuperação e a retribuição pelo resto da vida de tudo o que faz para mim. Mas nem mesmo isso eu posso te dar... A minha recuperação física é lenta, imensurável e talvez nunca aconteça...

Então volto a me perguntar: "Como agradecer e retribuir tanto amor e devoção de maneira justa?"

Esta pergunta martela todos os dias a minha cabeça... É justo reclamar mais? É justo pedir mais? É justo exigir mais? A resposta que te trago hoje é: Talvez não seja, mas não tenho opção. Dedico a minha vida a você... Todos os meus carinhos são seus... Todos os meus beijos são seus... Todos os meus esforços físicos e emocionais são para melhorar para você... Cada dia que abro os olhos e decido levantar é para te fazer feliz... Só espero que isso baste...

Balanço do dia:

- **Conquista:** pela primeira vez me senti digna desse amor...
- **Desafios:** não esmorecer...

293 / 072 dias

Depois de um dia muito difícil, tive um almoço de aniversário do meu pai. Lá encontrei a minha irmã e a minha sobrinha, além de muitos outros convidados. Mas enquanto a minha sobrinha estava no meu colo e eu conversava com a minha irmã, aprendi mais algumas lições: que todos têm a ensinar, que todos têm a aprender e que todos têm o próprio percurso a percorrer...

Entre tantas conversas, destaco uma. Contei para ela sobre este diário, e, num comentário meio sem querer, ela falou: — Você sabe o que vai encontrar no final deste diário, não é? — Eu, convicta, falei que não, e ela respondeu com sabedoria: — Você!

Até agora, enquanto escrevo, sinto que o ar me escapa. O coração acelera. Será que eu estarei no final deste caminho? Será que finalmente, depois de tantos anos, irei realmente me reencontrar? Para a minha irmã não há dúvida nenhuma...

Balanço do dia:

- **Conquista:** até que não comi muito...
- **Desafios:** ...mas repeti a sobremesa.
- **Frase do dia:** "Acordar para quem você é requer desapego de quem você imagina ser." — Alan Watts

294 / 071 dias

Hoje eu ouvi uma entrevista com um dos escritores do livro best-seller *Sapiens — Uma Breve História da Humanidade*, de Yuval Noah Harari. Ouvi coisas que eu já imaginava e outras que eu nem supunha.

Morrem mais pessoas de obesidade e diabetes no mundo do que de fome. Os terroristas matam muito menos do que as cidades. Estamos nos tornando obsoletos e descartáveis. A humanidade realmente está em perigo de extinção... Ele não falou de uma previsão, de uma estimativa, ele falou de fatos que se confirmarão entre 50 e 100 anos. Meus sobrinhos ainda estarão por aqui. Eu talvez ainda esteja por aqui...

Balanço do dia:

Um minuto de silêncio pela humanidade...

- **Conquista:** ...
- **Desafios:** ...
- **Frase do dia:** ...

295 / 070 dias

Meu momento. Isso é que se tornou este diário para mim. Meu momento. Depois de dar uma olhada nos sites de notícias. Depois de dar uma navegada na internet. Depois de ouvir minhas músicas preferidas. Depois de pintar a página do livro de colorir um pouco com a mão esquerda e um pouco com a mão direita, conforme ordens da fisioterapeuta. Depois de uma sessão curta e dolorosa de alongamento. Silêncio. Relaxamento. Conforto físico. Concentração. Meditação curta e às vezes longa. Paraíso ao alcance de algumas respirações. Fruto de persistência e fé. Paraíso da alma e do corpo... Retorno mais perspicaz. Retorno mais alerta. Raciocínio zerado. Sem pensamentos esperando na fila. Sem expectativas e sem regras. Volto meus olhos para a tela do computador e escrevo sobre o meu dia... por último saboreio uma deliciosa e suculenta maçã...

Balanço do dia:

- **Conquista:** manter esta rotina sempre que eu quiser...
- **Desafios:** enganar a preguiça...
- **Frase do dia:** "Você se lembra de quem você era antes do mundo te dizer como você deveria ser?" — Autor desconhecido. Talvez eu tenha essa oportunidade...

297 / 068 dias

Caso alguém algum dia me pergunte como eu consegui chegar até aqui, vou dizer que foi prestando mais atenção às pequenas escolhas do dia, todos os dias...

Pequenas escolhas, como o que comer no café da manhã: pastel de queijo, sim, eu adoro pastel de queijo frio no café da manhã, ou banana com aveia; até as grandes escolhas, como a que me fez parar de fumar ou a que me fez encarar este projeto do diário. Todas as escolhas contaram para o sucesso deste meu ano. Sei que ele ainda não acabou, sei que posso não alcançar os objetivos, mas também sei que colherei os frutos deste ano para sempre e poderei me orgulhar mesmo com a possibilidade de "fracasso"...

Todo dia uma escolha. Todo dia uma difícil escolha. Foi assim com o cigarro. Desde que parei de fumar, alguns cigarros sempre estiverem ao meu alcance, era só uma questão de acender. Todas as vezes eu tive que decidir não acender. Não fica mais fácil. A convicção quanto à decisão de não acender fica cada dia mais forte. Consequentemente eu perco menos tempo com as argumentações prós e contras sobre fumar... Sim, argumentações, pois as discussões na minha cabeça entre o meu eu e eu mesma continuam ferrenhas... Perdendo menos tempo na discussão, a decisão de não fumar começa a passar despercebida e vira um hábito.

O mesmo com o "comer saudável". Estou mudando o meu paladar e o meu organismo. Parece bobagem ou soberba, mas alguns sorvetes eu já não estou gostando de consumir por serem muito doces, ou por não serem tão gostosos. Alguns chocolates são muitos gordurosos, outros não têm gosto de nada... Como o preço dos melhores e mais gostosos é maior, a quantidade será menor e a possibilidade de um exagero será pequena. Opto por não comer o que não acho realmente gostoso, e ganho ao comer menor quantidade do que gosto. Apenas com escolhas diárias. Mas eu afirmo, não dá para se distrair nem um minuto: os velhos hábitos estão esperando uma única bobeada para retomarem o poder.

Observação: você pode dizer que é mais fácil para eu escolher não comer porque eu não posso sair para comprar, mas vou dizer uma coisa. Meu marido arranja o que eu quiser comer na hora que me der vontade alguns segundos após eu manifestar essa vontade... Quer coisa melhor? Você pensar no que quer comer e em alguns segundos essa coisa se materializar na sua frente?! Sem fazer nenhum movimento significativo, no máximo ajeitar o cobertor ou trocar de canal... Imagina as possibilidades! Mas eu, firme e forte, decidi milhares de vezes, algumas mais fáceis, outras nas quais as mãos tiveram que tapar a boca, mas na grande maioria das vezes decidi não comer o que pudesse me engordar...

Outro benefício de as escolhas diárias serem na maior parte saudáveis ocorre a médio prazo. Depois de seis ou sete dias fazendo escolhas saudáveis, posso comer algo de que eu realmente esteja com vontade, independentemente das calorias. Quer coisa mais gostosa do que eu poder ter vontade de comer um pedaço de bolo de morango com nata acompanhado de um cappuccino grande com canela e me deliciar sem culpa? Poucas coisas no mundo são mais prazerosas do que sentir vontade de comer, e comer sem culpa...

O último benefício é o de longo prazo. Perder peso, é claro. Menos ingestão de calorias implica possibilidade grande de ocorrer perda de peso!

Tudo isso só é possível porque na maioria das vezes eu digo não ao alimento que não me traz benefício físico. O bom é que com o tempo essas escolhas também se tornarão hábito, deixando as escolhas automáticas, eu espero...

Outro exemplo de escolha. Na clínica da minha psicóloga tem um lance de escadas que leva à sala dela no primeiro andar. Desde o primeiro dia, há mais de três anos, fizemos um acordo de que no dia em que eu não estivesse bem o suficiente para encarar a escada, ela me atenderia no térreo. Todo dia de consulta tenho que decidir se vou ou não vou subir naquele dia. Teve dias em que o meu marido ia atrás de mim, erguendo uma perna por vez; teve dias em que eu subi sem muito esforço; teve dias em que duvidei de que chegaria na metade da escada; teve dias em que eu levei mais de dez minutos para subir... A verdade é que até hoje ela não me atendeu um dia sequer no térreo...

Balanço do dia:

- **Conquista:** continuar tomando boas decisões...
- **Desafios:** continuar tomando boas decisões...
- **Frase do dia:** "Viver é isto: ficar se equilibrando, o tempo todo, entre escolhas e consequências." — Jean-Paul Sartre

299 / 066 dias

Hoje foi um dia especialmente difícil... Fisioterapia é um exercício constante de humildade e de paciência... Todos os dias... Mas às vezes esse exercício exige demais e o emocional não dá conta... Estou muito cansada fisicamente. O meu corpo realmente está dando o seu máximo. Será que quando éramos crianças e começamos a andar e a pular e a correr, sofremos tanto quanto o que eu estou sofrendo agora para reaprender?

Tento me manter otimista, mas infelizmente o meu corpo não ajuda... Penso que seria lógico que, quanto mais de um movimento fizéssemos, mais fácil seria repeti-lo a cada dia. Infelizmente não. Meu corpo não funciona assim. Depois de uma sequência de dois ou três dias bons, com avanços expressivos, volto praticamente à estaca zero, e pior: qualquer coisa pode influenciar essa mudança, mas nenhuma pode ser controlada por mim! Como uma tomada com mau contato. Do nada ela e o conector perdem o contato, e desliga. Como também do nada pode dar uma brisa e refazer o contato, deixando ligado por dias seguidos...

Uma alteração de temperatura interna ou externa pode estragar todo o trabalho de um mês. Claro que, quando tudo está funcionando bem, eu me movimento mais facilmente, por estar com os músculos um pouco mais fortalecidos, mas às vezes isso não basta. Às vezes esse não é um motivo relevante o bastante. Hoje foi um dia no qual todos os meus avanços desapareceram com o vento... Quase não consegui tirar os pés do chão! Qualquer movimento pareceu impossível... Estava fazendo um exercício para a cintura que na expectativa era para eu estar parecendo a Gretchen, mas na realidade estava mais para um tronco em um terremoto... Um esforço físico e mental desumano só para tentar mexer um único músculo... Tão frustrante... Sei que não é só para mim que é frustrante, e isso dói mais ainda...

Balanço do dia:

- **Conquista:** hoje eu não desisti...
- **Desafios:** continuar não desistindo...
- **Frases do dia:** "206 ossos, 650 músculos, mais de 50 bilhões de células... Levantar tudo isso da cama de uma vez só é muito complicado." — Autor desconhecido.

"O único lugar onde "sucesso" vem antes do "trabalho" é no dicionário." — Albert Einstein

300 / 065 dias

Mais um belo aprendizado hoje... Estava acabando de escrever ontem e meu marido entrou no atelier. Eu estava bem triste e me sentindo muito derrotada. Ele me questionou sobre o que eu havia acabado de escrever sobre a fisioterapia. Disse que não tinha sido isso o que ele havia lido que ele tinha visto ontem, e saiu para trabalhar. Hoje eu retomei a conversa e ele disse que me viu fazer exercícios mais difíceis. Disse também que eu fiz mais exercícios do que de costume, e que, apesar de não saírem tão perfeitos, já teve dias piores. Eu deveria estar feliz, e ele estava orgulhoso... Uma visão completamente diferente da minha frente a uma mesma situação. Poxa vida... Acho que eu estava olhando pelo avesso a situação... Como é bom ter uma segunda opinião sobre as coisas... Principalmente quando ela é melhor do que a sua...

Perguntaram para mim se eu não tenho medo de divulgar este diário no futuro. Afinal de contas, estarei deixando impressas opiniões e vivências que podem estar totalmente erradas, e eu só descobrir tarde demais para corrigir. Parei para pensar sobre isso. Cheguei a uma primeira conclusão: com certeza, um dia após eu terminar este diário, vou aprender alguma coisa, ou mudar de ideia sobre algo que escrevi. Portanto, um dia após eu terminá-lo, já poderei ter-me arrependido do que escrevi.

O que me tranquiliza é que este diário não eterniza quem eu sou, só eterniza quem eu fui neste ano específico. Tudo o que senti, pensei, sofri foi escrito como uma fotografia. Transmitiu o que acontecia comigo em tempo real. Penso que seria a mesma sensação de quando fazemos uma péssima escolha de corte de cabelo e passamos meses sem tirar fotos, e as poucas que tiramos, fazemos questão de dizer que ainda bem que cabelo cresce.

Este livro pode ficar no fundo da estante, e quando alguém me questionar sobre ele, vou poder dizer que eu era jovem demais e o quanto é bom envelhecer e mudar de ideia... Sem maiores sofrimentos... Pelo menos é isso que eu espero sentir...

Balanço do dia:

- **Conquista:** descobrir que tudo tem pelo menos dois pontos de vista...
- **Desafios:** variar os pontos de vista...
- **Frase do dia:** "Tudo passa, tudo sempre passará." — Lulu Santos

303 / 062 dias

Dia de nutricionista... A boa notícia é que estou emagrecendo continuamente. A má notícia é que ainda não me livrei do peso que recuperei nas férias...

Dados

Data	Peso kg	IMC kg/m2	Cintura cm	Abdome cm	Quadril cm	% GC
28.06.2017	86,3	28,5	73	93	113	31,9
01.08.2017	85,7	28,3	73	89	110	31,2

Estou bem decepcionada, para falar a verdade, apesar de não ter feito por merecer perder mais peso... Tenho que dar um jeito de aumentar o meu gasto calórico, e ainda não consegui resolver esse problema... A fisioterapia e os poucos exercícios diários não estão dando conta do recado...

Apesar disso, já eliminei quase seis quilos, 50% do meu objetivo inicial de 12 quilos, em 83,33% do tempo... Nossa, quando faço as contas fico ainda mais decepcionada...

Balanço do dia:

- **Conquista:** eliminar 600 gramas...
- **Desafios:** faltam 6,1 quilos em dois meses...
- **Frase do dia:** "As horas mais tristes da vida são aquelas em que duvidamos de nós próprios." — Henry Ward Beecher

304 / 061 dias

Hoje passei um dia bem triste. Triste por mim... Triste pelo meu marido (que está com uveíte novamente)... Triste pelo meu cachorro... Triste pelo mundo... Não consegui chorar... Quando sinto esta tristeza de alma eu não choro...

Meu corpo desistiu de ser otimista...

Gostaria de registrar duas coisas hoje. A primeira é que hoje eu prestei atenção a mais um aspecto da minha vida. Pouquíssimas pessoas têm acesso à nossa casa, e menos ainda à nossa vida. Meu marido, talvez por ser homem, não tem a necessidade de falar sobre tudo o que passamos todos esses anos. Talvez por ser mulher, eu precise falar sobre o que passei para conseguir respirar... Tenho com quem falar, mas são profissionais... Por mais que gostem de mim e que a nossa relação seja maior do que só médico/paciente, é diferente...

A segunda é que hoje eu descobri qual a "vantagem" de tentar se aproximar da sua essência, evoluir, ou seja, o porquê de toda esta viagem. Além disso, colhi pela primeira vez conscientemente os frutos de anos de terapia. Soube que a meditação cura. Estava em uma tristeza de dar dó. Sabia que não podia ser só por causa do peso. Afinal de contas, continuo emagrecendo. O problema era outro, vinha de dentro. Um desalento que secou minhas lágrimas... Que apertou o meu peito... Que me tirou o ar...

À noite, depois da meditação, a verdade surgiu como um flash que cega por alguns instantes. Chorei como uma criança... As lágrimas surgiram como numa tromba d'água... Senti o tamanho da dor que tentava se esconder dentro de mim... Avassaladora... Dilacerante... Depois de alguns minutos olhei, reconheci e limpei a ferida... Com dificuldade coloquei um curativo... Respirei profundamente... Soltei o ar lentamente... Abri os olhos... A dor havia passado... Sorri com o coração... Sorri com a alma... Toda a minha vida, toda esta jornada, todas as minhas cicatrizes, todas as minhas experiências serviram, não para eu não sofrer, mas sim para que este sofrimento seja mais rapidamente reconhecido, nominado e curado... Não deixa de doer, mas dói por menos tempo... Com toda a certeza da minha alma digo: valeu a pena.

O que eu descobri foi uma coisa que eu havia passado, mas não vivido, e que foi disparada na minha cara e na cara do meu marido como um soco do Mike Tyson. Ele aguentou e se manteve em pé. Eu fui parar na lona. Nós fomos a uma associação de esclerose múltipla, fizemos um cadastro e tivemos que nos apresentar em uma reunião. Contar para pessoas que podiam nos entender sobre a nossa vida nos últimos anos foi assustador... Comparar a nossa vida com a de outros pacientes e ver que eu era uma das pessoas mais novas e em pior estado naquela sala foi inquietante. Contar sobre as minhas tentativas de suicídio, sobre todo o desenvolvimento da minha doença, que fugiu completamente de um desenvolvimento comum, e para a pior direção, foi devastador... Tudo o que podia acontecer de pior em relação à esclerose múltipla aconteceu comigo... Tudo o que de pior passou na cabeça daquelas outras esclerosadas e que não aconteceu com elas, aconteceu comigo... Havia me tornado a personificação de tudo o que eu não gostaria de ver em uma associação de esclerosados na época em que fui diagnosticada. A doença em 10 anos me levou a uma invalidez. Motivo pelo qual nunca busquei este tipo de ajuda... Tinha medo, no início do diagnóstico, de ver alguém na minha situação atual e pensar que poderia ser eu dali a alguns anos. A nossa vida realmente foi muito difícil. Uma tragédia para outras pessoas na mesma situação. Tornar público tornou consciente o tamanho e a feiura do monstro que enfrentamos nestes últimos anos. Ao meditar, consegui tornar a dor consciente. Pude reconhecê-la e nominá-la. Como ela se materializou, pude argumentar com ela e dizer em voz alta: — Quanto maior e mais feio o monstro, mais corajosos e mais incríveis precisam ser os mocinhos. Portanto, somos muito "fodas". A dor concordou, se convenceu e se calou. Em seu lugar, um orgulho quase cínico. Sobrevivemos. Temos uma maravilhosa história para contar...

Balanço do dia:

- **Conquista:** mais lições de vida...
- **Desafios:** dormir com um barulho desses...
- **Frase do dia:** "Aquilo que nos fere é aquilo que nos cura. A vida tem sido muito dura comigo, mas ao mesmo tempo tem me ensinado muita coisa." — Caio Fernando Abreu

305 / 060 dias

O dia de hoje foi de ressaca. Dormi bastante. Fiquei dolorida. Fiquei com os olhos inchados... Tive que me recolher e trocar os curativos...

Dia de colo. Dia de abraço. Dia de manha.

Balanço do dia:

- **Conquista:** respeitar o meu momento...
- **Desafios:** não os quero hoje...
- **Frase do dia:** ...

306 / 059 dias

Sabedoria: correta visão da realidade. Amor: um sentimento profundo de desejar a felicidade do outro, independentemente de com quem, onde, como ou quando.

Isso diz o budismo. Achei o meu lugar.

Consciência, consciência, consciência.

Como eu soube que o budismo é o meu lugar? Quando, ao assistir a uma entrevista com o Monge Lama Michel, eu fiquei sem argumentos. Assisti cinco vezes seguidas. Sem questionar. Sem duvidar.

Balanço do dia:

• **Conquista:** primeira conquista real: encontrar e desenvolver o meu relacionamento com a vida; primeiro item conquistado e em pleno funcionamento.

• **Desafios:** o tempo está acabando...

• **Frases do dia:** "A vida é um eco. Se você não está gostando do que está recebendo, preste atenção ao que está emitindo." — Buda

"Perguntaram a Buda: O que você ganhou com a meditação? Ele respondeu: — Nada, mas deixe-me dizer o que eu perdi: ansiedade, raiva, depressão, insegurança e o medo."

"Se a sua compaixão não inclui você, ela é incompleta." — Buda "A dor é inevitável, o sofrimento é opcional." — Buda

307 / 058 dias

Os dias continuam bem difíceis... Algumas situações ainda são muito complicadas de eu lidar... Mesmo com toda a evolução pessoal... Mesmo com toda a meditação...

Briguei com quem não devia...

Faltam menos de dois meses...

Esta foi a última semana do remédio controlado Velija. Então posso dizer que eu consegui mais um grande feito neste ano. No mesmo nível de dificuldade que foi parar de fumar...

Ganhei de presente uns 40 bombons e estou em dúvida. Não sobre se devo ou não devo comer, até porque eu vou comer. A dúvida é se é melhor comer tudo em um dia só ou se é melhor comer um por dia e ficar desafiando a tentação. Talvez deva perguntar para a minha nutricionista... talvez não.

Balanço do dia:

- **Conquista:** reconhecer que tenho um longo caminho a percorrer...
- **Desafios:** parar de comer...
- **Frase do dia:** "No fim dá certo, se não deu certo é porque ainda não chegou ao fim." — Fernando Sabino

309 / 056 dias

Fui tomada por uma ansiedade ímpar. Comi *fast food* e ataquei chocolate.

Acabei comendo todos os bombons no mesmo dia e não tive nem tempo de responder como seria melhor comê-los... Compulsiva, sem sentir o gosto, sem prazer, sem prestar atenção...

Todos os fantasmas apareceram de uma vez só. A raiva de mim mesma, a culpa, a tristeza, a sensação de fracasso, a ansiedade histérica da bulimia, o buraco no peito. Resultado: primeira crise de ansiedade sem remédios... Acordei à uma e meia da manhã, suada, com taquicardia e um buraco na alma. Minha velha conhecida, com toda a pompa, estava vindo me visitar... Motivos conscientes e inconscientes me fizeram perder o controle alimentar e a experimentar os primeiros indícios da minha compulsão alimentar... Decidida a não tomar remédio, eu tentei respirar, meditar, jogar joguinhos eletrônicos no celular, assistir televisão, comer mais bombons... Lá por quatro e meia da manhã consegui pegar no sono novamente...

Este com certeza será tema de terapia...

Estou com tanto medo de falhar...

Será que o pior ainda está por vir?

Será que devo continuar lutando para ficar sem remédio?

Será que vale a pena?

Voltou a esfriar e as dores voltaram a me acompanhar... Como se já não estivesse difícil o suficiente...

Balanço do dia:

- **Conquista:** controlar a ansiedade sem remédio...

- **Desafios:** parar de comer descontroladamente... Hoje a fisioterapeuta me deu parabéns pelas minhas vitórias e minha maturidade frente às tempestades da vida... Infelizmente os retirou após saber dos bombons... kkkk.
- **Frase do dia:** "Vai, e se der medo, vai com medo mesmo." — dito popular. Fácil falar...

311 / 054 dias

Hoje foi dia de terapia. Dia de fazer um *"pit stop"* para avaliar os danos, corrigir os erros e reabastecer.

Contei sobre tudo o que aconteceu, desesperada por ter voltado à estaca zero, por ter sucumbido à minha ansiedade, às minhas compulsões. Com um sentimento de fracasso que me deixou a ponto de desistir de tudo. Com uma sensação de que, não importa o que eu faça, sempre vou sucumbir às tentações, vou comer até explodir...

Novamente ela me acalmou e me trouxe de volta à razão. Aprendi que lapsos acontecem e que não significam recaídas. Aprendi que os meus antigos hábitos continuam muito superficiais. O "recapeamento" com este novo Eu ainda é recente, ainda está secando... Muitas camadas terão de ser colocadas para que eles deixem de ser tão assustadoramente conhecidos e confortáveis...

Aprendi que, ao tomar consciência do problema como ele é, posso me concentrar apenas em sua solução... Um dos sinais de que estou melhorando realmente é que não desmarquei a terapia, não continuei comendo errado pelo mês inteiro e não parei de escrever no diário. Não joguei tudo para debaixo do tapete e nem para o alto.

Depois da terapia, fui atrás da minha nutricionista para achar lugares que ofereçam cardápios prontos congelados supersaudáveis para dar um "up" na minha perda de peso...

Balanço do dia:

- **Conquista:** abracei-me, dei-me um beijo no rosto e desculpei-me...
- **Desafios:** vida que segue...
- **Frase do dia:** "A vida é como andar de bicicleta. Para ter equilíbrio é preciso continuar em movimento." — Albert Einstein

312 / 053 dias

Amanhã começo a "dieta ultrarrápida de verão 10 dias", de uma famosa marca de dietas inteligentes. Esse kit oferece todas as refeições que deverão ser feitas nos próximos 10 dias, congeladas e separadas em cinco porções diárias. A cada dia poderei adicionar duas frutas ao cardápio. Vem até um pacotinho com os chás que deverão ser ingeridos. Com certeza uma dieta feita para mim. Como este relatório é também sobre alimentação, vou tentar descrever todos os dias as minhas impressões e sensações no decorrer da dieta. Vou começar com o dia da compra do kit.

Cheguei à loja, e como eles não tinham o kit para dez dias, eu comprei dois de cinco dias. Quando me foi entregue a caixa, eu já achei pequena, mas com empolgação fui para casa. A embalagem é muito prática e contém todas as informações que eu gostaria de ter. A organização e as embalagens bonitas e práticas também chamaram a atenção positivamente. As etiquetas traziam todas as informações necessárias de uma maneira clara e objetiva. Ao separar os produtos por dia, notei que a alimentação de todo o dia, com as devidas embalagens, cabiam nas minhas mãos. Pouquíssima comida! Tudo bem que as porções, com seus nomes extravagantes, deram água na boca, mas as quantidades assustaram um pouco.

Não quero criar expectativas, mas como isso é impossível, espero perder entre um quilo, na pior das hipóteses, e quatro quilos, na melhor delas.

Não quero ficar ansiosa, mas como já estou, quero seguir à risca todas as instruções, com ânimo e bom humor.

Não quero ficar irritada, mas como vou passar vontade e não vou poder comer, quero lembrar que são só 10 dias.

Balanço do dia:

- **Conquista:** tomar uma atitude positiva...
- **Desafios:** nem imagino o tamanho deles...
- **Frases do dia:** "Uma jornada de milhares de quilômetros começa com um único passo." — Lao Tzu

"Toda conquista começa com a decisão de tentar." — Autor desconhecido

313 / 052 dias

Realmente não dá para dizer que eu não estou de dieta... O suco é bem gostoso e refrescante, o que talvez em dias mais frios seja uma desvantagem... O chá verde, tudo bem, mas o pão foi difícil de engolir... A barra de cereal, então, foi de amargar... Definitivamente estou de dieta...

Uma coisa muito legal foi o fato de a mão esquerda estar ficando tão à vontade com o lápis de cor que, além de o girar buscando a melhor afiação do grafite, já está permitindo que eu relaxe e curta o momento de colorir sem ficar tão concentrada no controle motor. Quando uma mão cansa, a outra assume o controle sem perda de qualidade...

Nos últimos dias, com toda a meditação e os aprendizados, sinto que estou focando cada vez mais nas soluções e sofrendo cada vez menos com os problemas e as dificuldades. E isso é maravilhoso. A energia foi canalizada e a criatividade e a clareza na busca de alternativas se multiplicaram.

Outra coisa que está acontecendo também é que estou me descobrindo como um ser capaz, apesar da limitação física. Muito mais que um ser. Uma mulher de quase quarenta anos. Dona da própria vida, apesar das deficiências. Dona da própria vontade, apesar da dependência diária. Tenho preferências. Tenho vontades. Tenho opiniões. A partir de hoje, duas expressões estarão sendo observadas e vistoriadas de muito perto: "tanto faz" e "você que sabe".

Estou redescobrindo de que gosto, do que não gosto, o que quero, o que não quero, e por dois motivos muito importantes e graves tenho que honrá-los, pois foram conquistados com litros de suor e lágrimas. Um dos motivos é o fato de eu ainda estar viva. O outro motivo é a minha idade. Sinto que estou no ápice da minha vida, sou madura o bastante para ser doce e jovem o bastante para ser tesa e suculenta. Vou cortar o cabelo, vou fazer a unha, vou comprar hidratante, vou passar batom...

Balanço do dia:

- **Conquista:** faltam nove dias...
- **Desafios:** faltam nove dias...
- **Frase do dia:** "Numa sociedade que lucra com a insegurança, gostar de si mesma é um ato de rebeldia." — Autor desconhecido

Eu sou rebelde, descobri ontem...

314 / 051 dias

Ontem fiquei com muita fome e acabei comendo uma porção de pipocas. Claro que liberada pela minha nutricionista. Esta dieta é para os fortes, a comida é muito pouca... Estava reclamando da pouca comida e do gosto dos petiscos e o meu marido mais uma vez foi cirúrgico em sua interferência. Ou você faz esta dieta sabendo que vai comer pouco, sabendo que é sofrido, mas tenta focar em outra coisa e segue em frente, ou nem faça, pois é muito sofrimento, não vale a pena. Concordei com ele plenamente. Já que são poucos dias e que não vou morrer de fome, afinal de contas, seria muito primitivo para mim, segundo a minha psicóloga, lutar tanto e acabar morrendo de fome, bola pra frente. Vou encarar a dieta como uma etapa para chegar mais perto do meu objetivo, sem sofrimento.

Esta dieta está me ajudando a descobrir mais sobre os meus gostos alimentares. Aprendi que realmente não gosto de batata-salsa. O gosto, a textura e a sensação não me agradam. Mais um passo para acabar com o "tanto faz".

Balanço do dia:

- **Conquista:** parar de reclamar...
- **Desafios:** faltam oito dias...
- **Frase do dia:** "O pessimista reclama do vento. O otimista espera que ele mude. O sábio ajusta as velas." — John Maxwell

315 / 050 dias

Outra descoberta alimentar foi que eu odeio comidas pastosas. Texturas como papinha de criança, mamão amassado, maçã raspada com colher, alguns purês... Agora que tenho pouquíssimas opções de comida, estou prestando mais atenção a elas... Foi como um começar de novo na minha relação com a alimentação. Estou experimentando sabores, texturas, temperaturas, densidades e podendo classificá-las dentro do meu paladar.

Esta experiência está sendo extremamente drástica. Não a recomendo a quem adore comer, a quem sente prazer comendo. Posso dizer que estou há três dias me alimentando, com raríssimas exceções. Isso é tão triste... Sei que com esta alimentação eu ficaria com um corpo perfeito, ficaria extremamente saudável e provavelmente viveria mais, mas que graça que vai ter viver sem "comer"?

Agora, uma coisa é verdade: muita coisa que eu comi até hoje não era tão gostoso, não era saudável, não comi por fome e não me faria a mínima falta. Então por que eu comi? Ansiedade, compulsão, tédio, tristeza, alegria, solidão, fuga, raiva... Acho que se eu começar a escolher melhor os alimentos e balancear corretamente sabores, calorias, quantidades e horários, e sentar à mesa sem emoções perturbadoras, conseguirei continuar tendo prazer à mesa, e dentro de um jeans 42. Vivendo e aprendendo... Estou sobrevivendo com um volume de comida de uma bola de handebol, não preciso mais do que isso.

Prometi não reclamar da dieta, mas o justo seria que eu emagrecesse uns cinco quilos pelo menos...

Balanço do dia:

- **Conquista:** afinar o paladar...
- **Desafios:** faltam sete dias...
- **Frase do dia:** "O segredo da longevidade é comer a metade, andar o dobro e rir o triplo." — Provérbio chinês

316 / 049 dias

Realmente não estou comendo... estou me alimentando... A luta continua, estou com muita vontade de comer tudo o que não é saudável, mas eu sou forte e como uma maçã... Acho que vou me prometer nunca mais entrar em uma dieta destas, mas vai depender do resultado. Se for espetacular, quem sabe?!

Uma coisa que está acontecendo, mas ainda não sei por quê, é que sinto que estou mais conectada, criativa e ativa mentalmente. Meu raciocínio está ágil, e mesmo assim estou calma e menos ansiosa... Algumas hipóteses que levantei são: estou ficando mais tempo, física e mentalmente, em meu atelier; a minha alimentação está mais leve e mais saudável, o que alivia muito o esforço do meu aparelho digestivo e do meu organismo como um todo — combustível melhor, rendimento maior; estou meditando com maior entrega; estou respeitando o meu ser. O mais provável é que seja uma mistura de tudo. Estou me sentindo muito bem.

Balanço do dia:

- **Conquista:** estou muito bem...
- **Desafios:** faltam seis dias...
- **Frase do dia:** "Não é a riqueza nem a pompa, mas a tranquilidade e a ocupação que dão felicidade." — Thomas Jefferson

317 / 048 dias

Tudo mudou de repente. Hoje é o sexto dia da dieta. Estou me sentindo fraca, enjoada e triste. Além de estar com muita diarreia...

Acordei meio molenga, mas bem. Fui tomar banho, e aí o meu pesadelo começou. Durante o banho senti uma fraqueza e uma vertigem muito estranhas. Acabei vomitando e me esvaí em diarreia... Socorro!

Uma tristeza tomou conta e esgotou toda a pouca energia que me restava... Estou sem ânimo, sem vontade...

Mandei uma mensagem para a minha nutricionista e perguntei se poderia ser por causa da dieta. Ela me pediu para incrementá-la com iogurte, verduras e frutas, e ver se eu melhoro... Estou quase desistindo, mas ainda faltam quatro dias, e o investimento financeiro e emocional foram altos... Vou descansar hoje e decidir amanhã...

Balanço do dia:

- **Conquista:** sobreviver... sem exagero...
- **Desafios:** absolutamente todos...
- **Frase do dia:** "Se meu mundo caiu, eu que aprenda a levantar." — Maysa

319 / 046 dias

Cheguei em casa no final do dia como quem chega da guerra. Cansada, desidratada, desnutrida, assustada, traumatizada, dolorida... Que dor dilacerante...

Ontem passei um dia na praia com duas pessoas muito importantes para mim e eles viram o pior que o meu corpo pode oferecer... E eu? Eu os apresentei à antiga eu por algumas horas, com lampejos ainda fracos da nova eu... Comi errado, comi e alimentei a antiga eu. Resultado: passei mal, tive diarreia, tive azia, tive dor de estômago... Não consegui andar... Não consegui me mexer... Quase não consegui respirar... A explicação de tanto sofrimento só escreverei depois...

Com em último suspiro, meditei frente ao mar...

Tirei força da natureza, do som, do cheiro, da imensidão. Reencontrei o eixo. Dormi e acordei eu. Comi no café da manhã alimentos que alimentaram os meus músculos, os meus órgãos e a minha alma... Agradeci...

Cheguei em casa com dor no corpo, com dor na alma. Compulsivamente chorei por mim. Chorei pela minha dor. Chorei pelas minhas deficiências. Chorei por não ter conseguido chegar ao final da dieta. Chorei pela minha incapacidade de lutar por mim. Chorei por ainda não estar segura o suficiente para me desnudar frente aos que amo...

Sentei, peguei os meus lápis de cor, peguei o meu caderno de colorir. Entre as lágrimas e os soluços, pintei até voltar a respirar. Deu certo...

A consciência das dificuldades e dos erros apareceu... Consegui filtrar, depurar, separar e digerir cada sentimento. Só pintando e escolhendo cores... Aos poucos o choro se dissipou... As nuvens sumiram... A lua apareceu...

Não foi como um chocolate que te invade de alegria e desaparece com a velocidade com que é deglutido... Foi como uma brisa que abranda o calor, que refresca a alma, que acende a luz... Quando a luz é acesa, tudo aparece... O feio e o bonito... O errado e o certo... O que deve ser arrumado se torna claro...

Não dói menos, não é mais fácil, não corta caminho, mas é o único modo de continuar respirando... Não troco a consciência pela escuridão nem por todo chocolate do mundo.

Errei ao alimentar a velha eu, mas reconheci o erro antes de adoecer de vez...

Errei ao exigir do meu corpo algo que ele não queria me dar...

Errei ao ceder a uma terceira pessoa, no caso, a minha dieta pronta, a responsabilidade de me alimentar...

A meditação me ajudou a achar o caminho de volta.

A Monja Cohen deu uma palestra ao vivo na internet. Assisti com a mente aberta. Ela me respondeu todas as questões que me incomodavam...

Nunca mais como um só alimento da dieta que comprei. Nunca mais como um alimento que não satisfaça os princípios básicos de cor, sabor, textura ou odor. Não serei vegana, nem vegetariana, nem nada que limite a minha alimentação.

A cada dia que pratico Zazen, ou seja, sento em uma posição confortável, respiro e observo os meus pensamentos e sensações que surgem sem buscar reprimi-los, causá-los ou julgá-los, eu aprendo algo diferente e desconhecido sobre mim mesma. Já aprendi que mudamos o nosso paladar o tempo todo, com as estações, com a nossa temperatura interna, com o nosso humor, com a nossa vontade, com a nossa responsabilidade com o peso... Tudo muda o tempo todo, e o meu paladar também muda. Estou em uma época na qual prefiro alimentos gelados, e de preferência crus. Sorvetes, frutas e verduras são os únicos alimentos que o meu organismo está aceitando. Quase vejo o meu estômago sorrir ao sentir a chegada de uma colher de sorvete, ou um pedaço da maçã gelada e suculenta... Este será o meu novo cardápio alimentar... Comer o que fará meu organismo sorrir. Ele é inteligente. Saberá fazer escolhas saudáveis, e caso ele fraqueje eu estarei atenta para ajudá-lo.

Este diário está sendo muito mais transformador do que eu poderia imaginar. Com certeza é a primeira obra da minha vida.

Balanço do dia:

• **Conquista:** reconhecer meus erros, valorizar meus acertos e seguir em frente...

• **Desafios:** que reservas de energia mental eu tenho de ter para atravessar desertos, ou resistir às tentações sem ter que me maltratar tanto?

• **Frase do dia:** "A vida tem sons que pra gente ouvir precisa aprender e começar de novo. É como tocar o mesmo violão e nele compor uma nova canção." — Roupa Nova

321 / 044 dias

A vida é realmente, indiscutivelmente, criativa e imprevisível. Quando eu achava que tudo estava sob controle, que eu estava mais consciente e mais segura dos meus sentimentos, tudo ruiu como um castelo de cartas...

Acordei muito rígida. Todas as articulações e todos os músculos estavam doloridos. Na hora da fisioterapia vi o tamanho do estrago. Espasmos, dor, desconforto, vontade de chorar...

Não saía da minha cabeça a minha imagem na praia com meu marido e a minha mãe. Foi isso que aconteceu naquele dia na praia. Praia teoricamente adaptada e acessível... Inclusive o hotel escolhido é mais caro, por oferecer acesso direto à praia com certa facilidade para cadeirantes.

Sim, cadeirante, pois faltando menos de quarenta e cinco dias para acabar o meu ano, a menos de cinquenta e cinco dias de eu querer andar à beira-mar com o meu marido no dia de aniversario do meu casamento, estou na cadeira de rodas para tudo... Muito animador...

A passagem que era livre até o mar foi cortada por uma ciclovia e estacas de madeira... Meu paraíso estava com cadeados para mim... Perdi o meu contato com a liberdade por causa de uma ciclovia e um calçadão que aumentará o conforto àqueles que já possuem o privilégio de andar a pé, correr e andar de bicicleta... Que bom para eles... Para mim foi só mais uma porta que se fechou.

Como sou otimista, eu me lembrei das pontes de madeira que levam gentilmente todos da ciclovia para a areia da praia. A cadeira de rodas patina um pouco por causa da inclinação e do verniz que é passado na madeira para que ela fique ainda mais bonita, mas ainda bem que o meu marido é forte. Ao final da rampa, um degrau. A areia que era para estar na altura do final da rampa de madeira havia escoado com a última maré. Compreensível, previsível, imperdoável. Colocaram mais uma parede entre mim e o mar... Incentivada pelas pessoas em quem confio tanto, saí da cadeira para descer o degrau. Meus pés nervosos desfaleceram. Perdi completamente as forças nos tornozelos. Fui carregada. Os sentimentos de fracasso e inutilidade completa invadiram. Como uma lontra bípede, me arrastei na areia fofa até a água. Em uma atitude desesperada, minha mãe pegou o chinelo na mão e exigiu que as ondas abreviassem o meu sofrimento e molhassem logo os meus pés... Elas obedeceram... até eu ficaria com medo. Na volta, horas de vergonha, vontade de desaparecer, vontade de morrer. Pensei que nunca mais teria essas sensações novamente, mas olha a vida surpreendendo de novo.

Depois disso foram horas de debate sobre como tornar a minha vida mais ativa, buscar soluções para as minhas deficiências, ser e ficar otimista... Terminei a noite comendo e bebendo o que eu não queria... Perdi o meu paraíso. Perdi um local sagrado de liberdade. Perdi o controle. Perdi o local de concretização e de comemoração deste ano, desta jornada tão difícil... Perdi a esperança de andar... Isso tudo aconteceu antes da meditação à beira-mar. Como me senti tão bem depois, achei que tudo isso tivesse passado...

As coisas foram piorando ao longo do dia de hoje. Cheguei ao médico acupunturista só o pó. Quando eu pensei que nada poderia piorar, recebi a pá de cal. Subi na balança. Estava tão esperançosa, tão otimista de que a única coisa discutível era *quanto* eu havia emagrecido e não *se* tinha emagrecido... Além dos seis dias de dieta, ainda foram três dias de diarreia e vômito. Não existia a possibilidade física de não ter emagrecido. Estava tão segura, que quando ela falou 87 quilos, eu desmoronei. Como uma bola de demolição despencando de um arranha-céu, eu me perdi em cacos tão pequenos que um grão de areia chegava ao status do Everest.

Ao contar para o doutor tudo o que eu tinha feito e o quanto o meu corpo tinha sido "cruel e meticulosamente satânico" comigo ao engordar, as lágrimas insistiram em rolar. Eu tinha dado as melhores armas que existiam ao meu alcance para que ele reagisse, dieta da mais cara e famosa, empenho na obediência de sequência e quantidades de alimentos, disciplina nos exercícios — o que meu corpo estava querendo mais para começar a eliminar gordura? Como ousaria engordar? Chorei... Desfaleci... Nariz na lona... Olhos fechados...

As possibilidades de explicações para o fenômeno foram variadas. Desde uma intoxicação do corpo pelos ingredientes da dieta, intolerância aos temperos, até um inchaço temporário de até três quilos. Confesso que tudo o que eu mais queria era poder realmente acreditar que alguma delas fazia sentido e que eu poderia estar com excesso de líquidos. Para me recuperar, precisei de três bolsas de soro, remédios diversos, acupuntura e muita paciência do médico e das enfermeiras, que não me deixaram sozinha um minuto.

Depois de um jantar delicioso que eu escolhi, meu marido comprou, cozinhou, serviu e lavou a louça, sentei no sofá. Minhas costas estavam doendo como nunca doeram em todas as aplicações de ozônio que eu já havia feito até agora. Uma dor de arrancar lágrimas de uma pessoa tarimbada em dores físicas. Começou ali o meu surto histérico, compulsivo, descontrolado, irracional, devastador. Um sofrimento que havia muito tempo que não sentia... Foi a primeira vez neste ano, com certeza. Incomparável a qualquer outra derrapada ou tristeza que possa ter acontecido neste ano. Os motivos não me faltavam, mas pensava que depois de tanto autoconhecimento e tanta meditação, nem mesmo um tsunami me derrubaria novamente.

Vi-me ali, jogada na lama. O choro compulsivo e histérico, velho conhecido, ecoou. Fui má. Fui dura. Fui perversa com quem não merecia. Senti ainda mais o peso da minha mesquinharia, da minha arrogância, da minha repugnância como ser humano. Debati-me contra tudo. Queria chutar, socar, bater, matar ou morrer. Precisei ser contida com todo o amor que o meu marido poderia me oferecer. Depois de chafurdar e enlouquecer, tomei um calmante só para o meu marido parar de falar... Hoje eu o agradeço...

Balanço do dia:
- **Conquista:** ...
- **Desafios:** ...
- **Frase do dia:** ...

322 / 043 dias

Acordei como quem deve acordar depois de lutar contra um campeão de artes marciais em seu melhor desempenho, ganhando ou perdendo...

A dor diminuiu, mas continuou latente...

Enquanto o meu marido foi comprar almoço, sentei-me para escrever o diário... Quase morri de tanto chorar enquanto escrevia... Agora, em minhas últimas palavras, me sinto muito bem. Sinto que esta é outra forma de meditação. Ao contar sobre tudo o que eu passei e tudo o que eu senti, consegui racionalizar e refletir sobre fatos, sensações, problemas reais e fantasmas de uma antiga eu... Quando acendi a luz e olhei o monstro de frente, eu consegui observar também as suas fragilidades e as suas incongruências... Pude arrancar a lente da ignorância e já rabiscar algumas saídas...

Exigi do meu organismo um esforço extra de emagrecimento, como se ele já não estivesse trabalhando no limite... Ofereci combustível altamente adulterado e tóxico e exigi um desempenho de um zero quilômetro. Não estou dizendo que a dieta seja ruim, só estou dizendo que o meu organismo, seja pelo sódio, pelo glutamato ou simplesmente pelo tempero, não se adaptou. As comidas fizeram o meu organismo entrar em colapso. Minha energia caiu, meus neurônios entraram em curto-circuito. Além disso, perdi o único lugar, até este momento, que era completamente acessível e que promovia o meu encontro com o mar de maneira confortável. Aquele era o nosso Hotel, o nosso paraíso particular. Local onde íamos com a certeza de que os braços do mar estariam sempre ao meu alcance. Fui impedida fisicamente de continuar frequentando o nosso paraíso.

Acabei descontando na alimentação novamente toda a minha frustração. Foram tantos fatores somados, que me levaram a um esgotamento físico e mental. Fui arrogante ao achar que só porque eu comecei a evoluir não poderia ser derrubada na primeira enchente. Fui presunçosa ao achar que nunca mais precisaria de um calmante.

E eu que achei que o pior já tinha passado...

Sem a medicação, eu me sinto um pouco à deriva na vida. Ao mesmo tempo, me sinto mais livre para nadar... Vai entender...

E eu que achei que este ano já estava bom de emoção... Bobinha eu...

Balanço do dia:

- **Conquista:** um calmante bastou...
- **Desafios:** que o pior tenha passado...
- **Frase do dia:** "Não é o mais forte que sobrevive, e nem o mais inteligente. Sobrevive aquele que melhor se adapta às mudanças." — Charles Darwin

323 / 042 dias

Estou sentindo falta de comidas como frutas frescas, ovos cozidos, frango grelhado, carne picada com cebola, iogurte, sorvete, queijo branco... Tudo tão saudável, que me surpreende. Não consigo nem pensar em frituras, *fast food*, molhos gordurosos, arroz... A única coisa ruim é que estou com vontade de comer mais doces, gelados, cremosos, saborosos. Claro que posso escolher opções saudáveis dentro da categoria de doces gelados, cremosos e saborosos, e com certeza será por esses que eu vou optar, mas uma travessa de bombons de morango me faria muito bem. Uma alimentação mais simples sem muito carboidrato. Quem sabe gelatina batida com um pouco de creme de leite light. Vou pedir umas dicas para a minha irmã. Ela é superentendida em comidas saudáveis e fáceis de fazer. Meu organismo está ficando saudável novamente. A diarreia e a náusea passaram. A energia está voltando. Meu caminhar está melhorando... Já consigo ver a luz no final do túnel. Já pedi perdão. Já me perdoaram e eu já me perdoei.

Durante essa tempestade eu aprendi algumas lições:

1. Tenho à minha disposição quatro tipos ou formas de meditação: Zazen para saber, pintar com lápis de cor ou escrever no diário para racionalizar internamente e externamente, e meditar para reestabelecer o equilíbrio e aprofundar mais o meu aprendizado. Estou evoluindo;

2. O meu organismo está pedindo comida saudável e eu estou feliz e satisfeita em comê-la. Nunca mais priorizarei os objetivos em detrimento do meio como consegui-los;

3. Meu marido é o homem mais maravilhoso do mundo e o mais paciente, sem sombra de dúvida, como se eu já não soubesse disso, mas vale sempre enfatizar.

É verdade quando dizem que durante as tempestades aprendemos mais, mas como são difíceis de enfrentar...

Balanço do dia:

- **Conquista:** aprendi mais lições importantes...
- **Desafios:** estar mais preparada para as próximas tempestades...
- **Frase do dia:** "Algumas tempestades chegam apenas para testar a força de nossas raízes." — Provérbio

324 / 041 dias

Tenho certeza de que, se no futuro alguém ler alguns parágrafos vai ter certeza de que nada do que eu escrevi aconteceu.

Não me importo. Estou sendo honesta desde o começo. Inúmeras vezes, ao reler este diário, tive vontade de mudar algumas frases, acontecimentos ou colocações, tendo a absoluta certeza de que ninguém ficaria sabendo sobre isso. Poderia até inserir mais emoção e aventura, florear tudo um pouco mais, mas desde o início estou levando esta jornada como um experimento, com produção de um relatório com análise de dados. Um escorregão a menos ou a mais, uma decisão para a esquerda ou para a direita diferente das que ocorreram, e tudo isso iria por água abaixo. Outras pessoas podem dizer que, mesmo eu dizendo que não fiz, eu posso ter feito. Para essas eu vou dizer que se você leu até agora minhas palavras por livre e espontânea vontade (tirando os familiares e médicos, pois esses estão lendo por obrigação), e resolveu me dar um voto de confiança: — Eu sou mais que isso! Adorei esta frase que a minha psicóloga arranjou para mim! Será o meu bordão.

Balanço do dia:

- **Conquista:** ser fiel a mim...
- **Desafios:** bancar tudo o que escrevi...
- **Frase do dia:** "Alea jacta est. (A sorte está lançada.)" — Júlio Cesar

325 / 040 dias

Cansei de adaptar os meus sonhos à realidade. Não quero mais que seja assim. Sempre aparo arestas, quebro alguns galhos, me encolho, até encontrar algo que exista e que satisfaça o máximo possível os meus desejos dentro da gama do que existe. Cansei mesmo. E isso vale para tudo.

Caso esteja com vontade de comer alguma coisa, eu procuro num cardápio algo que esteja previamente determinado em quantidades, proporções e combinações, e me adapto... Solução: restaurantes ou lanchonetes com buffet me darão a liberdade que eu quero.

Caso esteja com vontade de me reunir com os meus amigos, sempre coloco nas mãos deles a escolha do lugar e depois vejo se conseguirei ir ou não, ou então fico aguardando a disponibilidade deles. Acaba que demora muito para nos encontrarmos. Fico frustrada e me sinto abandonada. Eu me adapto à correria dos "normais"... Solução: marcar hora, local e três datas para a escolha deles. Acabo os vendo com maior frequência e garantindo a minha acessibilidade, e consequentemente minha alegria e tranquilidade...

Caso queira comprar uma calça, não vou ficar tentando caber dentro de alguma de uma loja de departamentos. Sempre pego as maiores oferecidas e fico suando e sofrendo dentro do provador, e acabo frustrada e me sentindo um lixo. Solução: ir a lojas que ofereçam números maiores e achar uma que se ajuste perfeitamente ao meu corpo, mesmo que o número na etiqueta seja horroroso...

Agora alguns dos problemas e das dificuldades que me aparecem já vêm com uma ou duas opções de soluções! Cabe a mim querer resolver ou continuar reclamando. Ossos do ofício...

Balanço do dia:

- **Conquista:** consciência, o que é, é...
- **Desafios:** decidir por mudar as coisas...
- **Frases do dia:** "Decidi recomeçar a história. Entretanto decidi substituir o 'Era uma vez' pelo 'É desta vez'." — Autor desconhecido.

"Cansei de virar as páginas. Está na hora de mudar de livro." — Caio Fernando Abreu

326 / 039 dias

Estou escrevendo durante o ápice da aventura deste meu ano surreal. Estou naquele ponto da história em que os mocinhos estão passando pelos piores sofrimentos. Aquele exato momento que eu tanto odeio nos filmes, nas novelas, nos livros, na vida... Momento em que eles têm de provar o seu valor e que realmente merecem viver... Este é um tempo que eu temo. Temo não ser forte o bastante... Por mais que a mocinha tenha um mocinho poderoso e inteligente, neste momento ela está passando por todos os perigos completamente sozinha. Ela tem de provar que pode se virar sozinha, que pode ser leoa quando precisa, que merece as rédeas de sua própria existência...

Tranquiliza-me saber que elas sempre vencem. Em absolutamente todas as histórias verídicas de heroínas, elas sobrevivem. Mesmo se a coisa ficar impossível, a qualquer instante o mocinho pode aparecer para salvá-la...

O grande problema é que o meu diário ainda não acabou. Não finalizei a minha jornada, e estou no ápice do perigo. Eu estou escrevendo esta história, e se eu não conseguir terminá-la, ninguém ficará sabendo que um dia alguém passou por tudo isso. Serei uma das que não sobreviveram. Serei uma das que ficaram pelo caminho. Ninguém faz nem ideia do meu tormento...

Pintar está muito difícil, por causa do frio e da espasticidade, que começou a atingir os dedos da mão. Estou com esta forma de meditação um pouco prejudicada...

No Zazem o tamanho da dor me impede de me aprofundar. Tenho vários episódios de choro espontâneo ao longo do dia. Os mesmos movimentos que fazia antes têm ficado extremamente complicados de ser executados... Entrar e sair do boxe tem sido uma façanha. Estou cada dia mais prisioneira do meu corpo...

Há cinco anos eu chorava por não consigo andar uma quadra e meia, pelos joelhos travarem, pelos pés tropeçarem. Hoje choro por não ser mais seguro tomar banho sozinha, por não conseguir ser capaz de sobreviver por conta própria... Meus músculos fibrilam e doem sem qualquer explicação. É uma prisão sem grades, mas um pouco mais estreita e apertada do que a de anos atrás...

Parei de dirigir, e ainda tenho um longo caminho de adaptações para poder um dia voltar a sonhar com isso. No verão o cérebro derrete e os impulsos não chegam, no inverno as articulações travam e os músculos enrijecem.

Sou amada, tenho um companheiro de vida que eu amo, moro em um apartamento incrível, em um condomínio incrível, sou muito feliz, mas às vezes dá medo, às vezes dá raiva, às vezes desisto...

Outra coisa que se tornou consciente durante a meditação desta noite foi o fato de mais uma vez eu não ter confiado em mim. Mais uma vez tentei burlar o sistema e o meu corpo a fim de conseguir um emagrecimento mais rápido... Tenho consciência de que pensei estar consumindo uma alimentação saudável, equilibrada, nutricionalmente aceitável, mas errei ao querer acelerar o meu emagrecimento. Acabei me desequilibrando, me intoxicando, me perdendo, engordando. Desde que parei a dieta não consegui arrumar a minha alimentação. Voltei a tomar um café da manhã com banana e aveia, voltei a consumir frutas, mas também andei comendo pizza, comendo doces, sorvete... Não seria tão ruim se eu estivesse me controlando na quantidade, mas não estou. Estou comendo bem mais do que estava antes...

Fiquei um tempo com tantas restrições que agora me sinto livre para comer o que quiser... Fico muito chateada por não ter confiado em que tudo estava em ordem e que eu perderia a quantidade de peso que seria bom, e não a quantidade de peso que eu gostaria de perder. Novamente eu tentando querer controlar o que eu não tenho controle... Uma hora eu aprendo...

Balanço do dia:

- **Conquista:** conseguir escrever sobre tamanha dor...
- **Desafios:** tudo mudou e nada mudou... Preciso aguentar a tempestade...
- **Frase do dia:** "A morte não é a maior perda da vida. A maior perda da vida é o que morre dentro de nós enquanto vivemos." — Pablo Picasso

327 / 038 dias

Ontem à noite recebemos um casal de amigos para conversar sobre futuro. Um primeiro passo em busca de um futuro na praia, vivendo bem, tendo o suficiente para garantir os nossos pequenos luxos... A nossa jornada rumo ao nosso pequeno paraíso começou.

Uma noite de muitas risadas, muitos sonhos, muito dengo no Zeus, comida boa, vinho, paz e liberdade. Liberdade para sermos exatamente o que somos e nos sentirmos em casa. Com o afrouxamento dos colarinhos e o efeito do álcool, abrimos angústias, desconfortos, sonhos, vontades, humanidades e heroísmos. Ontem deixamos definitivamente de ser amigos, passamos a ser grandes amigos.

Ainda estou bem triste com as minhas perdas...

Ainda não estou completamente satisfeita com a minha relação com o álcool, ele ainda me seduz mais do que deveria...

Hoje foi aniversário da minha melhor amiga. Somos amigas desde os meus 17 anos. Passamos a nossa adolescência e início da fase adulta completamente inseparáveis. Ela é aquela amiga com quem podemos contar em qualquer momento da vida. Podemos passar meses sem nos falar, mas quando conversamos tudo volta a ser como antes. As nossas risadas chegam a dar dor nas bochechas. Ela sabe tudo sobre tudo. Foi ela que me inseriu na vida social de Curitiba. Apresentou-me os bares, as festas, as maquiagens, os shoppings... Quando chegávamos de madrugada das festas, tomávamos um copo de leite com Nescau e um pão francês com manteiga. Era a melhor refeição do mundo.

Dentre inúmeras histórias, tem uma de quando decidimos comer um delicioso cachorro-quente no centro da cidade com o dinheiro do vale-transporte de volta para casa. Uma decisão que foi duramente questionada nos primeiros quilômetros a pé da volta... Chegamos exaustas e com fome. Tínhamos uns 18 anos.

Outra vez, durante o aniversário do meu pai, decidimos que seríamos as garçonetes da festa. Servíamos todos com muita destreza, mas o problema foi que, a cada bebida que servíamos para os outros, um pouquinho servíamos para a gente. Terminamos a festa deitadas na grama, completamente tontas, para não dizer bêbadas, tendo cada uma a sua lua para contemplar. Foi uma noite inesquecível no bom e no mau sentido. Tínhamos por volta de 20 anos. O grande problema foi disfarçar a ressaca no café da manhã no dia seguinte...

Foram inúmeras histórias publicáveis e não publicáveis, dignas de uma amizade de mais de 23 anos... Na casa dela, em volta da mesa com a sua família me sinto em casa também...

Balanço do dia:

- **Conquista:** estou mais assertiva...
- **Desafios:** manter a tristeza sob controle...
- **Frase do dia:** "Pensar é um ato, sentir é um fato." — Clarice Lispector

331 / 034 dias

Para quem achava que o pior já tinha passado, uma má notícia... O pior ainda está acontecendo...

Estou muito gripada. Uma dor no corpo, uma exaustão, uma moleza, um desânimo que não sentia havia muito tempo. Estou sem força até para digitar...

Estou praticamente sem conseguir andar...

Alimentação e humor estão completamente fora de controle... Raiva e tristeza transbordam dos poros e dos olhos...

O corpo travou a ponto de eu ficar quarenta minutos sentada no vaso sanitário, com as pernas enrijecidas e esticadas, dedos dos pés retorcidos, tronco e braços trêmulos e fibrilando, sem conseguir fazer xixi mesmo estando apertada, soqueando a parede com toda a força e chorando descontroladamente. Sentindo vergonha, tristeza, medo, raiva, pena, dor, desespero, angústia, vontade de morrer...

O pior é que eu não faço ideia do motivo. Hoje faz vinte e quatro dias que eu parei com todos os remédios controlados. Será um efeito rebote do organismo?

Balanço do dia:

- **Conquista:** não morrer...
- **Desafios:** aguentar a vergonha de usar pela primeira vez calcinha para incontinência urinária na rua...
- **Frase do dia:** ...

332 / 033 dias

Mesmo gripada, toda estropiada, eu decidi ir à terapia. Uma ótima decisão...

Saí só o pó. Não estava aguentando tanto sol e tanta beleza. Parecia que o mundo estava pronto para acabar de me devorar...

Subi os degraus do consultório me arrastando junto com o meu fiel companheiro. Ao sentar na poltrona, desmoronei. Havia esgotado o último grão de energia disponível...

Com uma xícara de chá de "levantar defunto" nas mãos, segundo a minha psicóloga uma poção mágica de ervas e exatas três gotas de limão, eu comecei a falar e chorar...

Na pauta, preconceitos, predeterminações, casca x conteúdo, controle, intolerância, consciente coletivo, prisão social, liberdade vigiada, aceitação relativa e condicional...

Temas que desnudaram a minha fera. O meu monstro. Um animal descontrolado e enfurecido, capaz das maiores atrocidades para satisfazer seus instintos. Compulsão alimentar, violência, fúria, dor, tudo no intervalo de dias, horas... Eu conheci o meu monstro. Encontrei sem querer. Ele é assustador, avassalador e gigante.

Quando soube que eu iria me encontrar no final desta jornada, achei que fosse encontrar com o meu melhor lado, o meu lado mais belo, mais sereno, mais evoluído, mais brilhante. Acabei conhecendo o meu pior lado. O mais escuro, mais subterrâneo, mais primitivo, mais soterrado por milhões de camadas de terra. Este meu monstro carrega todos os meus preconceitos, todos os meus medos, todas as minhas compulsões, todas as minhas fragilidades. Carrega a minha vaidade, a minha soberba, a minha gula, a minha preguiça, a minha ira, a minha avareza e a minha luxúria, em maiores e menores graus. É o meu lado animal, instintivo, descontrolado.

Como num filme de terror, o monstro que nunca aparece é sempre o monstro mais assustador. Aquele de que só vemos a sombra, o vulto, a cor, assusta muito mais do que aquele que se mostra, por mais feio que seja. Era assim que eu o enxergava... Nunca havia conseguido encará-lo de frente. Olhá-lo sem filtros. Pela primeira vez dei uma pausa na imagem e o olhei de cima a baixo. Vi suas cicatrizes, vi seus dentes afiados, vi sua estrutura, vi sua fúria...

Ao encará-lo de frente pude sentir empatia. Ele é feio e grande, mas também pode ser amado... De alguma maneira ele é assustado, medroso, carente, estabanado, mas dá vontade de abraçar, de querer ser amigo...

O monstro que mora dentro do meu armário me ensinou que não precisa ficar acorrentado, ele sabe se comportar; que não precisa ficar no escuro e no frio, ele não é mau; que não precisa ficar enterrado, ele pode ajudar...

Com certeza precisarei aprender a falar com ele, aprender o que ele gosta e o que ele não gosta, o que o enfurece e o que o acalma.

Perdi o medo, agora o respeito. Minha psicóloga me ajudou a colocar a cabeça no lugar, respirar fundo e seguir em frente. Ela promoveu esse encontro e me fez entender que somos um só. Eu não vivo sem ele e ele não existe sem mim. Hoje foi um dia muito importante.

Balanço do dia:

- **Conquista:** continuar de pé...
- **Desafios:** continuar de pé...
- **Frase do dia:** "A vida é aquilo que acontece enquanto fazemos planos para o futuro." — John Lennon

333 / 032 dias

A sessão de fisioterapia foi muito dolorida. Física e emocionalmente. Como é bom conversar com alguém tão especial! Talvez o problema seja aceitação...

Hoje fui fazer acupuntura, aplicação de ozônio, infusão de acido lipoico, e a minha consulta para assuntos não físicos...

Cheguei ao consultório machucada, triste, assustada, tentando entender tudo o que estava acontecendo...

Para bagunçar tudo, ontem à noite eu e meu marido estávamos voltando para casa e, enquanto ele estacionava o carro e eu o esperava na cadeira de rodas num canto do estacionamento, um anjo, acompanhado de seus responsáveis e seu irmão, olhou para mim. Um anjo de uns seis anos, que despertou o meu melhor sorriso. Enquanto ela sentava no meu colo para dar uma volta de cadeira de rodas, ela me abraçou e se entregou naquela aventura. Seu irmão nos empurrou com segurança por alguns metros, enquanto de braços abertos sentíamos o vento em nossos rostos... Na despedida ela disse que eu era linda, me abraçou apertado e me beijou... Até o seu irmão, que deixou claro que não era de distribuir beijos, me beijou e me abraçou... Não consigo esquecer seu rosto e suas palavras desde aquela noite...

Depois desse passeio mágico, eu e meu marido sentamos para assistir "A Cabana", um filme sobre Deus, Jesus e o Espírito Santo e o relacionamento deles conosco, humanos, nossas dores, nossas perdas, nossas desconfianças...

Contei tudo para o médico, tentando desviar do filtro da censura racional de ele me achar completamente maluca, mas contei tudo. Desde o monstro, a gripe, as compulsões, os calmantes, até os milagres, o anjo, o filme... Ele escutou tudo.

Primeiro me colocou no eixo, ajeitou o meu foco, colocou as agulhas. Depois sorriu...

Em poucas palavras resumiu com maestria uma história que não fazia sentido.

Meu corpo e minha alma não permitirão mais abusos da minha parte. A fera foi despertada em defesa, com todo o seu instinto e primitivismo. No final da minha trajetória, depois de tantos aprendizados, eu começar a tomar decisões erradas, a querer maltratar o meu corpo com uma dieta tão restritiva, a descontar na comida a minha frustração física, a voltar a ter que usar o álcool como muleta, fez com que o meu monstro saísse enfurecido e descontrolado, emergindo violentamente, paralisando o meu corpo e adoecendo a minha alma. Por incrível que pareça, toda essa violência aconteceu para me defender de mim mesma. Nem ele nem o meu corpo aguentariam mais os meus desmandos e os meus vacilos. Eu tinha ido longe demais para retroceder ou desistir. Ela se fez entender. Eu, depois da batalha, mesmo ferida, descabelada e deficiente, fui encontrada por um anjo, um anjo enxergou a minha beleza. Beijou-me e aceitou-me. Levou-me para passear e me fez sorrir. O filme só coroou e mostrou a possibilidade da perfeita convivência entre o ser humano tão falho e tão imperfeito com o Divino, com o espiritual, com Deus.

Agora cabe a mim encontrar o lugar desta fera em minha vida. Seguir em frente e andar.

Demorei alguns minutos parra digerir. Escutei do meu marido uma frase que poucas vezes saiu de sua boca: — Faz todo o sentido! Ele tem toda a razão!

Fechei os olhos. Fiz uma retrospectiva. Estava aos poucos abandonando todas as mudanças que havia conquistado até pouco tempo atrás... Desistindo dos exercícios, da alimentação, da meditação... Comendo errado, muito errado, parando de escrever, de pintar... Voltando aos velhos hábitos... Isso despertou a minha fera, meu instinto mais primitivo. Que saiu como um estouro de boiada na defesa de mim mesma. Meu corpo não permitiria mais abusos. Tentei controlá-lo com sedativo, mas ele não se rendeu. Que coragem! Mesmo atordoado, continuou resistindo. Debateu-se dentro da jaula. Rasgou a carne para mostrar seu poder. Eu e meu marido o enfrentamos juntos.

Sim, apesar de ser uma batalha absolutamente minha, meu marido ficou ao meu lado, segurando a minha mão. Foi tão assustador! Ele me viu gritar, chorar, xingar, debater. Viu o meu monstro de frente e não me abandonou. Abraçamo-nos. Meu marido me pegou nos braços e me guiou até um lugar seguro. Buscamos todas as armas disponíveis, todas as informações pertinentes. Minha psicóloga e meu médico nos muniram de tudo o que precisávamos.

Hoje voltamos a encará-lo. Sem nenhum embate ele se acalmou e sorriu. Havia cumprido o seu papel e poderia descansar. Como um soldado, voltou ao seu posto de observação. Como um amigo, olhou mais uma vez para trás só para garantir que estava tudo bem. Vitoriosos e exaustos, respiramos aliviados...

Como heróis, celebramos com comida boa. Mais uma vez conseguimos vencer, o amor venceu. Recebemos ajuda e soubemos o que fazer. Só nos resta agradecer. E seguir em frente.

É tão bom quando as coisas fazem sentido. É tão tranquilizador...

Balanço do dia:

- **Conquista:** sobreviver...
- **Desafios:** curar as feridas...
- **Frase do dia:** "Nunca saberemos o quão forte somos até que ser forte seja a única opção." — Autor desconhecido

334 / 031 dias

Hoje estou tão feliz que não consigo me conter. O meu marido desmontou um armário de seis portas que estava no nosso quarto. Um marco tão especial e libertador que me deixou eufórica. Sinto que derrubei uma enorme parede. Uma barreira que me impedia de andar por todo o meu castelo. Agora sim me sinto em casa.

Balanço do dia:

- **Conquista:** liberdade...
- **Desafios:** guardar a roupa que estava no armário...
- **Frase do dia:** "A conquista da liberdade é algo que faz tanta poeira, que por medo da bagunça preferimos, normalmente, optar pela arrumação." — Carlos Drummond de Andrade

335 / 030 dias

Finalmente encontrei uma enorme utilidade prática para toda esta jornada. Ou pelo menos uma delas: Ser um manual de mim mesma para mim mesma.

Tenho certeza de que já devo ter passado por várias experiências parecidas com as que passei neste ano, até melhores ou piores, mas foi a primeira vez que as registrei. Foi a primeira vez que consegui tirar uma polaroide dos instantes primordiais de cada batalha. Como um *storyboard* de cada momento. Registrei os oponentes, a batalha e o resultado da batalha.

Um exemplo: depois de algum tempo bem desanimada com este diário, resolvi continuar a releitura para recolher dados para a análise quantitativa.

Hoje eu reli o dia 45. Descobri que estou me sentindo exatamente como eu estava naquele fatídico dia da terapia. Completamente desanimada. Histérica, gritando nos meus ouvidos todas as piores frases que uma mente privilegiada pode criar contra uma pessoa. Fui racista, preconceituosa, grossa, incompreensível, estúpida, sarcástica, nojenta, impiedosa comigo mesma. Já havia passado por horas de tortura psicológica até começar a reler. Estava me sentindo cansada, feia, fracassada, um lixo, um nada. Exatamente como estava naquele dia. Como eu sei? Eu sei. A única coisa de que eu não lembrava era qual instrumento usar para sair deste inferno mental. Então continuava a girar e a afundar vertiginosamente. Então continuei lendo. Quase senti a brisa do ar condicionado da sala da minha psicóloga. Quase vi a flor na mesa lateral. Havia esquecido completamente de que já tinha aprendido — quer dizer, aprendido não, se eu tivesse aprendido talvez não tivesse esquecido, mas que pelo menos eu já sabia como sair deste buraco... Bastava ter calma e ser carinhosa e amorosa comigo mesma.

Começo realmente a acreditar que a vida é um grande repetir de ciclos. Há exatos 335 dias eu estava sentindo quase a mesma coisa que eu estava sentindo agora, mesmo que por motivos completamente diferentes. O que estava sentindo desencadeou exatamente a resposta emocional e física que tive antes e agora. Gripe, crise emocional, descontrole alimentar, piora física, depressão, histeria mental e sessão de autoflagelação, mais compulsão, mais depressão... A diferença é que sei como sair disso. Ter calma e me tratar como trataria alguém tão desgraçadamente frágil, com amor e respeito. Agora entendi por que estava tão particularmente incomodada com as injustiças do mundo. Tão visceralmente enojada contra a covardia e a falta de respeito. Eu estava sendo o pior de todos os que eu estava crucificando, mas contra mim mesma. Mais uma vez o meu ego estava tomando o controle e fazendo meu corpo adoecer. Para a sua infelicidade, eu decidi há um ano que este seria O Ano. Não mais "Era uma vez", e sim "É desta vez".

Levada pela empolgação da leitura, perguntei para o meu marido se eu estava muito descontrolada alimentarmente. Lembrei-me de pedir uma segunda opinião como aprendi há alguns dias. Ele disse que realmente comemos algumas coisas erradas, abusamos um pouco, mas me lembrou de que eu me pesei ontem e que estava com o mesmo peso da última vez. Então não havia engordado. O estrago não havia sido grande, e que me ajudaria e voltar aos trilhos.

Vejam como o meu ego é lazarento: ele apagou da minha memória essa maravilhosa informação sem nem pedir permissão. Torturou-me mostrando como a roupa estava mais justa e acentuou todas as dobrinhas do meu corpo no espelho. Fez-me esquecer de que na balança nada havia mudado. Chega.

Acabei de me abraçar, me dar um beijo e sorrir. Agora é só voltar a ignorar a voz e voltar a emagrecer.

Talvez esta seja a grande lição de hoje: Ter este manual de mim sempre por perto.

Sempre que temos um problema eletrônico ou mecânico, eu não recorro ao manual do produto? Então, agora, quando eu tiver problema físico ou emocional vou recorrer ao meu manual e ver se já passei por algo parecido e como resolvi o problema. Caso o defeito seja novo, eu posso completá-lo com a nova informação. Posso até repetir os defeitos, mas vou consertá-los muito mais rápido, com menos sofrimento e mais barato.

Observação: o enjoo, as lágrimas e o desânimo desapareceram ao final do registro deste dia.

Durante o Zazen da noite eu suspirei, e enquanto pintava eu cantei.

Balanço do dia:

• **Conquista:** sair com classe desta depressão que se instalava...

• **Desafios:** economizar o dinheiro da terapia, afinal iria escutar as mesmas coisas...

• **Frase do dia:** "O maior problema da comunicação é que nós não ouvimos para compreender, nós ouvimos para responder." — Bob Beaudine. Fez sentido.

337 / 029 dias

Ainda estou com o corpo um pouco ressaqueado de ontem. Foram tantas emoções misturadas, tantas sensações controversas...

Para piorar, o meu ego acordou com a corda toda. Gritou a plenos pulmões o dia todo frases sobre as minhas fraquezas, as minhas derrotas e os meus fracassos. Acabou comigo diversas vezes. Foi implacável e cruel. Fiz muito esforço para ignorar. Algumas vezes consegui ignorar por quase dois minutos completos...

Não posso falar algumas frases por serem vergonhosas, mas outras são publicáveis:

— Você estava se achando com este ano sabático, e vai acabar com quase o mesmo peso que começou, que bonito! E para melhorar, vai fechar o gráfico engordando no final;

— Uma planta é mais ativa que você, pelo menos fisicamente;

— Que ano cômico, a única coisa que mudou é que o seu fracasso agora está registrado;

— Tão burra que comete os mesmos erros que cometeu e não se lembra das soluções;

— Tão gorda que já afrouxou uma casa do sutiã e fica tentando disfarçar usando ele apertado;

— Tão imprestável que não pode mais esperar no carro porque se um ladrão aparecer e não acreditar que é cadeirante não vai conseguir fugir e é capaz de levar um tiro na cabeça;

— Come, gorda, não dá mais tempo de perder nenhum grama, *game over*;

— Resolveu fazer toda esta reforma em casa sem conseguir mexer um braço para ajudar, seu marido deve estar adorando o aumento de trabalho;

— Reclama agora de mais alguma coisa...;

— Não está com vontade de fazer xixi não, ou vai dar mais trabalho para ele tendo que te limpar;

— Vai sair de casa só para incomodar o mundo com seus protestos vãos por acessibilidade, que chata;

— Fica dormindo, assim dá menos trabalho...

Ouvi frases como estas o dia todo. Estou cansada, triste e fazendo um esforço sobre-humano para continuar lutando...

Balanço do dia:

- **Conquista:** continuar lutando...
- **Desafios:** realmente pensei que seria mais fácil...
- **Frase do dia:** "O inimigo mais poderoso que você poderá encontrar será sempre você mesmo." — Friedrich Wilhelm Nietzsche

343 / 022 dias

Fiquei alguns dias sem escrever, pois uma depressão se abateu sobre mim. Estou há alguns dias sentindo enjoo e tendo episódios de diarreia... Nada que como desce "redondo". Ou faz mal na hora ou, depois de umas duas horas, acabo vomitando. Todo o meu aparelho digestivo está um caos. Estou completamente sem energia e desanimada. Parece que eu e meu corpo nos desencontramos de um jeito que está difícil reverter...

Hoje vou à acupuntura e espero do fundo do coração que o médico me ajude...

Não me sentia assim há um tempo... Estou perdida, não cabendo na própria pele. Sinto que algo simplesmente desconectou e não consigo achar o que foi... Realmente não quero me sentir assim, é ruim demais. Estou tão perto do fim e me sinto mais desorientada do que nunca. Espero realmente que esta seja a última barreira deste ano... Estou bem cansada... Estou bem triste...

Uma vez a minha psicóloga disse que eu era água de lagoa, espelho em cima e profundo embaixo, ou algo parecido com isso... Disse que eu sou uma pessoa intensa. Uma pessoa que se aprofunda nos sentimentos e os vive visceralmente... Quando uma coisa é boa, ela é maravilhosa, e quando uma coisa é ruim, ela é horrorosa...

Concordo com ela. Acho que sou *"over"*, demais... Não gosto de ser assim. Não gosto de viver nesta montanha-russa de sentimentos. Não gosto de ser tão bipolar. Isso me faz sofrer muito.

Agora se teve uma coisa que eu aprendi nesta jornada é que também não gosto de ser morna, até porque isso implica antidepressivos e ansiolíticos em doses altas para o resto da vida... Ser quimicamente tranquila eu também não quero ser. Quando eu achava que estava conseguindo certo equilíbrio com a alimentação e a meditação, tudo se desequilibra novamente... Parece que o furacão que acabou de destruir algumas cidades do mundo destruiu um pouco do meu mundo também...

Balanço do dia:

- **Conquista:** ...
- **Desafios:** todos e mais alguns...
- **Frase do dia:** "Tudo passa. Chuva passa, tempestade passa, até furacão passa. Difícil é saber o que sobra." — Millôr Fernandes

344 / 021 dias

Cheguei ao médico quase desmaiando e com muito enjoo. A pressão estava em incríveis 9 x 8... O médico e seus dois anjinhos me cercaram de cuidados, carinhos e intervenções certeiras... Tomei quase um litro de soro... Aos poucos fui retornando à vida. Rubor facial, energia vital, bom humor interno... Possibilidades de diagnóstico: intoxicação alimentar simples, ameba, gravidez... Ri muito da última possibilidade. Só pelo fato de estar enjoada e estar ultra mega sensível a cheiros? Os únicos empecilhos são: infertilidade pela quimioterapia, utilização de um contraceptivo bem posicionado e uma menopausa descontrolada. Com a minha melhora saí de lá avoada e não peguei o exame. Estou arrependida, agora não consigo parar de pensar no: — E se...?

Balanço do dia:

- **Conquista:** melhora da saúde...
- **Desafios:** E se...?
- **Frase do dia:** não estou tão bem assim...

345 / 020 dias

Hoje acordei um pouco melhor, mas continuo enjoada... Tive que tomar até remédio... Peguei-me várias vezes pensando no: E se...?

Não cheguei a nenhuma conclusão. Não sei se seria bom ou ruim eu estar grávida, quer dizer, acho que seria bom e ruim... Enormes desafios... Imagina terminar esta jornada grávida! Que incrível ironia do destino seria... Será que mereceríamos esse enorme presente? Será que estaríamos preparados para tamanha responsabilidade? A ideia é tão surreal que chego a sorrir involuntariamente ao pensar. Meus olhos reviram e pousam alto... É uma sensação tão estranha que tenho dificuldade em concretizá-la nos pensamentos... Medo de alguém ouvir e gritar aos quatro cantos todos os motivos pelos quais esta simples possibilidade não poderia passar pela minha cabeça... Motivos estes que sei de cor e concordo com todos. Mas e se...?

Vou fazer este exame logo, só para encerrar o assunto. Farei teste de farmácia mesmo. Amanhã de manhã. Chega de delirar...

Fomos ao dentista hoje. Estou de parabéns, sem cáries e com a limpeza em dia! A única coisa preocupante é o meu bruxismo, que está começando a causar trinca nos dentes... Preciso arranjar uma solução logo.

Balanço do dia:
- **Conquista:** dentes brancos e hálito puro...
- **Desafios:** E se...?
- **Frase do dia:** ainda não...

348 / 017 dias

Exame negativo para gravidez. Engraçado como eu sou: senti um misto de alegria e tristeza. Profundo alívio e profundo aperto. A pressão externa para não engravidar é tamanha que me impede até de sonhar...

Agora é continuar pesquisando o que pode estar errado comigo. A diarreia passou. A ânsia de vômito continua o tempo todo. A dor nas articulações está grande. A dor no joelho direito está enorme. Continuo muito encanada com os odores, alguns são insuportáveis. A fadiga está desesperadora. Estou muito inchada. Até sentada o corpo dói. O que será que ele está querendo me dizer? É desesperador não conseguir entender. O que eu gosto tanto de fazer, das poucas coisas que eu consigo fazer, está se tornando torturante por causa da posição corporal...

Fui à psicóloga e chorei muito. Chorei por toda a minha dor. Chorei por todo o meu sofrimento. Gostaria de estar mais tranquila neste final de jornada... Ela comparou a jornada a uma corrida. Em que hora o atleta faz mais esforço físico e mental? Com certeza, no *sprint* final. Quando o corpo já está no limite do cansaço. Quando a cabeça começa a duvidar. Quando a linha de chegada parece um distante sonho. É nessa hora que o atleta mostra o que o diferencia dos outros, o que faz dele um campeão. Realmente não tinha pensado nisso. Na maioria das vezes eu desisto das coisas bem antes desse momento. As vezes nas quais passei por esta etapa foram em momentos decisivos e grandiosos da minha vida. Na reta final das duas faculdades. No transplante de medula antes da "pega". No momento no qual desisti de me matar. E em muitos outros momentos.

Mas o que eu não sabia é que esta jornada estaria no mesmo nível dessas outras aventuras na minha vida. Não imaginava o quanto ela é grande e significativa. Não pensava que estava mexendo tão fundo. Estou no meu limite físico e mental, acho que logo conseguirei enxergar a linha de chegada. Tomara.

Balanço do dia:

- **Conquista:** não desistir...
- **Desafios:** faltam 17 dias...
- **Frase do dia:** não...

349 / 016 dias

Estou me sentindo muito mal... Acordo muito enjoada. Meus pés e tornozelos estão inchados e doloridos. A fadiga está maior do que nos piores dias de calor e nas piores fases da esclerose. Levantar para fazer xixi cansa demais. Todo tipo de comida me enjoa, se não na hora, nas próximas horas com certeza. A depressão está tomando conta, principalmente por não achar o problema e só me sentir pior...

Estou com muita dificuldade de ficar sentada no atelier. Depois de um tempo a dor nas pernas fica insuportável. Não consigo me ajeitar em nenhuma posição. Os meus momentos de relaxamento, meditação e liberdade estão raros e curtos...

Estou com medo do que está por vir. O exame de urina que ficou pronto hoje já indicou problemas...

Outro exame de gravidez negativo...

Balanço do dia:

- **Conquista:** levantar da cama...
- **Desafios:** achar a luz no final do túnel...
- **Frase do dia:** ...

351 / 014 dias

Problema encontrado: tireoidite, acompanhada de uma infecção gastro-intestinal-urinária. Velha conhecida, e seus conhecidos sintomas.

Emocionalmente estou um caco. Muito irritada, muito frustrada, muito descompensada... Como não a reconheci antes? Estava de novo entrando em depressão, surtando, achando que a minha vida sem medicamentos tarjados fosse realmente uma utopia. Enquanto tudo não passava de uma gripe na tireoide e uma infecção... Caramba! Preciso confiar mais em mim! Infecção é infecção, posso pegar em qualquer lugar, de qualquer jeito, evoluída ou não. Desta vez, lá no fundo, eu sabia que tinha algo de errado no meu físico, no meu corpo, mas já estava perdendo a confiança na minha intuição, e ninguém achava o problema.

Relendo os dias que precederam o primeiro diagnóstico, mais ou menos a partir do dia 110, eu me reconheci na loucura, na ansiedade, no descontrole. Mais uma vez pude usar este diário como um manual e chegar mais rápido a uma solução. Só que desta vez não irei sucumbir aos remédios controlados. Não preciso deles, mas também não vou recusar um calmante leve ou outro para poder dormir enquanto esta gripe não desaparece, Serão episódios esporádicos e raros.

No mesmo dia, mais tarde... chorei muito por orgulho de mim. Chorei por ter razão. Chorei por aos poucos estar me conhecendo melhor, conhecendo o meu corpo. Feliz por ter escutado o que o meu corpo dizia e ser forte o suficiente para lutar por ele sem sucumbir às provocações do meu superego e enlouquecer de vez.

Sim, cheguei bem perto de enlouquecer. Meu corpo sofreu algumas escoriações e hematomas frente a tanta loucura. Nada grave. Ainda levarei uns dias para me recuperar completamente, mas agora já estou no caminho de volta. Agora as coisas vão começar a melhorar a cada dia. Ufa! Esta aventura foi perigosa demais, quase não sobrevivo a ela, e nem meu marido...

Amanhã eu tenho aplicação de botox nos músculos para tentar acabar com a espasticidade, mas estou em pânico. Tenho medo da dor e dos resultados, afinal, segundo o médico, posso estar em qualquer lugar, fazendo qualquer coisa, que o meu músculo pode falhar e eu posso desabar instantaneamente, sem aviso prévio. Nada muito animador...

Balanço do dia:

- **Conquista:** acabou mais uma tempestade...
- **Desafios:** depois da tireoidite anterior eu engordei quase dois quilos. Espero mudar isso, tenho nutricionista na semana que vem...
- **Frase do dia:** "Depois da tempestade sobra sujeira, árvore no chão... carro virado... lama... Mas a gente limpa a sujeira, faz da árvore lenha... desvira o carro... e tira a lama... A vida segue... — Vânia Bazan

353 / 012 dias

Ainda estou na fase do choque. Já entendi de onde veio a tempestade e já resisti a ela, mas os sintomas ainda não foram embora. O corpo continua lutando contra a "virose" que deixou rastros no estômago, no intestino, nos rins, na bexiga e na tireoide. Foi um verdadeiro tsunami. Arrasou por onde passou. Acho que esta também é uma fase muito difícil e merece atenção.

Depois da tempestade, o silêncio. Fico um pouco perdida e atordoada. Alívio acompanhado de suspiro. Mexo os dedos. Abro os olhos. Lama. Poeira. Frio. Solidão. Destruição. Poucas construções resistiram. Muito a escavar. Muito a separar. Muito a limpar. O cérebro dolorido escaneia o corpo dolorido. Contabiliza danos, escombros, trabalho a ser despendido. Desespero. Cansaço. Dor. Raiva.

Cheguei com a raiva toda à terapia. Amordaçada e amarrada. Sem a menor possibilidade de ela fugir ou se defender e a joguei no meio da sala. E ela se despiu. Raiva da vida. Raiva da morte. Raiva do ser humano. Raiva de ser. Do que vale uma mente ágil e evoluída frente a um corpo patético e deficiente? Mal comparando, me senti um Stephen Hawking, o cientista. Uma mente privilegiada em um corpo frágil e deficiente. Como um motor Ferrari em uma carcaça de madeira. Este tamanho de raiva. Dessa grandeza de dor que estou falando.

Depois de uma hora de argumentos e proposições consegui me acalmar. Eu a entendi. Eu a abracei. Eu a acalmei. A dor sumiu.

Hora de voltar para dentro. Hora de tomar um café e traçar as estratégias de limpeza. Hora de se concentrar.

O bom de ter um furacão atrás do outro é que a cada desastre me desapego de mais bagagem. Ficando cada vez mais apenas com o essencial. Muita coisa eu não reconstruo. Muita coisa eu não salvo dos escombros. Assim acabo ficando mais leve. Não conseguiria ser como algumas pessoas que de tanto acumularem coisas, pessoas e situações não conseguem mais acessar a janela da sala... Não sou assim. Não quero ser assim...

Balanço do dia:

- **Conquista:** a destruição cessou...
- **Desafios:** contabilizar os estragos...
- **Frase do dia:** Stephen Hawking só se tornou conhecido e famoso aos 46 anos. Ainda tenho tempo. Só depois de ele ter ficado famoso, milionário e deformado pela doença. Desde a descoberta da esclerose lateral amiotrófica, parente da esclerose múltipla, ele lutou para permanecer vivo dentro

da casca. Por mais brilhante que ele seja, por mais evoluído e inteligente, no dia em que ele experimentou a gravidade zero — privilégio para pouquíssimos, imagina para um deficiente — ele disse: "Me senti livre da minha doença". Sua humanidade me permitiu querer ser, apesar da doença...

355 / 010 dias

Ainda estou contabilizando os estragos e tentando arrecadar forças de todas as células para começar a limpeza... O corpo ainda está bem fragilizado e dolorido...

Não consegui voltar a frequentar o atelier como gostaria. Ficar sentada ainda é um desafio. Voltar a meditar e a pintar ainda é uma quimera.

Alguns pensamentos soltos:

— O meu marido viu o meu lado mais avesso, o meu lado mais sombrio, o meu lado mais feio e continua me chamando de linda e de gostosa. Ou ele realmente não bate bem da cabeça, ou ele realmente me ama, e por mais que eu me empenhe em surpreendê-lo e assustá-lo, nada o fará ir embora. Sentados no sofá, ele me descreveu sob sua ótica. Vê uma mulher que chama a atenção. Que não pode ficar sozinha um minuto que sempre alguém se oferece para ajudar. Que é simpática. Que é lembrada por onde passa. Que muita gente quer bem. Que é guerreira. Que é educada. Que é agradável. Que numa roda de conversa é inteligente e engraçada. Que é "foda" em questão de dor. Que é diferente. Que ficou linda careca e faz questão de mostrar a foto para todo mundo. Consegui me enxergar com os seus olhos e consegui me ver. Do jeito que ele me pintou. Sem mais nem menos. Apenas olhando para mim sem o véu dos meus preconceitos e das minhas escleroses de padrões, regras e normalidades. Eu sou legal. Eu sou bonita. Eu sou inteligente. Eu sou do bem. Eu sou digna de amor. Ao me olhar pelos olhos do meu marido eu consegui me amar. Ao conseguir me amar potencializei o amor capaz de compartilhar. Amo muito mais ele. Muito mais do que supunha ser capaz de amar. Muito mais do que é humano e sobre-humano amar. Devo a ele o meu amor por mim;

— Dizem que sou muito dramática. O problema é que a vida é dramática comigo. Quando surge um tratamento novo, ele nunca é indolor. Quando fico doente, nunca é uma simples gripe. O calor e o frio me torturam na mesma medida. Sinto muito. Sofro muito. Vivo muito. Terceira lei de Newton: Ação e reação. Como posso não ser dramática?;

— Se eu não disser o que eu quero, ninguém vai adivinhar o que preciso. Parece óbvio, mas para uma teimosa e orgulhosa como eu, isso tem que se tornar um mantra;

— Nada está tão ruim que não possa piorar, e por mais louco que possa parecer, o pior e o melhor dia da minha vida podem acontecer num intervalo de vinte e quatro horas.

Balanço do dia:

- **Conquista:** me amar, me olhar com ternura...
- **Desafios:** nunca mais deixar de acompanhar os meus passos através de seus olhos, mesmo que só de vez em quando...
- **Frase do dia:** "Se um dia tiver que escolher entre o mundo e o amor... Lembre-se: se escolher o mundo ficará sem o amor, mas se escolher o amor, com ele você conquistará o mundo." — Albert Einstein

357 / 008 dias

Nada como um Fagner bem alto no auge de Borbulhas de Amor para morrer de amor e continuar vivendo!!! Poucos como ele gritaram o que é amar de maneira tão visceral e rasgada. Independentemente de gosto musical. Independentemente da presença ou ausência de "breguisse". Cantar com a alma o amor é para poucos...

Hoje estou romântica...

Vou morrer, começou a tocar Deslizes!!!

O amor me invadiu completamente. Estou me lembrando de quando era adolescente e sonhava com quem seria o meu marido. De como seria seu rosto. Como seria seu corpo. De como seria seu abraço. Lembrei-me de todas as noites em claro que passei escrevendo poesias para personificações de um sentimento tão complexo. Gostaria de avisá-la e tranquilizá-la de que todos os seus sonhos irão se realizar. Você encontrará a sua alma gêmea. Ele é lindo, gostoso, carinhoso, inteligente, esperto, engraçado, gentil, teimoso, forte, romântico e encantador. O melhor de tudo é que ele te ama. Hoje eu amo com maturidade, mas também sei amar escutando Fábio Junior. Tinha esquecido de quanto era gostoso ser brega por amor...

Esta poesia eu escrevi no auge da minha adolescência, enquanto eu esperava e ansiava pelo grande amor da minha vida. Ainda não tinha ninguém em mente, mas quando beijei e abracei o meu marido pela primeira vez eu encontrei o dono destinatário destas palavras.

PARA O HOMEM DA MINHA VIDA QUE NÃO ME CANSO DE AMAR...

Você tem o mar no olhar,
Transmite paz e transparência
E ao mesmo tempo uma imensidão para desvendar.

Seu sorriso é eterno
Nem uma criança consegue imitar,
Tem a inocência e é fraterno
Como a névoa na luz do luar.

A satisfação em te Ter comigo
Quem conseguiria explicar,
É tão infinito entre o companheiro e o amigo
Quanto as estrelas que estão no céu a brilhar,
Quanto as qualidades que em você podemos encontrar.

Estás ao meu lado

E me estremece só com o som do seu falar,

Ninguém no mundo é tão amado

Nem me faz por tanto tempo delirar.

Se recebi a graça de te encontrar,

Este anjo que ilumina o meu viver,

Sinto que não tenho como deixar de te amar.

E o destino terá que abençoar e proteger nossa união

Para a eternidade de nossos corações.

Patrícia Fernandes

Balanço do dia:

- **Conquista:** amar...
- **Desafios:** ...
- **Frase do dia:** "É tão bom morrer de amor e continuar vivendo." — Mario Quintana, outro gênio em traduzir o amor...

359 / 006 dias

Hoje descobri o tamanho do estrago de tantos dias doente. Novecentos gramas. Menos de um quilo. Ótimo. Pensei que fosse pior. Engordei novecentos gramas. Claro que não estou feliz, mas estou conformada.

Como ainda tenho seis dias até o prazo final, não vou bater o martelo. Hoje estou pesando 86,60 quilos. Até agora eliminei cinco quilos.

Uma coisa que está me deixando bem feliz é que os quilos que estou eliminando estão sendo mantidos, com pequenas oscilações. O grosso está sendo mantido. Acho que isso quer dizer que a reeducação está sendo contundente e duradoura. Mesmo quando acho que chutei o balde completamente, a quantidade pequena ainda garante um certo controle. Isso me garante uma estabilidade muito saudável.

Claro que não posso me fiar neste suposto controle, mas às vezes posso, e vou me deixar levar pela vontade e pelo prazer em detrimento da perda de peso. Sei que parece ser fácil falar disso agora que está acabando o prazo e sei que não vou conseguir bater a minha meta, mas já faz um tempo que estou falando sobre isso. Sobre preferir ir mais devagar quanto à perda de peso e poder curtir a vida no caminho. Quero ir ao shopping e tomar um lanche pouco saudável sem culpa, assim como quero também vestir um número menor de calça dentro de um breve espaço de tempo. Só terei que ajustar as velas ao sabor do vento sempre que eu quiser mudar a direção.

Balanço do dia:

- **Conquista:** engordar menos de um quilo...
- **Desafios:** faltam seis dias...
- **Frase do dia:** "O jogo só acaba quando termina." — Vicente Matheus

364 / 002 dias

O organismo ainda está se recuperando.

O botox ainda não fez efeito, pelo menos não efeitos realmente significativos.

Voltei a meditar, reencontrei o silêncio. Estava precisando. Já estava ficando surda e louca com tanta gritaria. Finalizar este projeto. Encarar as derrotas e as vitórias desta jornada é difícil. Encarar as consequências e escolher seguir em frente é um desafio.

Outra descoberta é que o meu organismo não está mais aceitando comidas muito gordurosas. Quando como, fico logo enjoada. Ele está dando seu jeito para garantir que eu continue emagrecendo.

Balanço do dia:

- **Conquista:** voltar a encontrar silêncio...
- **Desafios:** amanhã é o último dia...
- **Frase do dia:** ...

365 / 000 dias

Última pesagem: 86,2 kg. Eliminei mais 400 gramas.

Foram dias difíceis, mas com certeza valeram a pena.

Dias difíceis aqui em casa. Dias em que eu e meu marido tivemos de encarar todas as minhas dificuldades e as minhas deficiências. Tivemos de encarar que não posso ajudá-lo mais e que precisamos de ajuda externa.

Depois de uma conversa difícil, ele desabafou: — Uma pessoa não deveria ter que ver a pessoa que ama ir definhando fisicamente na sua frente. É muito difícil, talvez por isso poucos decidam ficar... Ver a dor dele em palavras e lágrimas foi particularmente difícil.

Neste ano eu conheci e reconheci muitas das minhas dores, e particularmente conheci a minha sombra, o meu monstro. Foram dias de muita batalha interna e de muitos altos e baixos. Quando, no começo, disse que esta era a jornada da minha vida, eu realmente estava um pouco enganada. Esta só foi a primeira parte. Revirei a minha infância e adolescência. Revivi a minha doença. Relembrei o transplante. Consegui mudar a minha alimentação, e mesmo não chegando ao peso determinado, eu aprendi que talvez o meu organismo só seja mais lento. Eu não fracassei totalmente.

Amanhã começa um novo ano para mim. Novas aventuras, novas histórias, novos dramas, novos sabores. Mas considero este ano e este diário como o diário do primeiro ano do resto da minha vida. Depois deste ano, nada mais será como antes. Ano que vem completo 40 anos e estou muito orgulhosa de tudo que vivi até agora. Sinto que honrei este ano, mesmo sem ter alcançado algumas metas estabelecidas. Tudo ficará mais claro, mais explicado e demonstrado no relatório final a seguir. Hoje encerro esta jornada "Por dentro de mim". Já me conheço o suficiente para começar a dialogar e conviver em sociedade. Já sei como sou, já sei do que gosto, já sei como me cuidar. Munida com estes importantes instrumentos, preciso ganhar o mundo. A partir de amanhã começa outra jornada.

Balanço do dia:

- **Conquista:** terminei esta jornada.
- **Desafios:** os deste ano acabaram...
- **Frase do dia:** "Quem tem por que viver pode suportar quase qualquer como." — Nietzche

POR DENTRO DE MIM
Diário do primeiro ano do resto da minha vida
RELATÓRIO FINAL

ANÁLISE DO MÉTODO

Não é novidade para mim escrever diários. Tenho inúmeros diários começados, cadernos com pensamentos soltos, cartas diversas, formas menos formais de registro espalhadas pela casa, mas foi a primeira vez que tinha regras específicas para seguir, como frequência e responsabilidade. Isso foi determinante para o sucesso e a concretização da jornada.

O que fiz diferente neste ano que não fiz nos anteriores? Basicamente tudo. Desde a data de início, como expliquei nas primeiras páginas, até a minha postura e empenho.

A ideia do diário deu muito certo. Todos os dias eu tinha a responsabilidade de viver com atenção. Tinha que gravar detalhes, sensações e pensamentos para que eu pudesse escrever sobre eles mais tarde. Registrei 208 dias dos 365 dias de jornada, superando assim a meta de escrever a cada dois dias no máximo. Toda essa formalidade me permitiu manter a rota, avançar e focar nos objetivos.

Tanto funcionou, que eu e meu marido já inventamos outros "primeiros anos do resto de nossas vidas" com os mais diversos objetivos. Criamos anos de vários tamanhos e várias formas. A única diferença é que agora colocamos objetivos cada vez mais concretos como, por exemplo, o valor exato que queremos ter na poupança no final do período. Este se mostrou ser um defeito imenso desta viagem, o objetivo de guardar dinheiro ficou muito vago, o que resultou em energia e foco dissipados, e consequentemente pouco êxito na obtenção de melhores resultados.

Realmente a disciplina traz liberdade. Muitas vezes estava sem vontade nenhuma de escrever, mas a responsabilidade e a obrigação me fizeram sentar, escrever e muitas vezes vi nascerem os textos mais inspirados pelo simples fato de estar atenta.

Escrever quase todos os dias exige mudança de hábito e quebra de rotina. Mudar hábitos é muito difícil. Exige muito empenho, muita energia, muito esforço e muita vontade. Querer mudar é o início, mas só querer não leva a lugar nenhum. A luta é diária e a dificuldade está em cada escolha. As escolhas de não comer, de não fumar, de não exagerar, de respirar, de compreender exigem consciência e atenção. Todas as vezes em que tomei atitudes baseadas nos instintos apenas, eles me levaram aos antigos padrões de más escolhas e velhos hábitos. A vigilância precisa ser constante, e isso cansa, mas também liberta. O fato de ter que sempre racionalizar e escrever sobre o que estava acontecendo me fez estar atenta e ter responsabilidade. Também fez com que eu não me entregasse aos confortáveis braços do fracasso, que por tantas vezes me pareceram tão irresistíveis.

ANÁLISE DOS DADOS

A metodologia que eu usei para a análise dos dados gerados pelo meu diário foi aleatória, instintiva e levemente científica. Li e reli inúmeras vezes todo o diário a fim de retirar todas as informações relevantes para gerar dados que organizados pudessem gerar mais informações relevantes.

Obtive alguns efeitos gráficos dramáticos que puderam tornar concreta para mim a dimensão deste ano incomum.

TABELA 1
— ESTATÍSTICA DA CLASSIFICAÇÃO QUALITATIVA

Classificação Qualitativa	Número de dias	Porcentagem (%)
Péssimo	19	9,13
Ruim	47	22,60
Normal	31	14,90
Bom	60	28,85
Ótimo	43	20,67
Péssimo/Ótimo	8	3,85
	208	100

Foram 365 dias de jornada. Destes, registrei 208 dias. No total, 57% do meu ano está registrado no diário.

Destes 208 dias, eu considerei que 8 deles foram dias completamente bipolares. Dias nos quais vivi o céu e o inferno dentro de algumas horas. Foram dias difíceis e desafiadores. Mas, considerando o total, foram muito poucos.

Entre os dias péssimos e ruins, aqueles que eram difíceis até de escrever, corresponderam a 31,9% do total. Ou seja, quase um terço deste ano, 66 dias para ser exata, foram particularmente estressantes. Dias de muita dor, mas também de muito aprendizado.

Por incrível que pareça, apesar de todo o sofrimento e de toda a carga emocional que eu vivi neste ano, eu tive 103 dias bons e ótimos. Quase metade deste ano, em 49,52% do tempo, eu fui feliz, ou muito feliz.

A conclusão que eu tiro destes números é que, apesar de ser um ano complicado, de muito aprendizado, de muita dor, foi um ano muito feliz. E isso está matematicamente provado. Se eu fosse fazer um retrospecto sem ter provas físicas, eu nunca chegaria a essa conclusão. Afinal de contas, o meu cérebro registra com muito mais intensidade os dias ruins. Ele infelizmente enaltece muito mais as minhas derrotas do que as minhas vitórias. Eu ainda não tenho uma explicação para isso, eu e minha psicóloga ainda estamos trabalhando para achar o problema. Quem sabe o ano que vem.

TABELA 2 — NUTRICIONISTA

Esta é a tabela da minha nutricionista, de evolução de perda de peso e medidas.

Data	Peso kg	IMC kg/m2	Cintura cm	Abdome cm	Quadril cm	% GC
03.10.2016	91,7	30,3	86	94	118	44,5
08.11.2016	88,7	29,3	84	93	115	33,3
08.12.2016	87,7	29,0	82	90	112	32,4
31.01.2016	86,2	28,5	80	92	112	30,0
07.03.2017	84,6	28,0	77	90	110	30,0
27.04.2017	86,5	28,6	75	93	113	30,4
28.06.2017	86,3	28,5	73	93	113	31,9
01.08.2017	85,7	28,3	73	89	110	31,2
26.09.2017	86.6	28,6	76	90	113	33.4
03.10.2017	86,2	28,5	-	-	-	-
	5,3	1,8	10	4	5	14,1

Reduzi 10 cm de cintura, 4 cm de abdome e 5 cm de quadril, uma excelente notícia. Além do mais, o meu IMC (Índice de Massa Corporal) saiu dos 30,3, considerado obesidade grau I, para 28,5, ainda na faixa de sobrepeso, mas fora da obesidade.

GRÁFICO 1 — EVOLUÇÃO DO PESO

Neste gráfico, ilustrei a evolução da minha perda de peso ao longo do ano.

Gráfico: Evolução do peso										
Contagem de dias	0	36	67	120	156	211	268	303	359	365
Peso (Kg)	91,7	88,7	87,7	86,2	84,6	86,5	86,3	85,7	86,6	86,2

Evolução do peso

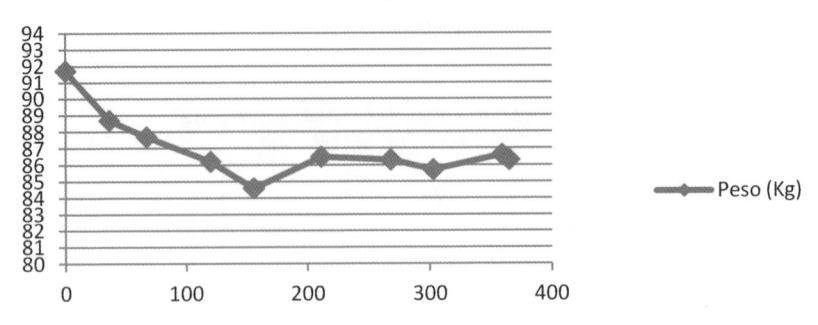

Como dá para notar, houve um pequeno descuido no meio do caminho. Em minha defesa, devo dizer que no período estava voltando de férias... Sei que não são desculpas, mas me perdoei completamente. Tenho muito orgulho de cada grama que eliminei neste ano. Este desenho no gráfico prova que fui constante e determinada.

Os períodos de maiores dificuldades em relação ao peso ocorreram durante o outono e o inverno. Períodos em que o meu corpo realmente fica mais dolorido e mais enrijecido. Período também no qual o organismo precisa de mais energia, e consequentemente mais calorias. Afinal o relatório é meu e eu atribuo as responsabilidades cabíveis ao que eu quiser. Este é o privilégio de quem escreve!

Mas, falando sério, apesar da oscilação, eu fecho o ano com 5,5 kg a menos. Abaixo dos 90 kg. Para um ano tão difícil, com dois episódios de gripe, duas tireoidites virais, uma nevralgia do trigêmeo, uma infecção gastro-intestinal-urinária e tantas outras aventuras, eu me saí bem.

ANÁLISE DE OBJETIVOS E CONQUISTAS

Agora vou analisar os objetivos iniciais.

Ao final do período estipulado:

- Emagrecer pelo menos 12 kg;
- Fazer fisioterapia, alongamento, RPG, tudo o que for necessário para fortalecer o meu corpo;
- Encontrar e desenvolver o meu relacionamento com a vida;
- Guardar dinheiro.

Terminei o ano com 5,5 kg a menos, ou seja, atingi 45,8% do meu objetivo de 12 kg. Parece pouco, mas consegui sem praticar exercícios, só controlando a alimentação, o que para uma mulher de quase quarenta anos e na menopausa é uma vitória. Consigo controlar a qualidade e a quantidade. Não tomo mais refrigerante, dificilmente como embutidos, adicionei fibras, frutas e sementes à alimentação. Mas a principal mudança é que eu não como mais até me sentir cheia. Não como mais até passar mal, e esse é um grande resultado, mesmo em festas e comemorações. Como o suficiente em cada refeição. Isso diminuiu o volume do meu estômago e a minha ansiedade. Continuo dando as minhas escapadas, mas mais do que nunca estas são as exceções, e não mais a regra. Apesar de tudo, não consegui alcançar o objetivo. Sem desculpas. Foi o melhor que consegui fazer, mas este objetivo não foi conquistado.

Fiz quase tudo o que estava ao meu alcance pelo meu corpo, me empenhei na fisioterapia e comecei a fazer alguns exercícios sozinha. Mas fracassei ao não começar uma atividade física aeróbica. Poderia dar um milhão de desculpas, mas sem desculpas, este objetivo não foi conquistado.

O objetivo de me reencontrar com a vida — este foi o grande triunfo de toda a jornada. Além de me reconectar e aprender técnicas que me mantivessem em sintonia com a energia do Universo, ainda encontrei um possível caminho, o budismo. Então este foi um objetivo conquistado.

Realmente não consegui economizar quase nenhum dinheiro, mas pelo menos não gastei o que eu já tinha. Consegui terminar este ano sem ficar no vermelho, o que em tempo de crise também é uma grande vitória. Como não havia estipulado a quantidade de dinheiro a ser guardada, e qualquer número é maior do que zero, vou considerar este objetivo conquistado.

Para um ano em que fracassei em dois de quatro objetivos, acho que tenho mais coisas boas do que ruins para contar.

LIÇÕES APRENDIDAS NESTE ANO

- Amizades embriagam;
- Ter calma e amar a si mesma;
- A minha alimentação é minha responsabilidade;
- Exercício físico faz bem;

- Cerveja é proibida para quem quer emagrecer, e se um alimento está realmente gostoso, cospe porque ele engorda;
- Suicídio não é mais uma opção;
- Talvez o vazio nunca acabe, mas posso controlar a qualidade e a quantidade do que colocar neste vazio;
- Respeitar mesmo sem entender;
- Posso ser feliz sem estar com o estômago cheio;
- Continuar respirando;
- Como é bom estar errada;
- Nada está tão ruim que não possa piorar;
- Posso ser ateia e ser limpinha;
- Meu cérebro ainda não está pronto para tomar decisões sem supervisão;
- Tudo muda o tempo todo;
- Deus é amor;
- Nada é melhor do que a liberdade de existir;
- Definição para Esclerose Múltipla: condição;
- Sou vitoriosa, sobrevivi à infância e à adolescência.
- Não se contentar com o "menos pior";
- Continuo sendo o meu mais cruel inimigo;
- O Universo sempre responde;
- O possível e o impossível são tão possíveis quanto impossíveis;
- Deus pode estar em uma omelete;
- Eu tenho fé;

- Nunca parar de construir novas memórias;
- O amor é divino, mas a convivência é humana;
- Posso mudar de opinião;
- Todos têm o que ensinar/aprender, e o próprio caminho a percorrer;
- O mundo como conhecemos está em colapso;
- Benefícios das pequenas e boas escolhas;
- Meu corpo ainda me limita;
- Sempre buscar uma segunda, terceira, quarta opiniões;
- Meditar não acaba com o sofrimento, mas o deixa mais curto;
- Quanto pior o monstro, melhor tem que ser o herói;
- Terapia ainda é muito necessária;
- Os fins não justificam os meios;
- Focar nas soluções e não nos problemas;
- Meu monstro não merece correntes;
- Nada é melhor do que descobrir o sentido das coisas;
- Aprendi a me amar pelos olhos do meu marido.

Além de inúmeras outras, que talvez tenham passado despercebidas pela razão, mas que foram absorvidas completamente pelo coração. Quem conquistou e aprendeu esta quantidade de lições não pode e nem tem o direito de considerar esta jornada um fracasso. Nem por um único instante.

CONCLUSÃO

A grande conclusão a que chego é que tudo valeu a pena. Cada dia péssimo, ruim, bom, ótimo, ou até mesmo os "péssimo/ótimo" valeram a pena. Estou muito feliz e satisfeita por ter chegado até o final. Mesmo sem alcançar todos os objetivos. Sinto que realmente o nome "Diário do primeiro ano do resto da minha vida" foi honrado. Realmente descobri que só tenho controle sobre os meus pensamentos, meus atos e minhas escolhas. E ter controle sobre essas poucas coisas já dá um trabalho imenso. O resto é extremamente mutável e incontrolável.

Descobri também que, quanto mais pratico meditação, mais meditação preciso praticar. E que existirão momentos e situações em que só um calmante leve pode trazer a calma e a serenidade necessárias, e tudo bem também.

A alimentação saudável é um hábito que o organismo cobra ao longo do tempo, e se rebelar só traz diarreia e enjoo.

O mais importante de tudo é estar cercada de pessoas que gostam de mim como eu sou, e são elas que fazem tudo valer a pena nos dias cinza. Profissionais de saúde são essenciais para quem quer levar uma vida mais saudável e mais feliz.

Termino este longo e turbulento ano mais magra, mais consciente, mais centrada e mais feliz. Fecho este ciclo livre dos remédios ansiolíticos, moduladores de humor e antidepressivos. Fecho este ciclo livre do cigarro. Ganhei de volta a sensibilidade nas mãos e uma gama imensa de possibilidades de melhora. Tantos ganhos que só estando realmente viva eu poderia gozar.

Não fui bem eu que estava no final do arco-íris, até porque eu sempre estive aqui. Acho que o grande tesouro que eu encontrei depois de tantas aventuras foi o vislumbre de uma possibilidade. A possibilidade de ser "eu" uma possibilidade. Porque eu não posso me tornar protagonista da minha própria vida. Nem mocinha e nem bandida. Nem má e nem boa. Apenas uma mulher de quarenta anos, sacolejada pelas pedras do caminho, acarinhada pelos companheiros de viagem e digna de ocupar uma cadeira no trem da vida. Sem ter que pedir desculpa, sem ter que pedir licença, sem ter que deixar de ser.

Comecei este projeto dizendo: "Sou uma mulher na faixa dos quarenta anos que deseja desesperadamente encontrar o seu lugar e a sua importância no Universo... Encontrar respostas, mas antes disso encontrar as perguntas..." Ao escrever este diário, conheci coisas a meu respeito que talvez, se não estivessem registradas, nem eu mesma acreditaria. Passei por situações tão ruins que, se não estivessem eternizadas em palavras, eu juraria que não foram tão ruins assim. Também passei por emoções tão maravilhosas que continuam me arrancando lágrimas pelo simples ato de relê-las. Apesar de sempre ter acreditado na premissa de ser uma pessoa triste, sofredora e digna de pena, me descobri uma pessoa incrível e complexa. Relendo este diário várias e várias vezes, me reconheci uma pessoa inteligente, coerente, guerreira, calejada, engraçada, manhosa, preguiçosa, geniosa, teimosa, birrenta e principalmente humana.

Ao me ver de fora, mesmo que do ponto mais de dentro a que pude chegar, eu consegui me enxergar como parte. E fazer parte é a resposta. Deus? DEUS É O INTEIRO.

Patrícia Fernandes

www.editorainverso.com.br

facebook.com/editorainverso

@editorainverso

(+55 41) 3254-1616 e 3538-8001